綠色的行程
联合国环境署履职日志

GREEN JOURNEY:
MY YEARS WITH UNEP

夏堃堡 著

文化藝術出版社
Culture and Art Publishing House

图书在版编目（CIP）数据

绿色的行程：联合国环境署履职日志 / 夏堃堡著.
-- 北京：文化艺术出版社，2017.12
ISBN 978-7-5039-6412-1

Ⅰ.①绿… Ⅱ.①夏… Ⅲ.①纪实文学—作品集—中国—当代 Ⅳ.① I25

中国版本图书馆 CIP 数据核字 (2017) 第 295593 号

绿色的行程——联合国环境署履职日志

著　者	夏堃堡
责任编辑	张月峰
书籍设计	李　鹏
出版发行	文化藝術出版社
地　址	北京市东城区东四八条 52 号　100700
网　址	www.caaph.com
电子信箱	s@caaph.com
电　话	（010）84057666（总编室）　84057667（办公室） （010）84057696 — 84057699（发行部）
传　真	（010）84057660（总编室）　84057670（办公室） 84057690（发行部）
经　销	新华书店
印　刷	北京圣彩虹制版印刷技术有限公司
版　次	2018 年 5 月第 1 版 2018 年 5 月第 1 次印刷
开　本	710 毫米 ×1000 毫米　1/16
字　数	260 千字　140 余幅图
印　张	20.25
书　号	ISBN 978-7-5039-6412-1
定　价	58.00 元

版权所有，侵权必究。印装错误，随时调换。

序

一

每个人都有不同的闪光之处。有的人在官场上，有的人在金钱上，更多的人则在自己热爱的事业上。在这个世界，有一批人以自己毕生的时间与精力，为我们的地球生命和我们人类的生存环境默默奉献着，他们既没有政治家那么耀眼出彩，也没有财富拥有者那么光鲜亮丽，但他们那神圣而高尚的精神，令人敬佩与感叹。夏堃堡先生是其中的一位，而且是杰出的一位。

据我所知，夏堃堡是一名资深的环境外交官，长期从事环境外交和环境领域的国际合作。30年来，他奔走于世界各地，为绿色呐喊求索，被人们称为"环境大使"。他的这部纪实文学作品，讲的是当代人们最为关心的事情——环境，是关于人类如何开展合作保护环境、促进可持续发展、建立人类命运共同体的事，内容丰富而生动，是从事这项工作的那些人的故事，因而也可以称之为一部环境文学作品。

1996年9月，国务院总理李鹏任命夏堃堡为中国常驻联合国环境规划署副代表。联合国环境规划署（简称联合国环境署或环境署），是联合国系统内组织全球环境保护国际合作的主要机构，总部设在东非肯尼亚首都内罗毕。夏堃堡受命赴内罗毕履职。后来，他被选为环境署常驻代表委员会副主席，是担任这个职务的第一个中国人。他为环境署的改革与振兴，为促进环境署与中国的合作，做出了积极贡献。由于他的出色表现，被誉为"来自发展中国家的高明人士"。

1999年4月，他被环境署录用，成了环境署的一名高级官员。他先是担任环境应急协调员，是当时环境署这个领域的最高级别的官员，负责领导和组织环境应急活动和项目的开发和实施。在这个岗位上，他参与了科索沃冲突后对环境和人居影响的评估和前南斯拉夫马其顿共和国冲突后对环境影响的评估，组织和参与了对受到严重自然灾害和环境污染事故的国家的技术援助，包括中国、印度、越南、孟加拉和莫桑比克等国的水灾和肯尼亚的旱灾、罗马尼亚一金矿污水泄漏造成的多瑙河的污染和土耳其的地震等。他起草了环境署第一个预防和应对环境紧急事件的战略。环境署理事会审议并通过了该战略，从此，联合国环境署对受到自然灾害和环境污染事故危害的国家的援助走上了有序的轨道。

2001年9月，环境署决定设立能力建设部。夏堃堡被任命为该部首任主任。在任职期间，他领导和参与了《为可持续发展的能力建设：环境署能力开发活动综述》一书的编写和出版。该部下设两个处，即技术合作处和教育培训处，他对这两个处的工作提供了有力的领导和监督。

2003年年初，联合国副秘书长、环境署执行主任特普菲尔授命夏堃堡组建环境署驻华代表处，并任命他为环境署驻华代表。这是环境署在全球建立的第一个国家级代表处。夏堃堡是环境署首任驻华代表，也是联合国机构驻华代表中第一个中国人。担任此职以后，他组织和协调了多个中国和环境署合作项目的实施，将中国和环境署的合作关系推到了一个新的高度。

作者在这部"日记体"的作品中，讲述了他与联合国环境署所结下的种种情缘，以及在环境署框架下开展的诸多国际环境合作活动。这些貌似很政治化、程序化的官场事件，其实也渗透了各色各样的动人故事，生动、独特和鲜为人知，是一部难得的好作品。它既是"环境大使"个人的"日记"，更是夏堃堡作为联合国"环境大使"的特殊身份与职业面貌，给了我们一般读者不易了解的另一个生动的世界与人生经验。我相信，这样的绿色求索经验，还是"大使"的个人生活点滴积累，都会于广大读者，尤其是对那些有志于从事环境外交以及梦想成为联合国或其他国际组织职员的年轻人将是十分有益的。

何建明
中国作家协会副主席
中国报告文学学会会长

2017年"五一"节

序二

我的挚友、以前的同事夏堃堡不但是中国公务员队伍,也是国际公务员队伍中的一名杰出成员。他曾经在中国国家环境保护局和联合国环境署担任公职。从那时到现在,他孜孜不倦地工作,以坚定不移的奉献精神,为中国和全球的环境保护和可持续发展事业做出了贡献。夏堃堡是一名积极的环保工作者和杰出的环境外交官。

夏堃堡《绿色的行程——联合国环境署履职日志》描写了从他在中国国家环保局开始一直到从联合国环境署高级职位上退休后,30年中与联合国环境署结下的不解情缘。

夏堃堡于1996年10月抵达肯尼亚内罗毕,担任中国常驻联合国环境规划署副代表。当时我担任巴基斯坦驻肯尼亚、乌干达和埃塞俄比亚大使,以及巴基斯坦常驻联合国环境署代表。夏堃堡和我都是联合国环境署常驻代表委员会成员。他和我一起提出和宣传发展中国家的政策观点,提出对环境署的期待,并促使其在环境署的政策和工作方案中得以反映。这样,我们建立了友谊,这种友谊至今已经延续20多年。

夏堃堡很快成了常驻代表委员会的领导成员之一。不但发展中国家的代表,而且发达国家的代表都仔细聆听他的发言,并做出响应。事实上,夏堃堡调整了发达国家和发展中国家关系的准则,使两者从无休止的误解和冲突,转变为对话和合作。

1998年,我加盟联合国环境署,担任联合国助理秘书长、环境署副执行主任。我发现我需要在环境署的工作重点方面听取夏堃堡的意见。1999年,联合国副秘书长、环境署执行主任特普菲尔博士和我一致认为，环境署可以，而且一定能从夏堃堡在全球环境事务方面的宝贵知识和经验中获益。夏堃堡接受了我们的邀请，于 1999 年 5 月加盟环境署，首先担任副执行主任（就是我本人）的环境应急特别顾问，后来担任环境署环境应急协调员和能力建设部主任。他取得了很多成就，其中之一是制订了《联合国环境署关于预防、防备、评估、缓解和应对紧急事件的战略框架》。该战略帮助环境署在应对频率和强度与日俱增的环境紧急事件中发挥了强有力的作用。环境署是一个主要负责制定规章制度和促成建立共识的机构，作为能力建设部主任，夏堃堡将加强发展中国家建立和发展应对环境问题的政策和机构的能力置于与此同等重要的地位。

2003 年，当环境署决定在北京建立一个代表处的时候，特普菲尔博士和我决定任命夏堃堡为环境署首任驻华代表，由他建立该代表处，并在此阶段担任领导。环境署驻华代表处是其在世界上建立的第一个国家级办事处。特普菲尔博士说："堃堡先生是破冰船，是最好的大使，是联合国环境署和中国之间最好的纽带。"我完全同意他的话。夏堃堡在促进联合国环境署和中国政府的合作关系中做了值得称赞的工作，从而使双方在若干重要的环境领域开展了广泛的合作。

夏堃堡这本新书的出版正是中国在国际社会应对全球面临的气候变化和其他重大环境挑战的努力中发挥着越来越重要作用的时候。我相信，这本回忆录对于那些从事环境保护和全球环境外交的中国男女青年将提供许多宝贵的经验和教训。

沙芙卡特·卡卡赫尔大使
前联合国助理秘书长、联合国环境署副执行主任
巴基斯坦可持续发展政策研究所所长

2017 年 5 月 于伊斯兰堡

FOREWORD

My dear friend and former colleague Xia Kunbao is a distinguished member of the international civil service as well as Chinese civil service. During his active service in the National Environmental Protection Agency (NEPA) of China, and later in the United Nations Environment Programme (UNEP), he worked tirelessly and with unflinching commitment to contribute to the cause of environmental protection and sustainable development in China as well as at the global level. Xia Kunbao is indeed an outstanding environmental activist and diplomat.

Xia Kunbao's book titled "Green Journey: My Years with UNEP" describes his 30 years' association with the UN system's principal environmental agency from the time he was working with NEPA of China until after his retirement as a senior staff member of UNEP.

Xia Kunbao arrived in Nairobi, Kenya in October 1996 to join the Chinese Permanent Mission to UNEP as Deputy Permanent Representative. I was then serving as Pakistan's Ambassador to Kenya, Uganda and Ethiopia and Pakistan's Permanent Representative to UNEP. As fellow members of the Committee of Permanent Representatives (CPR), Xia Kunbao and I worked together to articulate and promote the policy perspectives of developing countries and their expectations from UNEP and tried to have them reflected in UNEP's policies and work programme. Xia and I forged a friendship which has endured for more than two decades.

In a short time Xia Kunbao became one of the leaders of CPR. His statements were heard carefully and echoed by not only representatives of developing countries but also developed countries. In fact Xia Kunbao redefined the parameters of relations between the developed and developing countries along the path of dialogue and cooperation instead of unending misunderstandings and conflict.

I joined UNEP as UN Assistant Secretary General/Deputy Executive Director in 1998 and found myself seeking advice from Xia Kunbao on UNEP's programmatic priorities. In 1999, Dr.Klaus Toepfer, UN Under-Secretary-General and UNEP Executive Director and I agreed that UNEP must benefit from his invaluable knowledge and expertise in global environmental matters. Xia Kunbao accepted our invitation and joined UNEP in May 1999, first as Special Adviser to the Deputy Executive Director (i.e., myself) on UNEP's role in addressing environmental emergencies, and later as Coordinator for Emergency Response and Head of UNEP's Capacity Building Branch. His numerous achievements in UNEP include the formulation of the UNEP Strategic Framework on Emergency Prevention, Preparedness, Assessment, Mitigation and Response, which has helped in shaping UNEP's vital contribution in addressing environmental emergencies, which have increased in number and grown in intensity. His work as Head of UNEP's Capacity Building Branch laid the foundations for a fundamental shift from the organization's role as being largely normative and consensus building to one giving equal, if not greater, importance to strengthening the capacities of developing countries to design and update their policy and institutional responses to environmental challenges.

When UNEP decided to establish an office in Beijing in 2003, Dr. Toepfer and I decided to appoint Xia Kunbao as UNEP's first Representative in China and to set up the office and lead it in its formative phase. The UNEP China Office was its first country office in the world. As Dr.Toepfer said, "Mr.Kunbao is an icebreaker, the best Ambassador and best link between UNEP and China", to which I fully agree. Xia Kunbao did a commendable job in forging cooperative linkages between UNEP and the Chinese Government, which enabled the two sides to collaborate extensively in several important environmental fields.

Xia Kunbao's new book is timely as its publication coincides with the increasingly important role destined to be played by China in the efforts of the international community to address climate change and other major environmental challenges facing our planet. I am sure this memoir will provide many valuable lessons for the young Chinese men and women engaged in activities related to the protection of the environment and global environmental diplomacy.

Ambassador Shafqat Kakakhel
Former UN Assistant Secretary-General
Former UNEP Deputy Executive Director
Chairperson, Sustainable Development Policy Institute, Islamabad, Pakistan

May 2017

| 目录 |

第一章　我与联合国环境署结缘 —— 1
　　首次走进联合国环境署 —— 3
　　曲格平调我到国家环保局 —— 13
　　环发大会筹委会首次会议 —— 17
　　我给总理当翻译 —— 22
　　我和吴明廉大使 —— 27
　　申请联合国环境署职位的初次尝试 —— 32

第二章　我任中国常驻联合国环境署副代表 —— 37
　　我任中国常驻联合国环境署副代表 —— 39
　　我任联合国环境署常驻代表委员会副主席 —— 47
　　亲人相聚内罗毕 —— 51
　　我和安永玉大使 —— 55
　　代表处新任二秘 —— 59
　　亲历美国驻肯使馆大爆炸 —— 65
　　内罗毕赌场里的中国人 —— 70
　　女佣莎拉 —— 77
　　司机戴维 —— 81

第三章　我在联合国环境署履职 —— 87
　　申请联合国环境署职位的又一次尝试 —— 89
　　亲人重逢在异乡 —— 96
　　常驻联合国环境署第七任副代表 —— 103
　　我在联合国环境署任职 —— 109
　　上司卡尼亚罗 —— 115
　　南亚水灾项目 —— 120

肯尼亚旱灾项目 —— 125
易北河畔的庆典 —— 130
柳暗花又明 —— 134
联合国同事被解职 —— 140
劫匪横行内罗毕 —— 143
朋友老耿历险记 —— 148
基裴拉贫民窟参观记 —— 154
筹建联合国环境署驻华代表处 —— 159
别了，内罗毕 —— 165
曼谷工作两个月 —— 171
我任联合国环境署驻华代表 —— 175
在大三巴牌坊前的演讲 —— 183
我与绿色奥运 —— 188
告别联合国环境署 —— 194
向解振华总局长的汇报 —— 199

第四章 我与联合国环境署的不尽缘 —— 207

加盟 IISDRS —— 209
我任 IESD 客座教授 —— 216
罗马尼亚兄弟苏阳 —— 227
俄罗斯朋友安德烈 —— 233
从副代表到代表 —— 244
相聚在达喀尔 —— 257
卡尼亚罗访华记 —— 262
内罗毕 MAFIA 相聚北京城 —— 271
全球部长级环境论坛 —— 276
常驻联合国环境署第 10 任副代表 —— 280
我最后一次 ENB —— 284
海内存知己 —— 299

后记 —— 308

第一章

我与联合国环境署结缘

首次走进联合国环境署

1978 年年底，我从长沙调回北京，在中国科学院环境化学研究所，负责外事工作兼教该所科研人员英语，工作十分忙碌。

1981 年 3 月的某一天，我接到了国务院环境保护领导小组办公室（简称国务院环办）外事处邹宪荣处长的一个电话，他说："老夏，请你到我这里来一下，我们有重要的事要与你商量。" 当时国务院环境保护领导小组办公室挂靠城乡建设环境保护部（简称建设部）。该部设有一个外事司，其中有一个处专门负责环保方面的外事工作，属外事司和国务院环境保护领导小组办公室双重领导。大家称邹宪荣处长为老邹。

我到了甘家口的城乡建设环境保护部，找到了老邹的办公室。

老邹对我说："我们想请你出国当翻译。" 我听了一阵惊喜。当时中国改革开放不久，出国的人很多。过去的两年中，我在中国科学院环境化学研究所给不少科研人员办过出国手续，但自己还从未有过此等好事。

然后，老邹给我介绍了具体的工作任务："联合国环境署将于今年 6 月中旬在肯尼亚首都内罗毕召开第九届理事会，会议提供五种联合国语言的同声传译服务。联合国环境署秘书处要我们从国内选派五名称职的中文翻译为会议服务，我们决定派你参加，此事已报领导批准，你看如何？"我立即回答："好啊！"然后，他给我介绍了有关出国的具体安排，包括置装和旅行等。他说："待我们收到会议文件后，你再来一次取文件。你一定要仔细研究，这样才能做好翻译。"我连声说："是是……" 老邹把我领到主管外事工作的国务院环境保护领导小组办公室副主任曲格平的办公室。曲格平热情地起立与我握手。他将率领中国代表团出席联合国环境署理事会。我从 1979 年起，曾多次给曲格平主任当过翻译，他一直想把我调到国务院环境保护领导小组办公室工作。这时,曲格平问我:"你什么时候能调来呀?" 我答道:"刘所长不放我。" 他说:"我会让城乡建设环境保护部人事局与中国科学院环境化学研究所商量办理此事的。调来后作为国务院环境保护领导小组办公室的人出国,多好!" 我说:"是呀,我实在希望能办成。"

后来,城乡建设环境保护部人事局派了一名干部,带了一封商调函去了中国科学院环境化学研究所,但是也没办成。我仍安心在中国科学院环境化学研究所工作。

出国准备工作有好几项,首先是业务上的准备。过了一个多月,我到老邹那里领了中文和英文文件各一套,有空就阅读、研究。两个月的准备,可以说是十分充分。我对会议要讨论的各项议题可以说是心中有数了。

护照、签证和机票等与旅行有关的事情,都是老邹和他的下属沈建国给办的。沈建国是个年轻人,因此大家叫他小沈。他毕业于上海外国语学院。这次和我一样要去当同声传译。我和他后来成了朋友。

到肯尼亚还有一件麻烦事,就是要接种预防两种传染病,即黄热病和霍乱的疫苗。我按要求早早地去办了。

除此以外,还要出国置装。"出国置装"是咱们中国人特有的一个词汇。现在谁要出国,走出家门找一家服装店立即可以买到合适的服装。那时出国要置装,可就麻烦了。全北京只有两个铺子可以办这事:一个是在三里屯的出国人员服务部服装部,另一个是东交民巷的红都服装店。不是什么人都可以在那里做衣服,你必须持有部级单位开具的出国置装证明才行。红都服装店是个老字号,而出国人员服务部服装部是个新店。我决定去红都做。这时候,正好碰上了我的一个朋友——外交部所属外交人员服务局副局长张黎光,说起出国置装,他说:"红都有个陈文元老师傅,手艺很好,专门给中央领导做衣服的。我在礼宾司当处长时经常带外宾请他做衣服。我自己出国置装也总是找他,与他很熟。我给你写个条子,你让他做,比较保险。" 我当然很乐意。

我在城乡建设环境保护部开了一个证明,到财务处领了出国置装费,拿了张黎光的条子,找到了陈师傅。陈师傅很忙,他正在给乒乓球名将李富荣量衣。我等了近一个小时。他热情地接待了我,给我量衣。他一边量,一边对我说："做衣服，最主要的是量这一道工序，俗话说，'七次量衣一次裁'。把尺寸弄合适了，衣服就会做好。"我在中国科学院环境化学研究所搞外事，按规定用公费做过一套毛料中山装。这次我决定仿效曲格平主任，做一套西服。量衣、试穿和最后取衣，我去了三次红都。这第一次出国置装是件大事，我太太每次都陪着。我第一次穿上了西服，对着镜子一照，哈，还真不错！我太太说："比穿中山装精神多了！"我那时瘦，中山装穿在身上，衬不出体形，显得更瘦。而穿上剪裁合身的西服，就显得很精神、潇洒。

做了西服，出国置装还没有全部完成。我还需要有几件像样的衬衣。那时商店里也有衬衣出售，但花色品种十分有限。在正式场合，穿西服要戴领带，衬衣领口大小必须合适，尤其是不能太大，不然就会变成"土包子洋打扮"。我长得瘦，走了许多大商场也没有买到领口大小合适的衬衣。没办法，只好去做。红都只做外衣，不做衬衣。我去出国人员服务部服装部做了几套，同样花了很多时间。这样，出国置装总算完成了。不容易呀！

数年后，从报上看到一则消息，说美国老布什总统卸任后来华访问，带着妻子芭芭拉到红都请陈文元师傅做衣服。陈师傅称得上当时中国的时装大师。

三个月以后，我们踏上了奔赴那遥远的肯尼亚的旅途。这是我此生第一次出国，心情异常激动和兴奋。我们这一行由邹宪荣处长带队，同行的还有一位是外交部国际司的干部，他同老邹是代表团成员。英语翻译中除了我和上面提到的小沈外，还有英语《中国妇女》杂志社资深编辑马先生。此外还有两位法语翻译，一位是外交学院的女老师；另一位是后来先任外交部发言人，后任驻外大使的朱邦造。我们不知为什么没有与曲格平同行。

我们中大多数人是第一次出国。为纪念这个有意义的日子，我们一行七人在北京机场集体集合并合影留念。那时是6月中旬，已是夏天。男同志大多戴了领带。这第一次出国、第一次乘坐国际航班、第一次戴领带，给了我许多的好奇和兴奋。

第一次出国，原来的目的地是东非的肯尼亚，结果阴差阳错，第一个访问的国家成了南亚的巴基斯坦。按计划，我们一行七人乘坐中国民航飞机到卡拉奇，然后换乘巴航到埃塞俄比亚首都亚的斯亚贝巴，再乘埃航到内罗毕。

从北京到卡拉奇的飞行十分顺利。飞机在卡拉奇机场平稳着陆，我们踏上了这块异国的土地。按机场的标牌，找到了转机柜台。在办理登机手续的时候，出乎意料的事发生了。柜台内巴航服务小姐对我们说："十分抱歉，飞往亚的斯亚贝巴的航班已经客满，你们的座位被取消了。你们得在卡拉奇停留三天，巴航将为你们提供在卡拉奇的食宿。"我们进行了交涉，要求安排其他航空公司的航班。那位小姐很耐心地说："实在抱歉，我们已经查过了，其他航空公司的航班也都已客满。我们还将安排小车和司机，带你们在卡拉奇游览，希望你们在我们这里生活得愉快。"

我们这次旅行提前了几天。如果在卡拉奇滞留三天，到内罗毕是星期六。联合国环境署理事会下周一开幕，还勉强能赶上。因此，我们接受了巴航的方案，开始了三天在卡拉奇的旅游。卡拉奇有两个最著名的旅游点，航空公司安排的司机都带我们去了。我们首先参观了国父墓（Quaid-E-Azams Mausoleum）。国父墓又称真纳墓，是巴基斯坦国父穆罕默德·阿里·真纳（Muhammad Ali Jinnah）的陵墓，位于卡拉奇市中心。我们还参观了巴图大清真寺（Masjid-E-Tooba）。它是卡拉奇最大的清真寺，1969年

1981年6月，曲格平（前排右二）、杨克明大使（前排右四）、代表团团员、翻译和打字员在中国驻肯尼亚大使官邸前合影。后排左三为作者

11月建成。清真寺的主体建筑——祷告大厅呈半球型,全部由白色大理石建造,通体洁白,在阳光照耀下显得格外雄伟壮丽。我们在卡拉奇度过了愉快的三天。

三天后,我们又搭乘巴航飞往埃塞俄比亚首都亚的斯亚贝巴,在那里换乘埃航抵达内罗毕。中国常驻联合国环境署副代表李金昌和代表处随员王之佳到机场迎接。

我们被安排在中国驻肯尼亚大使馆居住。中国大使馆位于Woodland路,一进大门,五星红旗迎风飘扬。我们高声欢呼:"呀!我们回家了!"一个很大的院子,院内长满热带花草树木,特别是开着花的大树般的仙人掌分外耀眼。办公楼有点陈旧,里边有一些很别致的平房。我们每人一间,安顿了下来。

代表团于我们到达的第二天上午召开预备会。这是个星期日。我们虽不是代表团成员,但也被邀请列席。曲格平团长主持。中国驻肯尼亚特命全权大使兼常驻联合国环境署代表杨克明为副团长,也出席会议。会议讨论了与会方案,总的精神是支持联合国环境署工作,维护我国和发展中国家的权益。

1981年6月,作者在内罗毕乌呼鲁公园留影。后面最高的建筑是肯雅塔国际会议中心

当天下午，我们到位于吉吉里（Gigiri）的联合国环境署办理有关手续。我们首先见了执行主任办公室主任卡尼亚罗先生。卡尼亚罗先生是肯尼亚人（20年后，当我成了一名联合国环境署官员的时候，他成了我的顶头上司），他给我们交代了任务。然后我们到了理事会秘书处，注册和领胸卡。每人还领了一张支票，包括支付给我们的两笔费用：一笔是 per diem（即生活费），另一笔是报酬。每人总共3000多美元。按当时的汇率，约合人民币2.4万多元。这对我们来说，几乎是个天文数字。如果我们占为己有，立即可以成为万元户了。但当时国家有规定，公派出国工作的收入一律上缴。我们后来都按要求到设在联合国内的银行兑换成美元现金，然后交给老邹，由他统一带回国内上缴给城乡建设环境保护部财务部门。

联合国环境署第九届理事会于周一上午10时召开。当时吉吉里联合国大院内没有大的会场，因此会议在位于内罗毕市中心的肯雅塔国际会议中心召开。肯雅塔是领导肯尼亚人民在1963年取得独立的肯尼亚共和国的开国元勋，是第一任总统。肯雅塔国际会议中心是这个城市的标志性建筑，建于1969年，1973年完工。中心由两个连在一起的建筑物构成，一座是高28层圆塔形的建筑，一座是伞型低矮建筑。外墙材料全部由天然花岗岩建成，显得十分雄伟。在中心外的广场当中矗立着肯雅塔的青铜塑像。坐像背面的英式建筑原为肯雅塔的总统府，现在是高等法院，坐像右手边为英国风格的市政厅。看了这些建筑，就不难理解为什么当时人们称内罗毕为非洲的小巴黎了。走进会议中心，我也为这座大厦的内部设计和装修的讲究所叹服。全体会议的主会场十分壮观，但与北京的人民大会堂相比，还略为逊色。这里的卫生间给我留下十分深刻的印象：地面和墙壁都用天然大理石装修，中间两排洗手盆十分考究，前面是长条大镜子，还有电手干燥器。我在北京还未见到如此现代化的卫生间。

当时有五种联合国语言，即中、英、俄、法和西班牙语，每个语种一个工作间。我们找到了属于我们的工作间。这是我有生第一次见到同声传译室及设备。秘书处的技术人员过来给我们讲解如何使用这些设备。我们很快就掌握了。我们五人分成两组。开头两天会议称为全体会议，只在一个会场。我们两组分上下午工作。以后往往两个或两个以上的会议同时进行，每组负

1981年6月，在肯尼亚十四瀑布前合影。左起：邹宪荣、朱帮造、外交学院法语教授、沈建国、大使馆司机、作者

责一个。在一个组的每人翻译20分钟，轮流进行。同声传译实在是一件苦差事。你的耳朵、大脑和嘴巴都得同时紧张地工作。中外文都要好，反应要快，对会议讨论的内容要熟悉，还要有一定的技巧，才能做好工作。我们几个大多开始时有些不习惯，一天下来后，基本摸到了门道，关键的是那些重要的地方，特别是有争议的地方，一定要翻译准确。理事会开了两周，我们五个翻译工作都很卖力，圆满地完成了任务。

周末，使馆司机开着代表处的轿车，送我们到内罗毕国家公园等旅游景点参观。回国后，我还写了一篇题为《内罗毕天然动物园漫游》的文章，还在《人民日报》上发表了。

这是我第一次接触联合国环境署。通过参加这次会议，我对它有了一个初步的了解。

联合国环境署是1972年在瑞典首都斯德哥尔摩召开的联合国人类环境会议以后建立的一个主管全球环境保护工作的联合国机构，其任务是促进各国在环境领域的国际合作，审议全球环境威胁的状况，以便推动政府间对这些问题进行讨论，同时促进环境知识和信息的获取、评估和交流，推动联合国系统内环境活动的实施。联合国环境规划署由下列三部分组成：理事会、环境基金和设在肯尼亚内罗毕的秘书处。理事会是联合国环境署的最高决策机构，每年召开一次会议。联合国环境署主要在以下三个领域开展工作：国际环境法的制定和实施；环境监测、评估和早期预警；能力建设。

从此，我与联合国环境署结下了不解之缘。

联合国环境署会议结束前几天，大使馆参赞华人琴找到了我，对我说："大使的翻译储广友生病了，使馆没有其他人能胜任此工作，想请你留下来给杨大使当一段时间翻译，你看如何？"

我1965年从北京外国语学院毕业后被分配到外交部新闻司工作。1970年年初，我和许多外交部干部一起，被下放到了位于湖南醴陵县虎踞镇的外交部"五七"干校劳动。1972年年底，外交部决定撤销湖南干校，一部分干部调回北京外交部工作，而更多的干部被分配到湖南当地工作，我是留湖南人员中的一个。当时担任外交部干部司司长的杨克明曾亲自到湖南，宣布外交部的决定。我妻子和年幼的儿子都在北京，我在湖南工作了6年，继续过着与妻儿分居的生活。一直到1978年，通过中科院人事局朋友潘世起的帮助，我才调回北京。

由于这个原因，当华参赞提出要我留下给杨大使当翻译时，我开始有些犹豫，但也不好拒绝，就说："这事恐怕要请示曲格平主任，还有我的工作单位……"华参赞说："已经请示过曲格平主任了，他同意，还请示了国内，外交部和国务院环境保护领导小组办公室也都同意了，也征得了中科院环境化学研究所的同意。"这是组织的决定，我只好服从了。

此后，每天上午上班以后，第一件事是给杨大使读报，将当天《国家日报》等肯尼亚报纸上的重要新闻讲给大使听。如有重要内容需要报给国内和需要处理，大使会指示馆内有关人员去办。

作为大使的翻译最主要的任务是陪大使出席外交活动，出席在国家宫举行的欢迎外国来宾的仪式、肯政府的庆祝或纪念活动和外国驻肯大使举行的招待会等。

我陪大使参加过的最隆重的一次活动是在乌呼鲁公园举行的一次莫伊总统出席的群众大会。各国使节都在主席台就座。杨大使被安排在第二排，我

肯尼亚《国家日报》1981年6月19日刊登的照片，作者陪同杨大使出席菲律宾大使举行的菲律宾国庆招待会。左一为卢旺达驻肯大使 Ildephonce

坐在他的边上。肯尼亚各部部长等要人坐在第一排，这排中间放一把像中国古代皇帝的宝座那样的大椅子，是总统的座位。当所有人入座以后，总统才入场。总统手持权杖，精神抖擞地上了主席台，首先和前面两排的来宾握手。走到杨大使面前时，还停了下来，说："阁下，欢迎你。"杨大使连忙说："总统阁下，我郑重地邀请你到中国大使馆做客。"莫伊说："谢谢你。"我如实地做了翻译。这是我有生第一次给大人物当翻译，心里有点紧张。杨大使显得很高兴。整个活动，就是莫伊总统一个人在讲话，他一会儿说英语，一会儿说斯瓦希里语，慷慨激昂。我将他说的英语的一些主要内容在大使耳边轻声译为中文。大使事前已经交代，说不必细译，第二天报上会登他讲话的全文，那时可再给他详细翻译。

总统讲完话后，会议即宣布结束，总统首先离开，然后各国使节也相继走出会场。杨大使和我正走着时，一位也是从主席台上走下来的外交官向我们走来。此人穿一套黑色竖领制服，白色内衣，颈上套一个白圈，非常奇特。他用英语对杨大使说："对不起，阁下，我能与你说一句话吗？"我把此话译了出来。杨大使立即说："可以。"他们两人就走到了旁边，我也跟了过去。那先生说："大使阁下，我受梵蒂冈政府的指令，向你转达我国政府希望与贵国建立正常关系的愿望。"这句话我听得很清楚，但此前，我只知道梵蒂冈是罗马教廷所在地，不知道它是一个独立国家，更不知道它在国外还派有使节。因此有些犹疑，就结结巴巴地说："他说他是梵蒂冈的。"杨大使说："是的，他是梵蒂冈驻肯大使。"听了大使的话，我连忙把那句话翻译了过去。

杨大使回答说："中国政府也有同样的愿望。"梵蒂冈大使又说："作为第一步，我方建议首先在广州建立一个办事处。"杨大使回答说："我会把阁下的话报告中国政府。"对方表示感谢，然后就告别了。后来，杨大使对我说，与梵蒂冈建立正常关系，梵蒂冈必须断绝同台湾的所谓"外交关系"，承认中华人民共和国政府是代表全中国的唯一合法政府；同时，梵蒂冈不得干涉中国内政，包括不得以宗教事务为名干涉中国的内部事务。杨大使说，这事不是在短时期内能办到的。回到使馆，他立即让有关馆员发报给国内，报告了有关情况。

当时使馆每周几乎都要放一次电影。片子大多是由信使从国内带来的。我留下后的第一个周末，使馆照例在通常用作餐厅和会场的多功能厅放起了电影，我和大使馆的馆员们一起观看。这是一个外国原版电影，对白完全是英文，也没有中文字幕，内容是《天方夜谭》故事。我很有兴趣地看完了这个电影。第二天是星期日，负责办公室工作的姚毓华问我："昨天的电影大家都没怎么看懂，你看得怎么样？"我说："没问题。"她就说："今天晚上想再放一遍，你能否给大家翻译一下，或者讲讲主要内容？"我说："可以。"这样，晚上，我就又当了一次同声传译。事后，大家反映说："这个翻译水平真高。"华参赞对我说："你翻得真好，谢谢你。"还感叹道："当时，把你们调出外交部，眼光短浅呀！"我在外交部时，华参赞是总务司行政处处长，我认识他。在肯尼亚的任职结束后，华参赞被派到欧洲当大使了。

当时在使馆工作的干部或临时因公出国人员，食宿交通由国家实报实销。除国内工资照发外，每人每天有一美元的生活补贴。在我结束使馆工作时，华参赞对我说："大使对你的工作非常满意，非常感谢你。"他提出了生活补贴如何处理的问题。我工作了30天，可以领到30美元。我听说使馆小卖部出售一些免税商品。我试探着问："我能否买一块手表？"华参赞说："你的生活补贴还不够买一块手表，但我做主，就给你一块表了。"

就这样，我戴着这块瑞士出产的英纳格牌手表，高高兴兴地回到了北京。

曲格平调我到国家环保局

我与曲格平初次见面是1979年。那年,美国环境保护局副局长巴巴拉·布鲁姆女士(Barbara Blum)应中国科学院环境化学研究所所长刘静宜教授的邀请访华。这是美国环保局领导人第一次来华访问。我当时在中国科学院环境化学研究所负责外事工作,布鲁姆的接待工作自然也由我负责。方毅副总理在人民大会堂会见了她,国务院环境保护领导小组办公室副主任曲格平等参加了会见。

当时我国主管环境保护工作的政府机构是国务院环境保护领导小组办公室,曲格平主任负责外事工作。他在北京与布鲁姆女士进行了会谈,并陪同她访问了上海等地。我全程陪同并任翻译。我们三人乘飞机飞往上海,这是我有生以来第一次乘飞机。在会谈中,双方就签署中美环境保护合作协议一事初步交换了意见。布鲁姆的这次访问和与曲格平的会谈,开始了中美两国

1981年12月,曲格平与作者在联合国环境规划署政府间非正式协商会议休息时交谈

政府在环保方面的交流和合作。这也是我同曲格平主任的第一次接触。

1981年5月末,国务院环境保护领导小组办公室借调我在联合国环境署第九届理事会担任同声传译,曲格平主任是参加理事会的中国代表团团长。会议期间的一些双边会谈和接触,曲格平主任也请我当翻译。同年年底,联合国环境署执行主任托尔巴召开了一次政府间非正式协商会议,邀请曲格平主任参加,他又请我陪同他前往,担任翻译。

1983年11月26日至12月12日,曲格平又一次率领中国环境保护代表团访问美国。我被邀请参加代表团任团员兼翻译。代表团成员还有国务院环境保护领导小组办公室外事处副处长吴子锦和中国科学院水生生物研究所研究员王德明。代表团在美国环保局官员、美籍华人吴捷先生的陪同下,首先参观了在明尼苏达州的美环保局德卢斯实验室和北卡罗来纳州的研究三角公园实验室。并和这两个实验室的负责人和研究人员讨论了开展合作的可能性。然后,代表团到了华盛顿,曲格平主任与考斯塔尔局长等就《中美环境保护科学技术合作议定书》执行情况进行了回顾,并就如何进一步加强中美环保科技合作交换了意见。我在整个访问过程中担任翻译,这是我第一次访美,收获匪浅。

当时环保系统懂英语的人很少,英语好的人更少。我毕业于北京外国语学院英语系,有非常扎实的英语基础,后来当过大学英语教师,又当了三年外国专家翻译,因此山中无虎猴成王。每次只要有重要翻译任务,我都认真做好准备,仔细阅读有关文件和资料,翻译时充满信心,努力做到流利、正确。曲格平主任对我的工作非常满意。

经过几次与曲格平主任的接触,我深被他的人格魅力所吸引。他是山东肥城人,早年毕业于山东大学文学艺术系,后在吉林大学有机化学专业进修,曾任化学工业部生产技术司处长和国家计委处长。他作为中国代表团团员,出席了1972年斯德哥尔摩联合国人类环境会议。会后,参与创建中国环境保护机构,任国务院环境保护领导小组办公室副主任。1976年,他被任命为中国首任常驻联合国环境署代表,驻肯尼亚内罗毕一年。在那里,他与他的山东老乡——当时中国驻肯尼亚大使的翻译李肇星成了朋友。他对国内外的环境问题进行了深入研究,对问题和对策有独到的见解。他与外宾会谈和讲

1983年9月,曲格平与美国环保局德卢斯实验室主任贾沃斯基会谈,作者任翻译

1984年9月,曲格平会见美国科技代表团,作者任翻译

话时不用稿子,出口成章。他在中国的政治、经济、文化、历史等方面的知识十分渊博,对外宾介绍时犹如这方面的学者。他最拿手的当然是环境保护,涉及各种数据时可脱口而出,如数家珍。他思想十分开放,竭力主张在环境保护方面学习和借鉴发达国家的先进经验。1980年,他在报刊杂志上发表了题为《国际上面临的重大环境问题》的系列文章。他着装也体现了他的前卫和开放。20世纪70年代末80年代初,像我这样比他年轻的人还穿着中山装的时候,他已穿上了西装。

我给曲格平主任做了几次翻译以后,一天,他对我说:"你到国务院环境保护领导小组办公室来吧!我们这里太需要你这样的人了。"我说:"好呀。"我回中国科学院环境化学研究所对刘静宜所长说:"曲格平主任要我去国务院环境保护领导小组办公室,我也想去,你放我走吧!"她问:"为什么?"我说:"他们需要我。"她说:"我们也需要你,我不同意!"刘静宜本人是留美回国的科学家,英文非常好,说英文比说中文还快。所里还有若干英文和她一样好的老科学家,另外还有二三位学英文出身的年轻人,若我离开,中国科学院环境化学研究所的外事工作不会受到影响。我对她说了这个道理,但她说:"我们这里大多数年轻科研人员英语还没过关,我还要靠你帮他们过关呢。"当时,我除了做外事工作外,还兼职教科研人员英语。我又说:"我想搞外事工作,国务院环境保护领导小组办公室的外事活动多,有意思。"她不再批驳我的话,只说:"我不同意!"为了能使我安心继续在中国科学院环境化学研究所工作，我不久被提拔为中国科学院环境化学研究所办公室副主任，但工作其实没有变化。

1984年，国务院环境保护领导小组办公室被撤销，成立了国家环境保护局，由城乡建设环境保护部代管，曲格平被任命为第一任局长。此后，国家环境保护局的国际合作工作更加多了。这时，大家已称曲格平主任为曲格平局长。曲格平局长那时更加希望我能调到国家环境保护局。只要他见到刘所长，就要提调我的事。这样，到了1985年，刘所长终于同意放我走。那时，中国科学院环境化学研究所中、高级科研人员大多在我教的英语口语培训班里学了一期，已能用英语与外国人直接交流，该所外事工作的局面也已经打开。另外，有一位年轻人，英文很好，前几年一直负责联合国环境署环境资料源查询系统的工作。他可以接替我在中国科学院环境化学研究所的工作。这样，我被调到了国家环境保护局，并被任命为该局外事处副处长，此后，开始了我的环境外交生涯。

曲格平是我国环保事业的创始人之一，为我国的环境保护做出了杰出的贡献。他也是我国环境外交事业的一位先行者，为全球环境保护做出了重大贡献。他更是我环境外交生涯的引路人。

环发大会筹委会首次会议

1992年6月,在巴西首都里约热内卢召开的联合国环境与发展大会(简称环发大会)是人类历史上一次里程碑式的会议。为筹备此次会议,1989年成立了一个由各国政府组成的筹备委员会和以莫里斯·斯特朗先生(Maurice F. Strong)为秘书长的筹委会秘书处。筹委会先后召开了四次会议。

中国成立了一个筹备小组。我是这个小组的成员,参加了环发大会的整个筹备过程。

1990年7月29日至8月27日在内罗毕举行了联合国环境署第二次特别理事会和1992年联合国环境与发展大会筹备委员会第一次会议。国家环保局曲格平局长率领中国代表团出席会议。中国驻肯尼亚大使兼中国常驻联合国环境署代表吴明廉、国家环保局副局长张坤民、国家科委社发司司长邓楠和外交部国际司副司长陈健为副团长,代表团团员包括我、夏光、于庆泰和其他部委的干部。

两次会议前,吴明廉大使在官邸举行宴会招待代表团全体团员。官邸是使馆院内的一个独栋平房,后面是卧室,前面是会客室和餐厅。会客室挂着几幅中国当代著名画家的画作,礼品柜里陈放着景泰蓝、双面绣和唐三彩等工艺品。吴大使先把这些宝贝介绍给大家,然后请我们入座。大使说:"现在政策有了变化,可以宴请国内来的重要代表团了,欢迎曲格平局长和各位代表,祝大家在内罗毕生活愉快。"利用这个机会,曲格平局长主持开了一个中国代表团参会的筹备会议,这次宴会成了一次工作晚餐。

吴大使还举行了个盛大的招待会,宴请联合国环境署执行主任托尔巴和其他联合国环境署主要官员。代表团全体成员也出席。吴大使讲话。他回顾了联合国环境署和中国的良好合作关系,阐述了中国政府当前对全球环境问题的一些看法，表示愿意同联合国和其他各国政府一起，为环发大会的成功召开做出贡献。就任中国常驻联合国环境署代表一年多以后，吴大使对环境问题和全球环境合作已经相当熟悉。曲格平局长和托尔巴也分别讲了话。

联合国环发大会筹委会第一次会议于1990年8月中旬举行，大会选举新加坡的许通美大使担任联合国环发大会筹备委员会主席。许通美是华裔，中文说得相当流利。我们在会议期间与他有过很多接触和协商。大会在他主持下举行。这次会议主要就环发大会的议程和谈判程序进行讨论并达成一致意见。会议决定，在筹备委员会下设两个工作组：第一个工作组研究大气、土地资源、森林、生物多样性和生物技术；第二个工作组研究海洋、淡水和废弃物。中国代表团积极地参加了这个会议的讨论，声明中国政府的立场。大会上主要由团长发言，在分组会上我们团员也根据既定对案进行发言。

中国代表团还参加了亚洲组和"77国集团和中国"的讨论。亚洲组是个地区集团，其中既有日本和韩国这样的发达国家，也有中国和印度等发展中国家，很难在一些政治性问题上达成一致意见，但在程序性问题上，有可能通过磋商达成一致意见。"77国集团"最初是由77个发展中国家在联合国系统内组成的一个磋商机制，以前主要是就战争与和平等政治问题进行磋商达成共识，以维护发展中国家的利益。中国以前没有参与该集团的活动。此次筹备会前，中国筹备小组曾对此进行了讨论，认为在环境与发展问题上，发展中国家利益是一致的，因此我们应当参与该集团的活动。筹备小组的意见由外交部报国务院后得到了批准。因此，从内罗毕筹备会开始，形成了"77国集团和中国"这样一个机制。在以后的几次环发大会筹备会议期间，中国代表团一直和该集团的成员紧密配合，协调立场，为维护发展中国家的权益取得了很好的效果。这个机制后来也扩大到了联合国系统的其他谈判活动中。

许通美主席是一位资深的外交官，具有丰富的国际谈判经验。由于他高超的组织能力，也由于此会议主要是讨论程序性问题，因此开得比较顺利。在会议结束时，许通美说："会议结束了，大家可以轻松一下了，建议大家明天都到野生动物园去safri（斯瓦希里语，意思是去野生动物园观看动物），也建议大家去买几件木雕作品带回家去。肯尼亚的木雕刻得苍劲有力,生动活泼,是很好的艺术品。"

会议结束后的第二天,我和代表团的部分成员去了纳库鲁国家公园,在那里看到了成千上万只火烈

1990年8月,曲格平局长、张坤民副局长和作者在内罗毕召开的联合国环境与发展大会筹备委员会第一次会议上

鸟。我曾多次来过这里,但仍然被这壮观的景象所震撼。在那里,还碰到了许通美大使和其他的会议代表。许大使走过来和我们用中文交谈,我对他说:"我们是响应你的号召到这里来了。"他听后哈哈大笑。中国代表团的一些成员参观了马赛马拉国家公园,他们在那里看到了成群的狮子、大象、豹子、犀牛和野牛等野生动物。回来后,他们异常激动。我们还到"农村市场"买了几件木雕作品,带回国内。

第一次筹备委员会会议以后,中国筹备小组对中国参加环发大会的一些基本立场进行了研究和讨论。该小组提出了一些我国应当坚持的基本立场,其中包括以下几点:第一,要坚持环境与经济的协调发展,也就是可持续发展的原则。对发展中国家来说,在保持适度经济增长的前提下,妥善处理好经济发展与环境保护的关系,寻求适合本国国情的解决环境问题的方法和途径,这是唯一可供选择的道路。第二,从历史和现实的角度来看,发达国家是造成当代环境问题的主要责任者,发达国家有义务在现有的发展援助以外,提供新的、充分的、额外的资金,帮助发展中国家参加保护全球环境的努力,或补偿由于保护全球环境而带来的额外的经济损失,并以优惠的、非商业性的条件向发展中国家提供环境无害技术,要坚持"共同但有区别的责任"的原则。第三,解决全球环境问题要坚持维护发展中国家的环境权益。各国对其资源的保护、开发、利用是各国的内部事务,应由各国自己决定。必须强调发展中国家对其自然资源及其开发利用的主权不容侵犯,同时反对某些国

家借口环境保护干涉别国内政。第四，建立符合发展中国家利益的国际经济秩序，充分发挥发展中国家在处理全球环境问题中的作用。要建立有利于持续发展的公正的国际经济秩序，努力消除外部经济条件恶化带来的不利影响，加强发展中国家的经济实力，以提高对环境保护的支持能力。

此外，中国筹备小组还对全球气候变化、生物多样性和森林等问题的立场进行了讨论，提出了相应对案。

中国筹备小组的讨论是以中国政府相关文件，如国务院环境保护委员会通过的《我国关于全球环境问题的原则立场》为基础进行的，然后由外交部综合大家的意见，形成具体对案后，报国务院批准后实施。

根据环发大会筹委会第一次会议的要求，中国编写了《中华人民共和国环境与发展报告》，全面论述了中国环境与发展的现状，提出了中国实现环境与经济协调发展的战略措施，阐明了中国对全球环境问题的原则立场，受到了国际社会的好评。在编写该报告的过程中，我曾参加了一些会议，发表了一些看法。

环发大会筹委会第二次会议于1991年3月在日内瓦国家宫举行，中国代表团由国家科委副主任李绪鄂任团长，副团长和其他成员基本上是出席第一次筹委会会议的原班人马。会议对秘书处准备的文件进行了审议。这次会议还建立了关于法律和机构问题的工作组。会议就将提交给环发大会讨论的文件草案达成了一致意见，其中包括《21世纪议程》、《里约宣言》、《气候变化框架公约》和《生物多样性公约》等。这次会议没有进行太多的关于实质性问题的讨论和谈判。但在森林问题上曾出现了激烈的争论，一些国家要求缔结一项关于森林问题的具有法律约束力的国际协议，但遭到了几个木材出口国的强烈反对，会议最后同意筹备委员会不再就缔结一项森林公约的问题进行谈判，而将谈判一个《关于森林问题的原则声明》。

环发大会筹委会第三次会议于1991年8月仍在日内瓦国家宫举行。中国代表团由国家计委副主任陈光健任团长。会议在秘书处准备的文件的基础上进行了谈判，主要就《21世纪议程》所确定的各个领域的具体内容进行讨论。发达国家和发展中国家在一些实质性问题上分歧很大，特别是在发展中国家坚持发达国家要对全球环境问题负主要责任的观点，要求发达国家以优惠的、可减让的条件向发展中国家转让有益于环境的技术,并向他们提供为保护全球环境所需要的新的和额外的资金等问题上。发达国家坚持保护全球环境是人类共同的责任,技术转让应通过市场机制来解决。会议在这些问题上没有取得太多的进展,许多有争议的问题在文件中都放到了方括号内,留待以后会议作进一步的谈判。

环发大会筹委会第四次会议于1992年3月在纽约联合国总部举行,外交部副部长刘华秋率团与会。这次会议比第三次会议的谈判还要艰苦,会议建立了许多小组,就南北双方有分歧的问题进行磋商。各地区集团也频频开会协调立场。会议经常持续到深夜。分歧主要还是集中在解决全球环境问题的责任、资金和技术等方面。通过各方的共同努力,最终就将向环发大会提交的文件草案的大多数内容达成了协议,少数问题仍然放在方括号内。通过的文件草案主要包括《21世纪议程》《里约宣言》和《关于森林问题的原则声明》。

我参加了环发大会中国筹备小组的历次会议,参加了中国与会策略、立场和对案的制定。我以中国代表团团员的身份参加了筹委会的四次会议,积极参加了有关议题的谈判。我亲身体会到了外交谈判的艰辛。我们代表团10多人分别参加不同小组的会议,经常持续到深夜。我们一般都是按会前国务院批准的对案进行发言,有时出现对案中没有涉及的新的问题,就马上通过使馆向国内请示,得到国内指示后才在会上表态。我那时想起了周恩来总理说过的一句话:外交授权有限,要慎之又慎。代表团忠实地执行了这一方针。

1992年6月,联合国在巴西召开了联合国环境与发展大会。中国国务委员、国务院环境保护委员会主任宋健率领中国政府代表团出席了大会,中国总理李鹏出席了大会的首脑会议并发表了重要讲话,提出了加强环境与发展领域国际合作的主张,得到了国际社会的积极评价。李鹏总理还代表中国政府率先签署了《气候变化框架公约》和《生物多样性公约》,对会议产生了积极的影响。

会议将环境与发展相联系,通过了在全球实现可持续发展的《21世纪议程》、《里约宣言》和《关于森林问题的原则声明》等重要文件。《气候变化框架公约》和《生物多样性公约》两个多边环境法律协议开放签字。

我给总理当翻译

1990年9月,联合国副秘书长、联合国环境署执行主任穆斯塔法·托尔巴(Mostafa Tolba)博士来到北京,出席世界湖泊环境保护与管理大会。托尔巴先生是埃及人,从1975年开始,他一直担任联合国环境署执行主任。在他的领导下,联合国环境署为促进全球环境合作发挥了重大的作用。1981年5月,我担任在肯尼亚内罗毕举行的联合国环境署理事会第九届会议同声传译,在会上见过他,后来曾多次与他见面。托尔巴对中国十分友好,曾多次访华。

托尔巴博士是国家环境保护局局长曲格平的老朋友。曲格平于9月9日会见托尔巴,并和他就中国和联合国环境署在环保领域的合作进行了会谈,我参加了会见。

李鹏总理于9月10日在中南海紫光阁会见了托尔巴博士,曲格平局长等陪同,我担任翻译。

我到宾馆迎接托尔巴,与他乘坐同一辆车去中南海。我们事先已将车号和参加会见人员名单等送达中南海保卫部门。汽车顺利地从中南海西门进入,但一进去,警卫人员立即示意我们停车。我下了车,到传达室窗口,出示了证件。里边的工作人员与他手里的一份名单做了核对后说:"请吧!"我回到车内,汽车随即向东驶去。

汽车在紫光阁前的马路上停了下来。一位工作人员对我们说:"会见时间还没有到,你们可先在周围散散步,休息一下。"我把此话翻译给了托尔巴听。托尔巴高兴地说:"太好了,我们可以参观一下中南海。"

呈现在我们面前的紫光阁,是一栋两层重檐楼阁,宏伟高大,阁前有一个十分宽敞的平台,白石栏子,雕龙望柱,衬托着紫光阁的雄伟。当我得知

1990年9月9日,曲格平局长(右一)会见托尔巴博士(右三),作者(右二)作陪

总理会见将在紫光阁进行时,我曾查阅了有关资料,对紫光阁有了一些了解。此时,我给托尔巴作了简单的介绍。我告诉他,紫光阁始建于明代正德年间,距现在大约480年。它于清朝乾隆二十五年至四十一年重建,离现在120多年。新中国成立后,对紫光阁又进行了重修,但保留了清朝时的原貌。紫光阁在新中国成立后一直是中国政府领导人接见外宾的场所。

对紫光阁观赏了一番以后,我和托尔巴向东走去。中南海是中海和南海的总称。东边不远处,就是中海,我们站在岸边的树荫下,看着这一片蔚蓝清澈的水面,托尔巴说:"水质很好呀。"向北看去,可以看到北海桥和白塔;向南看去,南海水一样蔚蓝清澈。托尔巴又说:"这里的风景真美。"

我看了看手表,离总理会见的时间还有五分钟。我和托尔巴一起向紫光阁走去。到了门口,一进门,见一个大屏风,古色古香。我们从屏风一侧进入大殿。大殿典雅、肃穆。这时,李鹏总理从殿后正中的沙发上站了起来。曲格平局长已提前进来向总理汇报,他也从旁边的沙发上站了起来。他们走过来和托尔巴握手。总理说:"欢迎你,托尔巴博士。"托尔巴说:"阁下,我非常高兴再次见到你。"我站在一旁,担任翻译。

总理和托尔巴在中间的沙发上坐了下来,曲格平局长等陪同人员在旁边的沙发上就座,我则坐到了总理后面专门为翻译准备的椅子上,拿出了事先准备好的小本子和圆珠笔,身子微微前倾,准备记录和翻译。总理说:"很高兴见到你，我们是第二次见面了。"托尔巴说："非常感谢李总理会见我，我感到十分荣幸。" 他又说："中国环境保护工作在你的领导下，取得了举世瞩目的成绩。我们非常感谢中国对联合国环境署一贯的支持。"然后他简单阐述了他对当前全球环境问题的看法，并对中国如何在保护全球环境中发挥作用提出了一些建议。

然后，李鹏总理讲了下面的一段话：

中国环境问题很多，我们在环境保护和治理污染方面做了一些工作，您称赞了我们，但我们做得还不够。

召开世界湖泊环境保护和管理大会对世界和中国都是必要的。事实上，中国湖泊污染和生态破坏也很严重。污染主要来自几个方面：工业废水排放；农民为了得到更多土地，围湖造田，这样湖泊面积就减少了；水土流失，泥沙淤积。生态破坏后，引起一系列问题，如减少了防涝能力。对杭州西湖，我们采取了措施，引钱塘江水入湖，水成了流动的活水，比较清洁，但大运河沿岸的乡镇企业、中小企业污染大。我们在环境治理方面，还有许多工作要做。我们的官员、企业家往往考虑近期利益多些，考虑长远利益、环境利益不够。为此，中国政府要求各地方和企业从长远利益出发，高度重视环境保护工作并在污染治理方面采取更为严格的措施。

您刚才对我国环保工作提出了宝贵意见，希望您对中国的环境保护提出更多的宝贵建议，并为促进中国和其他国家在环保方面的合作和交流积极努力。希望经常保持联系，对中国的环境保护给予更多的支持和帮助。

我这是第六次给李鹏同志当翻译了，但他担任总理以后，这还是第一次。我自我感觉良好，翻译得比较流畅。

李鹏同志在担任副总理期间，兼任国务院环境保护委员会主任，对中国环保事业做出了很大贡献。为此，联合国环境署于1987年决定授予他金质奖章，同时得奖的还有曲格平局长。为此，托尔巴博士于1987年8月访华。

8月28日下午，李鹏副总理会见托尔巴博士，会见后举行联合国环境署向李鹏和曲格平授予金质奖章的仪式。我组织国家环保局外办对这个活动进行了安排，并担任会见和仪式的翻译。

仪式在人民大会堂举行，十分隆重。托尔巴、李鹏、曲格平和联合国环境署亚太地区办事处主任内通博士（Nay Htun）等在主席台就座。我也坐在主席台上。托尔巴发表讲话。他说："李鹏和曲格平先生领导并推动了世界上人口数量最多的中国的环境保护事业。在他们领导下，20世纪80年代初，中国环境保护工作以加强环境管理为中心，进入一个新的时期。在城市中开展了环境综合整治工作；结合整顿工业企业，调整工业的不合理布局；结合技术改造，防治工业污染；在自然保护方面，对珍稀动植物种采取了保护措施；在生态农业、植树造林、控制沙漠化、治理水土流失等方面也作出了新的努力，取得了进展。中国的环保工作为世界树立了一个榜样。为此，联合国环境署决定授予李鹏和曲格平先生金质奖章。"

内通博士将事先准备好的金质奖章和证书送到了托尔巴手中，托尔巴随之将它们分别授予了李鹏和曲格平。

李鹏在授奖仪式上发表讲话，他说："联合国环境署授予我和曲格平先生金质奖章，对此，我们感到极大的荣幸。但我们深知这不仅是我们个人的荣誉，而且也是联合国对我国环境保护事业的支持，是对我国环境保护战线全体人员的表彰。我们对此表示衷心的感谢。"他同时还指出了中国在环境保护上面临的挑战："中国的环境保护工作虽然取得了一定成绩，但是，问题还很多。我国的环境污染和生态环境破坏都比较严重。我们正在采取防治措施，一方面积极控制新的环境问题，一方面治理历史上形成的老的环境问题。争取在20世纪末使我国的环境状况有一个比较明显的改观。"

此前，我还给李鹏担任过四次翻译：1984年12月10日，李鹏副总理会见参加中国环境科学学会首届学术年会的中外科学家；1985年11月16日，李鹏副总理会见向我国赠送麋鹿的英国乌邦寺公园主人塔维斯托克侯爵；1986年6月5日，李鹏副总理在官园会见前来参加"世界环境日"庆祝活动的联合国环境署和亚太经社理事会官员，并参加植树；1987年7月1日晚，李鹏副总理在人民大会堂会见世界环境与发展委员会代表团，会见后宴请代表团成员。

领导和外宾对我的翻译都比较满意。比如在李鹏副总理会见塔维斯托克侯爵后，他的私人驻华代表，会中文的卡洛特先生对我说："Your translation is perfect, both Chinese and English."（"你的翻译十分完美，中英文都很好"。）

李鹏的讲话和谈话稿，后来都收进了他的两本书中，即《李鹏同志关于环境保护的论述》（1988年出版）和《论有中国特色的环境保护》（1992年出版）。其中的谈话稿，是根据我翻译的录音整理的。

1992年，经我推荐，北京外国语大学英语系高年级教研室主任李兵副教授被调到了国家环保局国际司。她在中央电视台教过"客居英国"英语教学课程，英语很好。自那以后，国家环保局邀请重要外宾会见中央领导时，都是她当翻译了。

我和吴明廉大使

1989 年 12 月，国家环保局曲格平局长应联合国副秘书长、联合国环境署执行主任托尔巴博士的邀请，赴内罗毕参加《1992 年环境状况报告》协商会。我陪同前往。会前，我仔细研究了《1992 年环境状况报告》草案，写了一个对案，对草案提出了看法和修改建议。曲格平局长批准了该对案。

曲格平局长和我乘坐的航班降落在肯雅塔国际机场。我们两人都曾多次访问过肯尼亚，对这机场已经非常熟悉，机场不大，也比较陈旧。我们一下飞机，走过飞机和候机楼之间的通道，就看到了中国驻肯尼亚大使兼常驻联合国环境署代表吴明廉和国家环保局派出的中国常驻联合国环境署副代表姚守仁，他们是来迎接我们的。他们与曲格平局长和我紧紧握手，欢迎我们来到内罗毕。吴大使身穿西装，戴着眼镜，风度翩翩。他说他就任中国常驻联合国环境署代表以来第一次接待曲格平局长和我，感到很高兴。我曾多次陪同曲格平局长到外国访问，很少有大使到机场迎接，曲格平局长显得非常高兴。

我和曲格平局长一起坐上了挂着中国国旗的大使的专车，来到了位于内罗毕 Woodland 路的中国大使馆。汽车驶近使馆大门时，司机按动了遥控器，大门徐徐打开。我们看到了上空飘扬着的五星红旗，心里一阵激动，好像回到了家里一样。曲格平局长于 1976—1977 年曾任中国常驻联合国环境署代表，那时他就在这里办公和居住。他说："我对这地方太熟悉了。"我 1981 年曾二次来肯尼亚参加联合国环境署的会议，对这个院子也是熟悉的。但一进大门，我们看到了一座十分雄伟的新大楼，似乎有些陌生。大使说："这座办公楼是前几年新盖的，现在的条件比以前好多了。"我们走进了院子，楼前是一个偌大的圆形花坛，院内到处是花草树木，鸟儿叽叽喳喳，几只猴子在树上跳来蹦去,香蕉树上挂着没有完全成熟的香蕉。

我们被安排在使馆院内的招待所居住。招待所是散落在使馆院内的几座独立的小平房,每人一座,四周是花草树木,给人以十分舒适的感觉。刚安顿下来,我就听到了敲门声,开门一看,是吴明廉大使和他的夫人曹杏珠。曹杏珠是我大学同学。1960年,她和我一样在上海中学毕业后被录取为留苏预备生。我们一起坐火车到了北京,进了北京外国语学院留苏预备部。后来由于中苏关系恶化,留苏未成,我们一起被分配到北京外国语学院英语系学习,同窗五载,1965年毕业。我被外交部录取为留英预备生,先在新闻司实习。曹杏珠被分配到外交部钓鱼台国宾馆。当时吴明廉大使是礼宾司干部,经常在钓鱼台接待外宾,两人不时见面,后来结为伉俪。我听说了他们的情况,但从未见过吴明廉。20世纪70年代初,我离开了外交部后就再也没有见过曹杏珠。久别重逢,我们都很高兴。曹杏珠穿着一件绣花的绸子衬衣,戴着一条长长的项链,庄重大方,清秀美丽。她笑着对我说:"你看上去一点没变。"我说:"你变得更加漂亮了。"吴明廉大使说:"你有什么需要,可以找你这个老同学。"我说:"这里条件很好,不会有什么特别需要。"

傍晚的时候,吴明廉大使秘书领我们到了使馆的一个小餐厅。吴明廉大使在门口迎接。小餐厅里桌子上已经放好了餐具。大使让我们两人坐在桌上,他自己没有上桌,却在边上的一把椅子上坐了下来,说:"按规定,我们不能宴请国内来的客人。我请使馆厨师为你们准备了几个菜,为你们两位接风。我在这里陪你们说说话。"这个规定曲格平局长和我都是清楚的,但是在其他国家访问的时候,从未有过大使在旁边陪着的事情。曲格平局长说:"吴大使你不必陪我们,我们都是自己人,不用客气。"吴明廉大使说:"你是领导、是贵客,我应该陪。"吴明廉大使在国内长期在外交部礼宾司工作,担任礼宾司司长,可谓礼宾专家。吴明廉大使利用这段时间介绍了中肯关系和联合国环境署有关工作。吴大使对曲格平局长说:"我对环境署的事不熟悉,希望曲格平局长多多指导。代表处工作主要靠姚守仁。"曲格平局长说:"你是代表,外交上你把关。"

《1992年环境状况报告》协商会于12月7日至8日在联合国环境署总部举行。吴大使和我们一起出席了第一天的会议。曲格平局长在会上介绍了

1972 年以来中国环境保护工作发展的情况和环境现状,也对《1992 年环境状况报告》草案提出了看法和修改建议。托尔巴在会议总结时对曲格平局长的发言和对会议做出的贡献表示赞赏。

会议结束后,吴明廉大使夫妇陪我们在肯尼亚考察自然保护工作。我们去了十四瀑布、那瓦莎湖(Lake Naivasha)和那库鲁湖(Lake Nakuru)国家公园。那瓦莎湖里的河马,那库鲁湖上的火烈鸟,苍翠的群山、飞泻的瀑布、茂盛的咖啡园、茶园、菠萝园、腰果园,构成了一幅幅绚丽多彩、风光旖旎的图画。我们一起坐在那瓦莎乡村俱乐部的院子里,品尝着肯尼亚咖啡。那里长着高大的剑麻、仙人掌和三色梅,草坪上行走着几只孔雀,天空中飞着几只小鸟,凉风习习,令人心旷神怡。曲格平局长说:"平时工作十分忙碌,从来没有这么放松过。"

吴明廉大使夫妇还陪我们到了著名的树顶旅馆。安顿下来以后,我们开始参观。曹杏珠请来了一名讲解员。这是一位 60 来岁看上去很像绅士模样的英国白人。他说:"我是树顶旅馆经理。中国环境部长和大使阁下下榻鄙

1989 年 12 月,作者与吴明廉大使(左二)、曲格平(左三)、曹杏珠(左四)在肯尼亚那瓦莎合影

作者和吴明廉大使、曹杏珠夫妇在十四瀑布前

馆，感到十分荣幸，向你们表示热烈欢迎。今天我愿意亲自给你们当导游，希望你们在这里生活得愉快。"我和吴明廉大使异口同声地说："Thank you！"他开始讲解："我在这里已经工作了30多年，目睹了这里的变化。这树顶旅馆是英国人开办的，肯尼亚独立之前就有了。那时的旅馆完全搭建在山坡的几棵大树杈上，所以称为 Treetop Hotel。当时的旅馆是全木结构，但比较简陋，主要向驻肯尼亚的英国军政官员和西方探险考察人员提供观赏野生动物服务。后来游客络绎不绝，就在原址旁进行了大规模的扩建，现在变成了你们看到的这个样子。"

老先生还给我们讲了这样一个故事。1952年，英国伊丽莎白公主和丈夫访问肯尼亚时，曾在此下榻。当时他负责接待。当天夜里英王乔治六世突然逝世，英国王室当即宣布伊丽莎白公主继位。翌日清晨，伊丽莎白返回伦敦登基。老先生自豪地说："我接伊丽莎白上树时，她还是公主；我把她送下树时，她便成为女王了。"他还告诉我们，就在那一年，一场大火烧毁了伊丽莎白下榻的"树顶"，1954年在原址对面重建，专门建了一个女王套间。

1983 年，女王伊丽莎白旧地重游，在女王套间下榻。伊丽莎白两度光临，使"树顶"名声大振，成了肯尼亚的一个旅游热点。

"树顶"充满了古朴和野趣。我们看到的"树顶"，已不是真正建在大树顶上了，而是建在数十根大木柱上。建筑底层高高吊空，上面有三层，各层设有客房，两头有长长的走廊，顶层有宽阔的平台，在上面可以观看前面空地上的动物和四周美丽的景色。

老先生还领我们沿着一条小路在附近的山坡上转了一转。山上是茂密的原始森林，林子里看到了飞来飞去的鸟儿和上蹿下跳的白尾猴、狒狒，还有几头行走着的羚羊和傲首采食树叶的长颈鹿。

我们站在走廊上，白天时旅馆前只看到了几头羚羊和野牛，还有几只小鸟。晚饭以后，我们看到一群大象，大概有六七头吧，排着队，从旅馆后面的林子里走了出来，慢悠悠地穿过建筑底下的空旷处，向前面的空地走去，然后停了下来，在水池边喝水。

半夜，我被一阵铃声惊醒。这是通知大家，旅馆前来动物了。我连忙穿好衣服，走出了房间，看到曲格平局长和吴明廉大使夫妇也都已在房门外了。我们一起走向顶层的平台，看到了一幅十分壮观的景象：成群的大象、野牛和羚羊，正在楼前的空地上舔食着什么。吴明廉大使说："它们正在吃盐呢，盐是人工撒在上面的。"

在吴大使夫妇的悉心安排和照料下，曲格平局长和我成功地完成了公务，在肯尼亚这块美丽的土地上度过了愉快而难忘的一周。

1990 年 7 月 29 日至 8 月 27 日在内罗毕举行了联合国环境署第二次特别理事会和 1992 年联合国环境与发展大会筹备委员会第一次会议。曲格平局长率团参加。吴明廉大使是代表团副团长，我是代表团团员，出席了两次会议。这在前面一节已有陈述，这里不再重复。

1992 年春天，吴明廉大使圆满完成了他在内罗毕的使命，奉调回国。回国后他继续担任外交部礼宾司司长。1994 年 7 月他被派往罗马，担任中国驻意大利特命全权大使。

申请联合国环境署职位的初次尝试

1995年11月，国家环保局收到了一个从外交部转来的纽约中国常驻联合国代表团发来的传真。该传真说："联合国人事厅有关官员27日通知我团王晓初参赞，内罗毕联合国环境规划署助理执行主任（D2级）职位空缺，现正公开招聘，但尚未收到足够的合格的申请，希望我支持推荐人选。"外交部将此传真连同联合国的招聘通知和联合国人事厅请中国常驻代表团支持推荐人选的函一并转到了国家环保局，并请国家环保局推荐人选。

国家环保局党组对此事进行了讨论，解振华局长提议推荐我竞争此职，得到党组其他成员的支持。然后解局长在外交部来文上批示："请人事司考虑推荐夏堃堡同志竞争一下。"

人事司将局领导的决定通知了我，我听了后先是有些高兴。我长期从事环保领域的国际合作工作，组织过许多与联合国环境署的合作活动，也多次赴内罗毕参加过联合国环境署的会议，对联合国环境署很熟悉，这个工作应该是可以胜任的。我以前一直在国内工作，现在如有机会到联合国工作，对我的一生将是一个新的契机。但转眼想了想，这是个很高的职位，是联合国环境署第三号人物，取得该职的难度很大，因此只是抱着试一试的态度对待此事。

我从网上下载了申请联合国职位的表格并填好，还准备了一份简历，写了一封申请信，一并交给了人事司。人事司准备了一个给外交部的公文，连同我准备的材料，一并送到了外交部。外交部很快通知环保局他们同意我们的推荐并告知申请材料已转中国常驻联合国代表团。

不久，中国常驻联合国代表团给外交部和国家环保局发来电报，说："推荐材料收到，夏堃堡较有竞争力，建议通过官方多做工作。"

为促成此事，解局长给当时主持环保工作的国务委员宋健写了一个报告，请他给联合国环境署执行主任多德斯韦尔写一封推荐我竞争此职位的信。由于组建和运转中国环境与发展国际合作委员会，我和宋健同志曾有过不少接触，他认识我，对我是了解的。国际司起草了推荐信英文稿。宋健同志非常重视，对草稿作了多处修改。他的秘书杨燕华将修改过的信退了回来，要国家环保局尽快重新打出后再送给他。国家环保局很快办好了此事，宋健同志于1月3日在推荐信上签上了"J. Song"两字。他在信中说：

> 中国积极参加全球环境保护的国际活动，正采取有效的措施贯彻联合国环发大会的各项决议。中国国家环保局在这些工作中发挥着重大的作用。夏堃堡先生是国家环保局负责国际合作的主要官员，具有很强的组织国际环境合作的能力。他有近30年国际合作的经验，其中20年从事国际环境合作。我相信，他一定能胜任联合国环境署助理执行主任这个职务。

国家环保局首任局长，时任全国人大环境与资源保护委员会主任委员的曲格平也应解振华局长的提议，写了一封推荐信。他在信中说：

> 夏堃堡先生于1985年加盟国家环保局，当时我是该局局长。他与我共事8年。在此期间，他是国家环保局负责与联合国机构、其他国际组织和外国开展国际合作的主要官员。自我离开环保局担任全国人大环境与资源保护委员会主任委员职务以来，他仍与我保持着密切的联系。
>
> 夏先生有近30年国际活动的经验，其中20年，他献身于国际环保合作事业。他组织了中国参加全球环境问题的谈判和讨论，特别是国际环境公约的谈判和讨论。他也参与了许多中国实施国际环境公约的工作。他是中国参与全球环境合作重要和最为杰出的领导成员之一，为保护人类环境做出了重要的贡献。
>
> 夏先生具有很强的管理和领导能力和丰富的国际事务的知识，

并熟悉联合国的组织机构和决策过程。他学识丰富、工作努力，诚恳坦率、平易近人。

我相信他一定能胜任联合国环境署助理执行主任一职，特向您推荐他担任此职，希望你加以积极的考虑。

解振华局长也签署了一封推荐信。他在信中说：

夏先生有近30年国际活动的经验。从1978年开始，他一直从事环保领域的国际合作。1985年调入国家环保局以来，他表现出了出色的组织国际环保合作的能力。作为国际合作司司长，他是国家环保局负责国际合作的主要官员，组织过许多国际合作项目，并取得了良好的成果。他积极促进亚太地区环境合作，特别是东北亚环境合作，并做出了重要的贡献。在他的领导下，国家环保局与联合国环境署开展了许多富有成效的合作活动。他是中国环境与发展国际合作委员会副秘书长。国合会是向中国政府在环境和经济协调发展方面提出建议的高级国际咨询机构。夏先生在组织国合会的活动中发挥了重要作用。

夏先生对国际环境事务，对联合国机构，特别是联合国环境署的政策及其决策过程，有十分广泛的知识，在国际活动方面有十分丰富的经验。人们对他的能力、工作态度、诚恳待人的态度以及对环保事业的热忱有着很高的评价。

近20年来，为保护人类环境，为促进世界各国在环保领域的合作，他一直非常努力地工作，做出了实实在在的贡献。

我相信，夏先生是联合国环境署助理执行主任一职的一个非常合适的人选。如果他能获得此职，他一定能完成环境署赋予他的使命。

国合会有一个委员克里斯平·蒂克尔爵士（Sir Crispin Tickell），是英国可持续发展委员会主席，是世界上环境与可持续发展领域的一位名人。

他是国合会的一名十分积极的成员。每次开会，他都积极发言。会议最后，都要产生一个国合会给中国政府的建议。蒂克尔爵士曾和我们一起整理建议稿，往往要工作到深夜。由于这个原因，他与解局长和我都十分熟悉。

1996年1月3日，解振华局长给他发了一个传真，请他也写一封推荐我竞聘联合国环境署助理执行主任的信。1月8日，解局长收到了他的回信，信中说，他已写好了给多德斯韦尔执行主任的信，并说："如果他取得此职位，我应该为他感到高兴，但我会为我自己和国合会而难受，因为在过去的四年中，他做了杰出的工作，你很难找到合适的人来替代他。"他还附了一份推荐信的副本，信中说：

> 我得知，中国国家环保局国际合作司司长夏堃堡先生是环境署助理执行主任的一名候选人。
>
> 我对夏先生有很高的评价，对他十分尊重，愿意支持他的竞选。在过去的四年中，作为中国环境与发展国际合作委员会副秘书长，他做了十分出色的工作。作为该委员会的一名成员，我一直依赖于他的丰富的知识和专业能力。他做得特别出色的一件事是，他与该委员会的国际委员们一起创造了委员会的工作机制，使委员会的工作成果到达了中国最高领导当局，因而赢得了国际委员们的信赖。他的离开对国合会将是一个巨大的损失，对你将是一个收获。

1996年1月26日，我收到了纽约联合国人力资源管理办公室的一封信，通知我他们已经收到了我的申请。2月下旬，我接到了联合国环境署人力资源处的通知，说我已被列入短名单，将于3月6日通过电话进行面试。接到通知以后，我找来了一些关于联合国环境署的材料，又设想了一些可能会问的问题，做了一些准备。

面试那天，我在办公室安静地等待着，电话铃响了，我按下了免提接听按钮，电话中传来了一位男士的声音，他说他是联合国环境署副执行主任奥灵布（Olembo），负责主持那天的面试。他是联合国环境署第二号人物，是肯尼亚人，我在以前参加联合国环境署会议时曾见过他。然后他逐一介绍了招聘委员会的其他三位成员，其中一位是中国人孙林。我和孙林很熟，他原来是外交部条法司司长，后来被联合国环境署录用，担任该署法律中心主任。

面试时主要是奥灵布提问，其他人补充。首先奥灵布让我把我的经历说了一遍，然后问我是否清楚我申请的职位的职责，我按照招聘通知上说的用自己的话说了一遍。他们还提出了关于联合国环境署的任务，当前存在的主要全球环境问题，以及现在有哪些主要多边环境协议等问题。有一位考官还问："如你被录用，将如何做好工作？"对这些问题，我都有所准备，因此顺利地一一作了回答。最后，奥灵布问："如你被录用，什么时候能上班？"我回答说："马上可以上班。"面试花了半个多小时，我对自己的表现感到满意。

面试以后，我工作十分繁忙，几乎忘记了这件事。

过了将近四个月，7月15日，我收到了多德斯韦尔执行主任亲自签署的一封信，通知我，联合国秘书长已正式任命乔治·易路伊卡（Jorge Illueca）先生为联合国环境署助理执行主任，对我申请此职位，并参加三月的面试表示感谢。易路伊卡这人我也知道，他是巴拿马人，是一位已在联合国环境署工作多年的高级官员。我对此结果并不感到意外。

不久，我接到了孙林从内罗毕打来的一个电话。他告诉我，此职人选实际早已内定，易路伊卡是他的上司，在此职位上已经工作了一段时间，招聘只是一个形式。

这次应聘联合国环境署的职位虽然没有成功，但为以后我加盟联合国环境署成为其一名高官打下了基础。

第二章

我任中国常驻联合国环境署副代表

我任中国常驻联合国环境署副代表

1996年9月12日，李鹏总理签署任命书，委任我为中国常驻联合国环境规划署副代表。我于10月6日抵达肯尼亚首都内罗毕任职。

我的前任徐庆华和二等秘书白长波到机场迎接，把我接到了中国常驻联合国环境规划署代表处。

代表处设在内罗毕市吉吉里区的一个独院内，离内罗毕联合国大院不远。院子内是一栋两层别墅，旁边有几间佣人房，四周是花园，篱笆上长满鲜艳的三色梅，黄色、红色、白色。后院有一棵大树，树的名字叫蓝花楹，树冠盖满了半个院子。每年10月到12月，树上长满了紫色的花，地上满是花瓣；院内几只大大的乌龟，总在那里爬来爬去。

到任后的第一件事是交接工作。1973年联合国环境署成立至1996年，中国先后向联合国环境署派出了七位代表和六位副代表。曲格平是中国首任代表，当时没有派副代表。曲格平任期结束以后，国务院决定以后代表由中国驻肯尼亚大使兼任，国务院环境保护领导小组办公室（后来是国家环境保护局）负责选派副代表。徐庆华原来是中国环境科学研究院副院长，是第五任常驻联合国环境署副代表，我是第六任。

交接延续了一个月。徐庆华详细地向我介绍了代表处当时正在进行的和计划开展的工作。他告诉我，兼任中国常驻联合国环境署代表的大使双边工作十分忙碌，所以代表处的工作主要由副代表负责，特别重要的事情向大使请示汇报，并通过他向国内汇报。

当时中国常驻联合国环境署代表处由三人组成，除代表和副代表外，还有我环保局国际司的同事白长波，我们叫他小白。1991年，他从北京大学环境法专业硕士研究生毕业，来国家环保局求职，经过口试和笔试后，被录用。

我参加了对他的口试。他开始了在当时的外事办公室，后来的国际司工作。小白勤奋好学，人又聪明，很快成了业务骨干，参加了许多有关《生物多样性公约》等多边环境法律文书的国际谈判。1995年，在我的建议下，他被派往中国常驻联合国环境署代表处，担任三等秘书。后来被提拔为二等秘书。

到达内罗毕不久，我拜访了当时的联合国副秘书长兼联合国环境署执行主任多德斯维尔，向她递交了由中国外交部出具的一份中国政府任命我为中国常驻联合国环境规划署副代表的文书。多德斯维尔接过文书后说："非常欢迎夏先生就任中国常驻联合国环境署副代表。我们是老朋友了，相信你的就任将进一步加强联合国环境署和中国的合作关系，祝你在这里生活愉快。"我和多德斯维尔在内罗毕和北京曾多次相见，彼此很是熟悉。我说："中国和联合国环境署一直有着良好的合作关系，我一定努力推动双方合作关系达到一个新的高度。"

同年11月初，新任中国驻肯尼亚特命全权大使安永玉抵达内罗毕。安永玉大使同时兼任中国常驻联合国环境署代表和中国常驻联合国人类住区中心代表。

他上任后不久就会见了多德斯维尔执行主任和联合国环境署秘书处的一些主要负责人。会见前，我向他报告了与联合国环境署的合作情况，并提出了有关谈话要点。我和小白参加了会见。安大使感谢联合国环境署多年来对中国环保事业的大力支持，并希望联合国环境署与中国的合作再上一个新的台阶。安大使还说："我因为忙于与肯之间的双边事务，与环境署合作主要靠夏堃堡先生和白长波先生。他们是环保专家，是我的好朋友。"多德斯维尔说："我很高兴与阁下认识。我和夏先生已相识多年，他是我的老朋友，工作很有成效。夏先生无论是以前在国家环保局担任国际合作司司长，还是现在任中国常驻联合国环境署副代表，他的工作都非常出色。我们对与中方的合作很满意，对中国给予环境署一如既往的支持表示感谢。我也同意您的意见，环境署将采取措施，进一步加强与中国的合作。"会见以后，安大使宴请了多德斯维尔执行主任和其他联合国环境署高官。

我还在小白的带领下拜访了其他中国驻肯机构，包括中国常驻联合国人类住区中心（简称人居中心）代表处、新华社东非分社和中国国际广播电台

1993年6月,联合国副秘书长、联合国环境署第三任执行主任多德斯韦尔在北京举行的世界环境日庆祝大会上与作者交谈

内罗毕分台(简称国际台)等。人居中心是一个致力于从社会和环境两个方面推动城镇的可持续发展的联合国机构。联合国环境署和人居中心是仅有的两个总部设在发展中国家的联合国机构。我们和这几个驻肯机构建立了非常好的关系。新华社和国际台驻肯记者将报道联合国环境署和人居中心的活动作为一项重要任务。他们经常采访我和驻人居中心副代表,发出了许多有价值的报道。人们戏称联合国环境署代表处、人居中心代表处和国际台"坏人国"。

当时代表处设在上面提到的一座比较小的独栋别墅内,除代表处人员办公和住宿的房间外,只有一间客房。内罗毕的治安不太好,道路也比较差。为安全考虑,国内来的代表团以前大多住在中国驻肯尼亚大使馆。我以前来内罗毕开会都住在那里。最近几年来开会的代表团多了,只有小部分人住使馆,多数人只好住旅馆。国家环保局派出的代表团,团长住在代表处,其余人都住旅馆。

一年前,代表处给国家环保局打了一个报告,建议在吉吉里区买一处大一点的房子,以后国家环保局来参加会议的代表可住在那里,既安全方便,从长远来看,也可节约开支。解振华局长在报告上批示说,买大房子费用太高,可考虑在原有院内扩建。国家环保局据此写了一个申请经费的报告，经外交部会签后报财政部审批，不久获得批准。当时就将经费拨到了内罗毕代表处的账上，但扩建工作一直没有开始。

小白告诉我，他们已经与中国海外建筑工程公司的张经理讨论过此事。张经理表示愿意承担这项工程。我到任后决定立即启动此事，让小白具体负责与张经理联系，并负责监督工程的实施。代表处与公司很快签订了合同。具体方案是在现有两层别墅旁边盖一座小楼。开展此项工程，还须经过肯尼亚某个政府部门的审批。在小白的努力下，工程得到了批准。

施工队很快进驻。张经理经常来工地检查督促，具体工程由一名国内来的技术员负责，工人都是当地招聘的肯尼亚人。施工图是公司掌握的一张现成图纸。经过几个月，小楼竣工了，楼上楼下共有四间客房。此后，国家环保局派出的小型代表团基本都住在这里了。

作为副代表的一项重要任务是代表中国政府参加联合国环境署常驻代表委员会的会议。联合国环境署理事会和常驻代表委员会是联合国环境署的理事机构。理事会是联合国环境署的最高决策机构，每年召开一次会议。常驻代表委员会则是在理事会休会期间，对实施理事会的决议执行情况进行审议，提出实施建议，以保证理事会决议的实施。我到任后的几个月内，参加了许多常驻代表委员会的会议。这些会议主要是为联合国环境署第19届理事会会议准备文件。

1997年1月27日至2月7日，在内罗毕联合国大院召开了联合国环境署第19届理事会会议。中国派出了由外交部和国家环保局组成的代表团出席，解振华是团长、代表，安永玉大使和我是副团长、副代表。

解局长在各议题下作了多次发言，阐述中国政府的立场，受到广泛好评。

在理事会期间，发展中国家和发达国家在关于联合国环境署理事机构的问题上产生了严重的分歧。所谓理事机构，就是管理联合国环境署的机构。原来联合国环境署的理事机构主要包括每年召开一次会议的理事会和由各国驻联合国环境署代表组成的常驻代表委员会。发展中国家在会议上认为联合国环境署当时主要的问题是财务和管理两个方面的问题，而不是理事机构的问题，因此，主张加强常驻代表委员会，集中精力解决联合国环境署的主要问题；以英国为首的部分发达国家和个别发展中国家极力主张建立新的理事机构，要求在联合国环境署下设立一个部长级委员会。会议争论了两周，一直不能达成一致意见。解振华局长在发言中支

1997年4月4日，作者在会议闭幕后上主席台与联合国环境署副执行主任卡卡赫尔握手，祝贺会议成功

持大多数发展中国家的观点。我参加了这个问题的讨论，与各国代表，特别是发展中国家代表加强磋商，在会议上积极发言。会议最后一天，即2月7日深夜，双方在此问题上未能达成一致意见。会议主席匆忙宣布休会。

联合国环境署第19届理事会于同年4月3日至4日复会。国内授命我和小白参加会议。在理事机构问题上，双方开始还是坚持各自原来的立场。4月3日深夜，在谈判再次面临破裂的情况下，我站起来发言，建议双方为全球环境与发展的利益，采取合作的态度，提出建立一个以部长和官员组成的委员会，人数将南北双方提出的数字相加除以2，即36人，该方案立即得到双方的响应和支持，从而在4月4日通过了《关于环境署理事结构的决议》，决定成立联合国环境署部长与官员高级委员会。

我在第19届理事会期间被会议主席挑选为"主席之友"的成员，参加了关于联合国环境署作用和任务的《内罗毕宣言》的起草。我在起草过程中提出了不少修改意见，得到了会议主席和秘书处成员的赞扬。

此后，在纽约联合国总部召开了联合国环境署部长与官员高级委员会的第一次会议。国家环保局国际司司长，我多年的同事王之佳出席会议，并被选为副主席。

高官会第二次会议于1998年3月2日至4日在内罗毕举行。这是新任

1998年3月2日，中国代表团在联合国环境署部长与官员高级委员会会场。左起：王新霞、作者、岳瑞生

执行主任上任后主持召开的第一次联合国环境署的重要会议。这次会议着重讨论了联合国环境署的资金、改革与振兴以及淡水等问题。王之佳因为另有其他任务不能与会，国内派了国家环保总局国际司岳瑞生处长和外交部王新霞与会。我受国内指令，也参加了这次会议，并担任副主席。我在大会上多次发言。我说："1992年联合国环发大会后，环境署尽管面临种种问题和困难，但在全球环境事务中仍发挥着其他国际组织所不可替代的作用，中国支持进一步加强环境署。"我还就淡水问题作了一个专门发言，呼吁世界各国应加强淡水领域的国际合作，国际社会应发展和推广适用于发展中国家的实用和廉价的技术，用于水资源的保护和水污染的处理。新华社驻内罗毕记者王金余就这次会议和我的发言写了三篇报道。

会议讨论并通过了有关联合国环境署的资金、改革与振兴以及淡水问题的决议，开得比较顺利，气氛也比较和谐，与1997年2月在这里召开的第19届理事会形成鲜明对照。在那次会上英国环境大臣格默代表英、美和西班牙三国发表了一份措辞强硬的声明，宣布两国将暂停向联合国环境署捐款。英美的行动给联合国环境署带来严重困难。一年后的今天，美国代表在高级委员会上宣布，1998年美国对联合国环境署的捐款比上一年将增加100万美元；德国代表也表示将为联合国环境署在全球淡水等领域的活动捐款50

1999年2月,在联合国环境署第20届理事会期间,作者与宋瑞祥团长合影留念。左起:作者夫人、安永玉、宋瑞祥、大使夫人、作者

万美元。这一变化是由于双方在理事机构问题上达成了协议和《内罗毕宣言》的通过。我为对这一进展做出过一点贡献而感到欣慰。

1999年2月召开了联合国环境署第20届理事会会议,国家环保总局副局长宋瑞祥率团参加会议。宋瑞祥原任地质部部长,所以大家都叫他宋部长。联合国环境署秘书处原来将他的发言排在后面。我找到了理事会秘书长米勒(Miller)女士,给她做了介绍,说这是一个正部长级的领导,他们就把他放在了很前的位置。宋部长非常高兴。

我以中国代表团团员身份参加了会议,起草了我国代表团与会对案、团长发言和多个议题下的发言。在会议期间,除参加全体会议以外,主要参加决议起草委员会的工作。在各项决议的讨论中,尤其是关于联合国环境署的改革和联合国环境署的预算等有争议的议题讨论中,我均按我团与会对案,坚持既定立场。会议通过了43项决议。

2月2日,宋瑞祥团长在中国驻肯尼亚大使官邸举行宴会招待特普菲尔执行主任、卡卡赫尔副执行主任和其他联合国环境署高官,安永玉大使和我都出席了宴会。特普菲尔对大使馆厨师做的中国美食赞不绝口,说他最爱吃中国菜。

特普菲尔执行主任于2月11日致函宋瑞祥团长,对他和中国代表团在第20届理事会期间做出的积极和建设性的贡献表示赞赏。他说:"你和你的代表团的贡献为第 20 届理事会的成功发挥了重要作用。我再次感谢你 2 月 2 日在中国大使官邸对我所表示的好客和善意。我感谢你参加理事会并表示对环境署及其工作的支持，我尤其对预算和工作方案的通过表示感激。"

卡卡赫尔副执行主任于 3 月 8 日会见我时说："执行主任和我都清楚地知道中国代表团在第 20 届理事会上所做的各次发言和表达的观点，我们对这些发言均十分赞赏，我们感谢中国代表团为第 20 届理事会所做出的积极贡献。"

我任联合国环境署常驻代表委员会副主席

联合国环境署常驻代表委员会是联合国环境署的一个理事机构。该委员会由各国常驻联合国环境署代表和副代表组成。中国常驻联合国环境署代表安永玉大使和我代表中国参加，但由于安大使忙于处理与肯尼亚的双边事务，一般由我参加常驻代表委员会的会议。

常驻代表委员会于1997年8月26日举行第60次会议。会议决定在委员会下设两个分委会，第一分委会将主要讨论和处理实质性的环境问题，如化学品、淡水和生物安全等；第二分委会主要讨论预算和管理事项。会议通过了两个分委会的工作方案。

根据联合国环境署第19届理事会第32号决议，联合国环境署常驻代表委员会将予以加强。加强后的委员会将审查、监督和评估理事会关于管理、预算和方案的决议执行情况，审议联合国环境署的工作效率、效果和透明度等情况的报告，准备决议草案提交理事会审议。

本届委员会会议选举产生了新一届的主席团，乌干达高专兼驻联合国环境署代表卡姆基莎（Kamugisha）先生当选为主席。我当选为副主席，这是中国人第一次当选此职。当选为副主席的还有荷兰常驻联合国环境署代表特雷弗斯（Treffers）大使，巴西常驻联合国环境署代表桑托斯（Santos）大使。波兰常驻联合国环境署代理代表贾幸斯基（Jasinski）先生当选为报告员。

新的主席团于9月24日上午举行了第一次会议，主席团全体成员和联合国环境署执行主任出席。会议主要讨论了常驻代表委员会的工作方案，确定了联合国环境署特别理事会以前的工作安排，对联合国环境署第19届理事会通过的决议做了分类，确定了一些应优先实施和常驻代表委员会需优先审议的重点工作。

我同时兼任第一分委会副主席。从 9 月开始，常驻代表委员会和两个分委会都召开了许多会议，我作为主席团成员参加了这些会议和其他各项工作。我还多次受卡姆基莎先生委托，主持过常驻代表委员会和第一分委会的会议。这些会议主要就如何对联合国环境署第 19 届理事会决议执行情况做出安排，其中讨论得最多的是关于如何对联合国环境署秘书处及其地区办事处的工作进行评估并提出改进意见的两个决议。

1998 年 5 月 3 日至 5 日，联合国秘书长安南访问内罗毕联合国机构，会见了各国驻联合国环境署和人居中心代表，以及内罗毕联合国各机构的工作人员，并发表了讲话。我参加了特普菲尔举行的欢迎安南夫妇的招待会以及安南与两组织常驻代表委员会主席团和联合国高官的会议。安南在讲话中特别强调，要求联合国内罗毕办事处提高到与日内瓦和维也纳办事处同样的水平。在招待会上，各国代表排着队和安南夫妇握手，我也加入了这个队伍。当我站在安南面前时，联合国环境署礼宾官把我向安南做了介绍："这是中国驻环境署副代表夏堃堡先生。夏先生也是环境署常驻代表委员会副主席。"安南一边握着我的手，一边微笑着用中文说："你好！"我说了两句话，祝他和夫人在肯尼亚访问愉快。并说："中国支持加强联合国环境署。"安南说："十分感谢中国的支持，联合国将采取措施，加强联合国环境署，使它在全球环境事务中发挥更大的作用。"这时，中国国际广播电台驻内罗毕记者徐军按下了他手中相机的快门，记录下了这个难忘的时刻。

联合国内的"77 国集团和中国"和"亚洲组"在内罗毕也十分活跃，经常举行会议。"77 国集团和中国"在历次会议前和期间均召开许多会议，协调立场，对若干重大问题，如联合国环境署的改革、淡水、联合国环境署在全球环境基金中的作用等问题上，形成了一致意见，从而使该集团在各次会议上基本能以一个声音发言，使会议做出的决议能反映发展中国家的意见。我积极参加了这些会议和活动。

联合国环境与发展大会以后，成立了联合国可持续发展委员会和《联合国气候变化框架公约》，以及《生物多样性公约》等多边国际环境公约秘书处。原有的一些联合国机构，如联合国开发署、联合国人居中心、联合国工发组织、联合国儿童基金会等，也有许多环境方面的工作。这些组织为推动

1998年5月,作者和安南秘书长握手交谈

全球环境合作做了许多有益的工作。与此同时,也出现了许多问题和矛盾。有许多工作,大家抢着去做,还有许多工作没有人做,缺乏充分的合作和协调,从而减弱了联合国环境工作的效率。针对这种情况,2008年年初,安南秘书长成立了一个"联合国环境与人居专门工作组",其任务是对联合国环境与人居工作的改革提出建议。特普菲尔是该工作组主席,成员包括一些国家的环境部长、有关联合国机构的领导人和环境与发展领域的著名人士等。经过该工作组两次会议,产生了《联合国环境与人居专门工作组报告》初稿,该初稿对加强联合国环境与人居工作提出了10多条建议。

"77国集团和中国"内罗毕分部成立了一个工作组,对《联合国环境与人居专门工作组报告》初稿进行研究。"77国集团"选举我为该组主席。在我的主持下,召开了多次会议,经过一个多月的工作,提出了一份报告。该报告基本肯定了专门工作组报告初稿的各项建议,并提出了一些建设性意见,包括加强联合国环境署,给它提供充分的和可预见的资金,和加强联合国各机构,包括多边国际环境公约秘书处之间的合作和协调等。

1998年6月,《联合国环境与人居专门工作组报告》最终完成。1999年8月10日,联合国大会据此通过了关于环境和人居的第242号决议。该决议提出了一系列加强和改进联合国环境和人居工作的措施,其中有两项决定特别引人注目。第一是决定在联合国内成立一个"环境管理委员会",该委员会由联合国环境署执行主任担任主席,成员由有关联合国机构的领导人组成,以加强联合国各机构在环境工作中的协调;第二是决定成立全球部长级环境论坛,该论坛同时也是联合国环境署理事会会议或理事会特别会议。242号决议是加强全球环境保护工作的重大决议。该决议通过的时候,我已是联合国环境署的一名职员。我仔细研究了这个决议,发现"77国集团和中国"内罗毕分部所提出的一些建议在决议中得到了反映。我能在该决议的出台中做出过一点贡献,感到很高兴。

亲人相聚内罗毕

1997年9月4日清晨,我、妻子和女儿一起从北京乘飞机抵达曼谷,准备在那里换乘阿联酋航空公司的班机飞往内罗毕。我1996年就任中国常驻联合国环境署副代表后,妻子崔成兰一直在北京没有随任,主要原因是女儿夏雪还在高中读书。1997年7月夏雪高中毕业后,我们决定把她带到内罗毕上外语学校,学习英语。这样,我们三人就开始了这次旅行。到了曼谷国际机场后,我们被告知,飞往内罗毕的这个航班已被取消,我们必须在这里等待三天。我与航空公司进行了交涉,但没有结果,于是我们就在曼谷滞留了三天。

世上有许多巧合。我16年前第一次出国,目的地也是内罗毕。我第一次出国途经卡拉奇,赴内罗毕的航班被取消,被迫在那里滞留三天;这次我妻子和女儿也是第一次出国,也是去内罗毕,航班也被取消,被迫滞留曼谷三天。我一生出国乘过无数次的飞机,遇到这种情况也就这两次。我和妻子持有中国外交护照,可在机场办理签证后入境。我女儿持因私护照,不能入境,她只好在机场宾馆待了三天。

对我和妻子可以说是因祸得福。第一个"福"是,我们参加了儿子夏雷的亚洲理工学院研究生班开学典礼。夏雷原来在《中国环境报》英文版工作。后来《北京青年报》公开招聘编辑、记者,他去报考,被录用,已在那里工作了五年。他考取了在曼谷的亚洲理工学院MBA研究生,比我们早几天到达曼谷。

参加完儿子的开学典礼后,我们开始了在曼谷的旅游,这就是滞留曼谷带来的第二个"福"。我们参观了举世闻名的大皇宫和另一座雄伟建筑威玛曼宫。我们还游览了市容,逛了商店,买了几件衬衣。我们在曼谷度过了非常愉快的三天。

9月6日下午,我和妻子来到机场与女儿会合,乘坐阿联酋航空公司的班机,离开曼谷,经迪拜抵达内罗毕。

夏雪进了内罗毕由澳大利亚人开办的一所外语学校,学习英语。她在中学学过英语,有一定基础,在内罗毕学习也很刻苦,白天在学校上课,晚上做作业、练口语,因此进步很快。

夏雪的学校离联合国内罗毕办事处中文组组长韩晓信家很近,她经常住在他家里,在生活和学习上得到小韩和他夫人黄见很多帮助。他们住的是一座很大的别墅,园中绿树成荫,繁花似锦。每天放学以后,黄见总请夏雪喝午茶、吃点心。黄见有一个漂亮的女儿,小名叫 Snow(小雪)。我女儿也叫 Snow。大 Snow 住在他们家时,小 Snow 才一岁多,很喜欢学大 Snow 的动作,譬如大 Snow 在脸上用了护肤霜后,喜欢用双手拍拍,小 Snow 也学着拍拍自己的小脸蛋,十分可爱。

在周末,我们全家经常一起去野生动物园观看动物。肯尼亚号称"天然动物王国",全国共有国家公园和野生动物保护区 36 个,在那里栖息着的五大兽——大象、棕狮、野牛、非洲豹和犀牛就有近 200 万头。此外还有不计其数的长颈鹿、非洲狐狼、狒狒、羚羊、斑马、野猪、蹄兔、鳄鱼等。

我们一起去马赛马拉(Masai Mara)国家公园参观。这是肯尼亚动物最多,最吸引人的一个自然保护区。马赛马拉离内罗毕 270 公里,乘车四五个小时可以到达,公园面积达 1510 平方公里。这里隐藏着 80 多种野生动物,五大兽和其他动物应有尽有。其中牛羚、瞪羚和长颈鹿三种动物最多时可达 250 万头,鸟类有记载的有 450 多种,是世界上罕见的。每年到此游览的外国游客络绎不绝。

我们一起去凯伦故居参观。凯伦故居是丹麦著名作家凯伦·布里克森于 19 世纪早期在肯尼亚经营农场时住的房子。1937 年,凯伦出版了她的自传体小说《走出非洲》,获诺贝尔文学奖,后来根据小说拍摄的同名电影获奥斯卡奖。凯伦故居陈列着凯伦和亲友的照片,她在那里居住时的生活和办公用品,以及她的事迹和著作。凯伦故居每天吸引着很多旅游者。

我们还一起去纳库鲁湖(Lake Nakuru)和博戈里亚湖(Lake

Bogoria）观看火烈鸟。我们在那里欣赏百万只火烈鸟在青山掩映下铺满蓝色湖面的奇景。博戈里亚湖里还有许多温泉，有的水温高达沸点，游人可在雾气蒸腾的温泉里煮鸡蛋，在附近酒店享受温泉水疗服务。

1997年11月，作者夫妇和女儿在内罗毕凯伦故居前合影

夏雪计划到美国去上大学。1998年年中，她在内罗毕参加了一次托福考试，成绩达到了美国一些大学的录取标准。她向美国的多所大学寄去了申请材料，包括中学的成绩单、托福考试成绩和护照复印件等。11月初，她收到了美国三所大学的录取通知。我和夏雪在网上对三所大学的情况进行了研究，决定去美国中部的一所大学。夏雪给该校招生办公室去了一封信，通知该校她的这个决定。不久，她收到了这个学校的一封信，确认对她的录取。

11月中，夏雪拿着护照、美国大学录取通知、财务证明和填好的签证申请表等文件到美国驻肯尼亚大使馆去办理签证手续，我陪同前往。那年8月，美驻肯使馆遭到恐怖袭击被炸毁，不能使用，美签证处临时在内罗毕一条幽静的马路旁的一个小楼内办公。我们到达时已有几个人在那里排队，夏雪加入了队伍，我则在马路旁找了一个有树荫的地方坐了下来。过了一个多小时，夏雪走了出来，脸上带着微笑。我问她："怎么样？"她答道："拒签了！"我听了，觉得有些奇怪。她把护照和一张使馆给她的纸条递给了我。我打开纸条，看到上面写着："你的签证将在交付签证费后发给。"原来如此，难怪夏雪那么高兴。我问："你怎么没有交签证费？"她答道："带的钱不够？"我把身上带的美元交给了她。她回到使馆，补交了签证费。11月24日，夏雪顺利地拿到了去美国留学的学生签证。

我妻子虽然不是中国常驻联合国环境署代表处的职员，但也为代表处做

作者夫妇在博戈里亚湖畔欣赏火烈鸟

了许多工作。财务方面,小白,后来是张磊兼任会计,我妻子担任出纳。在他们共同努力下,代表处的财务工作一直做得很好,我从不为此操心。

代表处有三个肯尼亚雇员,女佣莎拉、园丁约瑟夫和司机戴维。妻子协助管理这些雇员。她还担负起了买菜的工作。她英文不太好,但她很会和小商小贩用英文 bargain(讨价还价),买来的菜总是又便宜又好。

莎拉在代表处已工作多年,负责做饭,一般的中餐都会做,但不一定符合我们当时代表处几个人的口味。妻子教她提高烹饪水平,还教她做几种以前她不会做的菜肴。在妻子的指导下,莎拉的烹调技术有了很大提高。当代表处有客人时,妻子总是亲自动手,和莎拉一起炒菜做饭,招待客人。肯尼亚人只要有小学文化,都会说英语。莎拉英文不错。我妻子与她用英文说话,提高了自己的英文水平。

妻子还帮助约瑟夫管理花园。院子四周的篱笆两侧原来密密麻麻地种着一些小树,后来不知得了什么病,一棵棵地变黄枯死了。1997年,我妻子到内罗毕后,让约瑟夫拔去了那些已死去的小树,亲自去花木市场买了许多三色梅,让约瑟夫种在了篱笆边上。不久,三色梅竞相开放,我们的花园比以前更加美丽了。

我妻子是中国常驻联合国环境署代表处的一名称职的编外成员。

我和安永玉大使

1996年11月初，新任中国驻肯尼亚特命全权大使安永玉抵达内罗毕。安大使同时兼任中国常驻联合国环境规划署代表和中国常驻联合国人类居住中心代表。他到任后不久，就到代表处来拜访，使我非常感动。安大使是代表，是我在内罗毕的直接领导。按理应当我先去使馆看望他，并向他汇报工作。安大使的夫人李淑静也一同来访。我们向他汇报了代表处的工作。我说："你是我的领导，以后请你多多指导。"他笑着说："环保外事工作我是外行，环境署的工作主要由你负责，如涉及台湾、西藏等问题时，应向我汇报。联合国环境署的会议和活动我一般不参加，特别重要的我可视情出席。"我说："我会按你的吩咐办，但还是希望你能多参加一些环境署的活动和会议。"他说："我主要负责与肯尼亚政府间的双边合作，这里的事情是很多的，环境署的事主要靠你。"

中午，大使夫妇和我们在代表处共进午餐。午餐是代表处的女佣莎拉做的。安大使吃得很满意，他还把莎拉叫到身边，对她说："你的手艺不错啊，快赶上我们使馆的特级厨师了。"

安大使在忙于处理双边关系特别是经贸关系的同时，为促进中国和联合国环境署的合作也做了很多工作。

1997年1月27日至2月7日，在内罗毕召开了联合国环境署第19届理事会会议。解振华局长是代表，率领中国代表团出席，安永玉大使、王之佳司长和我是副代表。

1998年年初，联合国秘书长安南任命德国人特普菲尔担任联合国环境规划署执行主任和联合国内罗毕办事处主任，并兼任联合国人居中心代理执行主任。

1997年1月，安永玉（前左）、张世钢（后右）、白长波（后左）和作者（前右）在联合国环境署第19届理事会会议上

2月9日，特普菲尔在内罗毕上任。特普菲尔抵达后三天，即2月12日，安大使在内罗毕最好的中餐馆江苏饭店会见并宴请了他和联合国环境署其他主要官员。当时，代表处白长波已离任回国。新任二秘张磊、我国常驻人居中心助理代表张振山和我出席作陪。安大使是特普菲尔到任后单独会见的第一位驻联合国环境署代表。特普菲尔在担任德国环境部长期间，曾访问中国，我与他见过面。特普菲尔的记性很好，见到我后，就说："呀，老朋友了。"大使对特普菲尔就任新职表示热烈祝贺，并表示中国政府将全力支持他的工作，支持联合国环境署的改革和振兴。特普菲尔对中国政府对联合国环境署的一贯支持表示感谢，说他在担任德国环境部长和建设部长期间曾多次访华，与中国有良好的合作关系，表示在他担任联合国职务后将继续保持和加强与中国的合作关系。安大使向他转达了国家环保总局解振华局长的问候并希望尽快与他会晤的愿望。特普菲尔说，他希望尽早再度访华，安大使表示欢迎。他还说："秘书处有关人士已向我报告，堃堡先生近年来在联合国环境署常驻代表委员会中表现十分积极，做出了十分有益的贡献。"我进入联合国后，名字用的是 Xia Kunbao，即仍按中国习惯，将姓放在前面，外国人一般将姓放在名字后面。所以他称我为 Mr.Kunbao。我对他的任职也表示祝贺，对他的友好言辞表示感谢，并表示将会支持他的工作。我对他说："你有什么事尽管找我。"

按照安大使的指示，我们对涉及台湾的问题非常重视。在一次关于保护臭氧层的专家工作组会议上，有几个台湾人以专家的个人身份参加了会议。他们散发的材料中，出现有"Republic of China"的字样，我立即找秘书处进行交涉，说明情况，然后，这些材料全部被从会场撤走了。

涉及台湾的问题，安大使总是亲自出面。1998年7月17日，安大使会见特普菲尔，我也参加了。大使重申了我国关于台湾问题的立场，希望联合国环境署和人居中心不出现"两个中国"和"一中一台"的问题。特普菲尔表示，他主持的联合国机构将严格按照联合国的有关决议办事，不会出现这个问题。特普菲尔对大使说："你能否给我一份与台湾建立所谓外交关系国家的名单，以便我们在同这些国家开展活动时可以采取防范措施。"安大使立即表示同意，并让我办此事。代表处在会见后将一份与台湾建立所谓"外交关系"的国家的名单提供给了联合国环境署。

1999年3月，我从联合国环境署得到消息，联合国环境署将与世界贸易组织签署一项合作协议。我知道，台湾是世贸组织的非国家成员，参加世贸组织的活动，它很可能会利用这个关系，混入世贸组织与联合国环境署的合作活动中去。我向安大使作了汇报。安大使说："你反映的这个问题非常重要，你和环境署联系，我要约见特普菲尔，和他谈这个问题。"当时特普菲尔不在内罗毕，我征得大使同意后，安排他和副执行主任卡卡赫尔会面。卡卡赫尔在任此职前曾是巴基斯坦驻肯高专，是安大使的好朋友。3月11日，安大使会见了卡卡赫尔，我也一同参加。大使向卡卡赫尔递交了一份照会，要求联合国环境署在实施与世界贸易组织拟议中的合作协议中不允许台湾混入双方的合作活动，并重申了中国政府在台湾问题上的立场。卡卡赫尔承诺联合国环境署将做出一切努力防止台湾通过世界贸易组织的后门混入联合国环境署的活动。

由于我们的这些努力，联合国环境署未出现过重大的涉台问题。

1999年，达赖喇嘛企图到肯尼亚活动。达赖驻南非代表致信肯尼亚籍印度商人迪沃尼，要求他邀请达赖访肯。印度人自19世纪90年代抵肯修建东非铁路大干线后，100余年中已在肯有很深的经济基础和人脉关系。在迪沃尼一番活动后，肯尼亚外交部常秘科斯盖竟正式复函同意达赖10月26日以私人身份访肯。安大使得知此消息后，立即约见肯尼亚外交部长，表明中方坚决反对达赖访肯的立场，并充分阐明了理由，后来又亲自向莫伊总统面陈中方严正立场，终于打掉了达赖访肯的企图。

中肯建交33年，肯尼亚总统从未访问过中国驻肯大使馆。安大使就任后，莫伊总统于1997年和1999年两次出席在中国大使馆举行的中国国庆招待会。特别是1999年，莫伊总统和副总统及八名正职部长一起出席，这是绝无仅有的。1998年，莫伊总统和两位要员一起专门来到我大使官邸，出席安大使举行的小型宴会。这些活动安大使几乎都请我参加了，使我目睹了大使叱咤风云的外交家风采。由于安大使的出色工作，中肯关系有了很大的发展。

安大使任驻肯大使前是中国驻纳米比亚大使。他对我讲过他在纳米比亚时与努乔马总统的交往："那真是朝夕相处啊！1994年和1995年，我们夫妇两度受总统夫妇的邀请到大西洋边度假，每次都是整整一个星期。我们住在同一所大房子里，共用一台电视，共用一个客厅，一天三顿饭一起吃。到海边坐在一起，一起钓鱼，一起聊天。上午九点到下午六点，一钓就是一天，中午饭就在海边吃。每天都是这样过去。聊天中，努乔马掏出了很多心里话。两国关系中的许多问题，都在谈笑中解决了，或者说清楚了。总统个人感情，包括过去受种族主义的种种压迫，领导游击战士进行武装斗争以及家庭情况都给我讲了。他父亲病逝后，种族主义政权怎样想利用他参加父亲葬礼的时候，把他逮捕。他母亲怎样地受折磨，中国建设的扬水站的规划问题，都讲到了。1996年1月下旬，努乔马邀请我到他的故乡看望他已97岁的老母亲。在他家乡度过了五天。"

安大使在纳米比亚任职期间，接待了江泽民主席、朱镕基副总理和夫人的访问，在肯尼亚任职期间，接待了李鹏委员长和夫人等国家领导人的访问。接待非常成功，促进了中国和这两个国家的政治和经济关系的发展。

安大使是一名出色的外交家。

代表处新任二秘

张磊原来是北京市环保局的外事干部，1990年经考核后调入国家环保局外事办公室工作。

张磊最大的特点是办事能力强，工作认真负责。那时外办事多人少，工作十分忙碌。我对外办干部说："你们要提高工作效率，最好不要加班加点。"因此，每天大多数人都能按时下班，但我作为外办的负责人，工作实在太多，所以经常需要加班。后来，我发现，当大多数人下班以后，张磊几乎每天都仍在办公室忙碌。一天，我走到他办公室，问他："你怎么还不下班？"他说："事情实在太多了，做完这件事我就回家了。"

1990年10月，在北京钓鱼台国宾馆召开了中国经济与环境协调发展国际会议。张磊和国际司张崇贤、张世钢等一起，负责会务工作。张磊工作很出色，会议于10月22日开幕。21日晚，张磊和其他人为了布置会场等工作，一直到22日快天亮时才上床睡觉。

1992年2月，他被派往肯尼亚内罗毕，担任中国常驻联合国环境规划署代表处三等秘书。那时副代表曾是江苏省环保局局长的胡荣梅。胡荣梅1993年回国述职时来国家环保局见我。我问他："张磊工作怎么样？"他说："非常好，工作特别努力。在后勤保障方面我全靠他。在与环境署有关的工作上也给了我很大帮助。"他说，他不会开车，代表处也没有雇用司机，无论他去哪里，都是张磊开车接送。他还告诉我："张磊经常协助我驻肯使馆工作，特别是在接待国家领导人访问时，他独当一面，工作非常出色，受到大使的表扬。"

1993年12月，张磊完成了代表处的工作回国。那时国家环保局外事办公室已升格为国际合作司。原来外办只有两个处，即双边合作处和国际合作处。成立国际司后增加了一个综合处。

张磊被任命为综合处副处长,当时这个处没有处长,张磊负责全面工作。综合处的工作包括文秘、护照签证、外宾接待、会务和计划等。他负责的工作比较杂,但不管做什么工作,他都能做得很好。譬如,有时出国人员办理签证会碰到困难,出国日期快到了,签证还没有拿到。一般情况下,外办负责签证的小朱可以解决,但有时小朱解决不了时,就请张磊来协调。他与几个主要使馆负责签证的官员建立了良好的关系,经他联系,这样的问题一般都能解决。

1996年5月,江泽民主席访问肯尼亚。那年4月,中国驻肯尼亚大使馆与国家环保局联系,要求借调张磊到使馆,协助接待江主席,理由是他在代表处工作期间参加过接待国家领导人的工作,做得非常出色。经环保局领导批准,张磊飞赴内罗毕,参加了江主席访肯的接待工作。江主席还访问了内罗毕联合国机构,在联合国大院里植树,访问取得了巨大成功。

1996年10月,我抵达内罗毕,担任中国常驻联合国环境署副代表。我的前任徐庆华和二等秘书白长波热情地迎接我。徐庆华和我交接完工作以后,就回国了。白长波给我讲了下面一个故事。

在准备接待江泽民主席时,肯尼亚军乐队进行了一次排练,主要是练习演奏中国国歌。原来使馆没有安排谁去指导排练。张磊自告奋勇,说他一定要去"给他们点拨点拨"。他到了排练现场,军乐队开始演奏。他发现这些人奏出的中国国歌很不是那个味。他立即给他们进行讲解,说哪里应重,哪里应轻,哪里应高,哪里应低。然后让他们再练,他亲自指挥,俨然成了一个指挥家了。肯尼亚军乐队指挥伸着大拇指称赞他指导得好。经过三番五次的练习,乐队奏出的中国国歌很准确了。张磊的工作得到了陈平初大使的表扬,当然不仅仅是因为这一件事。

1997年年末,白长波任满回国,然后举家移民加拿大。在白长波离任前几个月,我就与国家环保总局联系,提出请张磊来接替白长波在代表处的工作。过了一段时间,局里通知,决定任命张磊为中国常驻联合国环境规划署二秘。

张磊于1997年12月抵达内罗毕履新,这是他第二次来此地常驻了。不久，他的夫人孟娟也到这里随任。那时我夫人崔成兰也在内罗毕。

联合国环境署部长与官员高级委员会的第二次会议于 1998 年 3 月 2 日至 4 日在内罗毕举行。这次会议着重讨论了联合国环境署的资金、改革与振兴以及淡水等问题。国内派了国家环保总局国际司岳瑞生处长和外交部王新霞与会。我受国内指令，担任代表团团长，并任会议副主席。张磊也参加了会议，这是他到任后参加的第一次联合国环境署的重要会议。他参加了与会对案的准备，并承担了全部接待工作和后勤工作，受到国内来的代表的好评。

负责联大事务和会务的联合国副秘书长金永健大使于 1998 年 6 月 24 日至 27 日访问内罗毕联合国机构，住在我们代表处。金大使访问的主要目的是会见联合国环境署、人居署和联合国内罗毕办事处的负责人，与他们讨论和研究与这些机构有关的行政和会务的管理。张磊对他的食宿交通等后勤工作做出了十分周到的安排，使他顺利地完成了任务。我们和安永玉大使夫妇还一起陪同金大使到那瓦莎湖游览。金大使结束在内罗毕的访问以后，我和张磊送他去机场。路上，金大使对我们说："感谢你们热情周到的安排和接待，你们的工作做得非常好。"这些工作都是张磊做的，是对他的工作的赞扬。

1998 年 3 月，张磊（左）与作者在联合国环境署第二次高官会上

1999年2月召开了联合国环境署第20届理事会会议。张磊和我一起起草了与会对案、团长发言和多个议题下的发言，报回国内，为中国代表团的与会的准备工作做出了实质性的贡献。

国家环保总局副局长宋瑞祥率团参加会议。宋瑞祥原任地质部部长，所以大家都叫他宋部长。宋部长一行住在我们代表处，张磊负责代表团的全部接待和后勤工作。宋部长十分高兴，表扬张磊工作做得好。

张磊还和我一起，对当前一些重要环境问题和国际环境外交的最新动向进行研究。例如，我们两人合作，写了一篇题为《齐心协力　缚住苍龙——国际控制持久性有机污染物的最新进展》的文章，发表在1998年8月4日的《中国环境报》上。这篇文章介绍了联合国环境署着手谈判缔结一项控制持久性有机污染物的法律文书的最新情况。

在内罗毕有许多中国同胞，张磊与他们中的许多人结成了朋友，特别和中国大使馆、新华社、国际广播电台和中国常驻联合国人居中心的朋友交往最多。张磊是个热心人，无论谁有困难，他都乐意帮助，所以大家都很喜欢他。

肯尼亚的治安不是很好，如果车在路上抛锚不及时修理好或拖走是很危险的。所以，张磊的车上总是备有一条拖车绳。这样，他可以在他的车抛锚时请人将车及时拖走，也可以在别人遇到这种情况时帮助别人拖车。

1998年，那时内罗毕车辆不太多，很少出现堵车情况。一天下午，张磊驾车行驶在总统府路上，发现他的前方车辆排起了长队，行进缓慢。当时他以为是总统出行交通管制。等他缓行了一段距离才发现，行驶缓慢不是因为交通管制，而是前方有一辆车出了故障。他到故障车的地点一看，原来是新华社非洲总分社的一辆黄色的老奔驰车抛锚了，驾车人是新华社的才女徐剑梅。于是张磊停下车，二话没说，立即取出拖绳挂到她的车上，将她和车托回了新华社。到新华社时，新华社的同志们刚吃完晚饭，一些同志正在院内散步。看到他将小徐拖回来，说"这是英雄救美女呀"。他笑着说："谈不上英雄救美，顶天了也就是内部学一次雷锋。"

张磊回到代表处后并没有对我讲这件事。徐剑梅我是认识的，她曾多次采访过我。后来，她见到我时，对我讲了上面这个故事。

还有一天晚上，张磊去瑞典常驻联合国环境署副代表家参加招待会后驾车回家，行驶到了 Limuru 路，看到一辆挂联合国环境署牌照的小轿车抛锚在路边，驾车的是一位老先生，车上还有他的夫人。当时已是晚上九点多了，路上很黑，不安全。张磊立即停下车，取出拖绳，挂上他的车将他拖到了附近一个24小时营业的加油站。那里可以修车，也可打电话叫家人来接。那人说，他是联合国环境署职员，对张磊连声说："Thank you!" 从车辆牌照上，他知道张磊是中国大使馆的。张磊做这件事，肯定给我们中国人争光了。

张磊回来还是没有给我讲这件事，这个故事是加油站老板给我讲的。他与我和张磊都很熟，因为我们经常上他那里加油或修车。

我把这个故事讲给其他中国朋友听，他们都说张磊是国际活雷锋。张磊笑着说："我是一不小心学了两次雷锋。"

我们有一位华裔马来西亚朋友，叫老刘，他是联合国环境署的一名高级职员，能说一口流利的汉语。1999年年初，他被设在德国波恩的《联合国气候变化框架公约》秘书处录用，准备到那里上班。他的妻子和两个女儿住在伦敦，他准备先到那里和妻儿团聚后再赴波恩。

老刘乘坐的飞机起飞前那天下午，张磊接到了老刘的一个电话。

2000年12月，在中国常驻联合国环境署代表处花园内合影。左起：《北京青年报》记者张鹏，作者，张磊，《北京青年报》记者、作者儿子夏雷

"张磊，快来呀，麻烦你送我上飞机场。"

一贯热心的张磊立即说："好呀，你飞机几点起飞呀？"

老刘答："还有一小时！"

"你在哪里啊？"

"我在办公室。"

张磊大吃一惊。按正常速度，从联合国办公室到飞机场需要一小时。航空公司规定旅客必须在飞机起飞前两小时抵达机场。张磊马上开了车，飞快地冲到了联合国大院。老刘不在门口，张磊停下车，马上冲向老刘的办公室，见他在急匆匆地收拾书籍文件，便问："你还想不想去伦敦呀？"老刘说："走吧！"他抱起了一个装满书籍的纸盒，又指着另一个纸盒对张磊说："帮帮忙。"张磊抱起那个同样装满书籍的纸盒，问："你的行李呢？""在家里。"张磊又是"呀"了一声，说："走吧，你不一定能赶上飞机。"张磊以从未有过的速度，飞驰在内罗毕坑坑洼洼的马路上，先到了Lunda老刘的家，装上行李，再"直飞机场"（张磊语）。他们到达机场时，离飞机起飞还有15分钟，办那个航班登机手续的柜台早已关闭。张磊因经常到机场迎送客人，认识很多机场工作人员。他在登机柜台很快找到了一个负责的人。在此人的帮助下，老刘顺利登上了飞机。

1999年，我被联合国环境署录用，成了联合国环境署的一名官员。张磊继续给了我许多帮助。

亲历美国驻肯使馆大爆炸

1998年8月7日，我妻子崔成兰乘着司机开的车去内罗毕的"城市市场"（City Market）买菜，回来后对我们说："刚才，汽车经过LIMURU路的时候，听到了一阵巨大的爆炸声，不知是怎么回事。"我说："我刚才也隐约地听到了爆炸声。"

中午，张磊、我和妻子在餐厅吃午饭，同时打开了电视机。突然看到了美国"有线电视新闻网"（CNN）记者正在内罗毕市中心的一座冒着浓浓黑烟的大楼前进行现场直播。记者说，刚才，美国驻肯尼亚大使馆遭到了几个不明身份人从一辆汽车上引爆的威力巨大的炸弹袭击，美国使馆已遭到严重破坏，旁边的一座大楼已倒塌。现在警察已经封锁了周围的街道，一般的人都不让进去，消防队员正在灭火，救援人员正从楼内抢救受伤者，也可以看到一些尸体被抬了出来。

后来，我们在各种媒体上又看到了更为详细的报道，对发生的事情有了更多的了解。一辆卡车开到使馆大门口，由于没有使馆的外交牌照，门卫不准它进入。卡车马上转弯驶向专门用来装卸货物的后门。可后门门卫也不让进。此时，车上突然跳下几个人，向门卫开枪，还可能向汽车扔了一颗手榴弹。随后，一声巨响，汽车内的巨型炸弹爆炸，美国使馆隔壁的综合商业大楼的一座四层配楼被夷为瓦砾，无情地倒压在行驶中的公共汽车和行人身上，楼内正在上课的一所秘书学院的100多名学生被活活埋在下面；24层高的综合商业大楼主楼的玻璃被震碎，许多受伤者血流满面，却被困在楼上不能下来；后门楼前空地上被炸出一个几十平方米的巨大弹坑，周围的汽车和商店刹那间变成火海；方圆1000米的建筑物受到不同程度的损害，四处乱飞的玻璃碎片和瓦砾击伤了街道上的过往行人，数百名鲜血淋淋的受伤者哀叫求救……一位目击者说，美国驻肯大使馆的玻璃被震碎，有的墙壁被炸塌，锅状的卫星天线被炸翻，美国国旗的旗杆被炸断，撕裂的国旗横卧在铁栅栏上。如果那辆卡车从正门开进去的话，那美国使馆的损失就更惨重了。

　　肯尼亚的爆炸声之后仅十几分钟，在邻国坦桑尼亚首都达累斯萨拉姆，又一起惨案发生了。炸弹装在使馆的运水车上，汽车在使馆门口爆炸，在当地雇用的司机和助手以及5个门卫全被炸死。但这起爆炸比肯尼亚的要轻一些，使馆的美国人全都安然无恙，但附近民房的屋顶被炸飞，街道上的汽车遭焚烧，正好驶过使馆的两辆小汽车内的乘客不幸遇难。

　　我妻子说："刚才我听到的爆炸声原来是美国使馆被炸了。我们刚才还经过美国使馆了呢。"我们都说："好险啊！"

　　下午，驻肯使馆给我们打来电话说："内罗毕发生了爆炸，请你们不要往城里走，注意安全。"

　　当天晚上，我们按原定计划到中国驻联合国人居中心代表处参加"坏人国"的聚会。"坏人国"是我们对中国驻联合国环境署代表处、中国驻人居中心代表处和中国国际广播电台三个中国机构的戏称。"坏"是"驻联合国环境署代表处"中"环"的谐音，"人"指驻人居中心代表处，"国"指国际广播电台。我们三个单位住得很近，而且关系很好，经常轮流在各处聚会。这次是人居中心代表处张振山和夫人窦霞做东，请我们吃饭。我们到达时，国际广播电台的记者老刘和小江已经到了。我们坐了下来，开始一边吃饭一边聊天。饭菜是振山和窦霞自己做的，两口子从昨天忙到了今天，非常丰盛。谈话话题自然是美国使馆爆炸的事。我问老刘和小江："你们有没有去采访啊？"小江说："使馆给我们打来了电话，让我们不要出去。"我说："我们可以不去，你们新闻记者应当去抢新闻啊！你看人家CNN记者，在爆炸现场仍在冒烟的时候，就向全世界作了现场报道。"我开玩笑地说："你想出名的话，就得去。"小江笑着说："老夏，我们已有计划，吃了饭就去。"小江和老刘匆匆地吃完晚饭，背起了照相机，立即赶赴现场采访去了。

　　当天深夜，他们将现场报道发回了国内。文章题目为：《目击内罗毕大爆炸救援》，生动地描写了他们亲眼见到的肯尼亚普通老百姓那天晚上参与救援的情景。这里摘录一段：

在采访中，给我们印象最深的是普通老百姓齐去救援的行动。爆炸发生后，附近大楼的工作人员纷纷出来看发生了什么事情，当得知发生了如此惨烈的爆炸后，有车的人赶紧开动自己的汽车。他们不是逃跑，而是纷纷赶赴爆炸现场进行救助。当时，爆炸地点浓烟滚滚，综合商业大厦上还在不断地往下掉玻璃碎片，楼底下的汽车有的起火燃烧，有的发生爆炸，危险处处存在。但是没有人为了保护自己的汽车或为了自己的安全而退却。熬红了眼睛的军人朱利亚斯对我说，死伤的人那么多，当时光靠救护车根本就不够用，所以私人汽车，无论是新的还是旧的，是高档的还是低档的，都投入了抢救伤员的工作。在救助过程中，有不少人的汽车被从空中掉下来的东西砸坏了。平时声誉不佳的小公共汽车"马塔土"（MATATU）这次更是挺身而出，在救援过程中一马当先。美国驻肯尼亚大使布什内尔和肯尼亚商业部长都是被"马塔土"司机及时送进医院的。布什内尔当天和肯商业部长在合作商业大楼内开会，在逃出时被飞溅出的玻璃碴子擦破了脸，所幸伤得不重，但据肯尼亚报纸后来披露，她当时特别紧张，差点儿晕过去，好在"马塔土"司机抢救及时，她才没有受到更大伤害，后来，她特意向司机们表示感谢。

这篇文章被国内多家媒体采用，年终，被广电总局评为1998年最佳新闻，获得了奖励，后来又收入了《走进非洲》一书。

在不太长的一段时间内，肯尼亚封锁了进入爆炸现场的街道。解禁后，我坐着代表处司机开的汽车到爆炸现场及其周围地区看了一遍。环顾四周，仍是一片可怕的景象。综合商业大楼的配楼成了一堆瓦砾，24层高主楼的玻璃全部被炸碎。5层高的美国使馆被全面破坏，除窗户玻璃全部被炸掉外，门窗都已扭曲变形。周围几十座高楼的玻璃窗都已破碎。美国派来了海军陆战队把守在这个被炸使馆的四周，手中荷枪实弹。

内罗毕爆炸案造成了253人死亡，其中12人为美国人，包括美驻肯总领事巴利特及其儿子，5000余人受伤，死伤者大部分是肯尼亚人，主要是那幢倒塌的大楼里有正在学习的学生。美国新任驻联合国环境署代表原计划于

8月10日到我代表处拜会我,但不料,其夫人在爆炸中丧生,拜会自然取消。这位夫人也是美国使馆的一位外交官,当时正在办公室工作。她的办公桌靠近面对马路的窗户,爆炸时窗户上炸碎的玻璃像尖刀一样向她飞去,将她置于死地。据说,12个美国人大多数是这么死去的。美国人的尸体用专机运回美国。这位赴任不到一个月的美国新任驻联合国环境署代表随即回到了美国,再也没有返回内罗毕。

美国前任驻联合国环境署代表拉蒂默(Latimer)先生是我的朋友。他在离任时,我于1998年7月3日举行招待会欢送他和他的夫人,几个主要国家驻联合国环境署的代表、副代表及夫人20余人出席。拉蒂默先生在招待会上曾对我说:"美新任代表将赴内罗毕就任,相信夏先生将会和他合作得非常愉快。"过了几天,新任代表就来到了内罗毕,和我一起参加过几次联合国环境署常驻代表委员会的会议。最后一次是8月6日,我们一起参加常驻代表委员会第二分委会的会议。就在那次会上,他与我约定,8月10日他到中国常驻联合国环境署代表处拜访我。谁知第二天就发生了那么悲惨的事情。

为纪念在美国驻肯大使馆爆炸中的死难者,肯尼亚政府于2000年9月,在美国使馆的旧址上建了一座"8·7"纪念公园。我参观了这个公园。该公园占地10000平方米,公园的中心竖着一块刻着爆炸事件中死难者名字的石碑,还陈列了一些混凝土块、汽车部件等爆炸残留物。看着这一切,我对恐怖主义者残杀无辜的罪行充满了愤恨,又想起了我的那位本来可以成为朋友的美国驻联合国环境署新任代表和他那位死去的夫人。

爆炸一年多以后,美国驻肯新使馆开始兴建,新馆建在了联合国大院正对面,中间隔着一条马路。那时我已是联合国环境署的一名官员。我和妻子已不住在中国常驻联合国环境署代表处,搬到了联合国斜对面的Warwick Center。美国新使馆就建在隔壁。我站在我家的阳台上,目睹了新馆建设的全过程。施工前,先在馆址四周建了一圈高高的围墙,围墙上装上了电网,几个大门由美国全副武装的海军陆战队队员把守。工地上,竖起了一个高塔,塔上也站着海军陆战队队员,虎视眈眈地注视着四方。工地四周沿着马路也竖起了铁丝网。我家虽然就在我办公的联合国大院的对面,但我一般都是自

作者夫人在自家阳台上，后面是美国驻肯尼亚新使馆

己开着车去上班的。但有一次，我的车出了故障，就沿着使馆工地一侧的人行道走去上班。快到工地大门时，一名海军陆战队队员立即向我做手势，让我过马路，不要在这一侧行走。看着他腰间别着的手枪，我连忙穿过马路，走到了联合国大院那一侧的人行道上。

刚开始建设时，日夜施工。到深夜，机器还在发出轰轰的响声，闹得我们不得安宁，难以入眠。我向联合国内罗毕办事处（UNON）提出了意见，UNON与美国使馆进行了交涉，后来晚上就不再施工了。

两年后，美国新使馆建成。美国使馆在新馆举行了开馆典礼，邀请各国驻肯使节和联合国高官参加。我也应邀出席。所有汽车除挂国旗的大使和挂联合国旗的联合国组织首脑的座车外，其余汽车一律停在外边的马路上。我则走了过去，几分钟就到了使馆，参加了这次非常隆重的招待会。

我站在我家的阳台上，看着这座建筑，心里还是有些发怵，心想：美国人是恐怖袭击的主要目标，新使馆虽然建造得如铜墙铁壁，就怕恐怖主义者再用威力巨大的武器来袭击此目标。如发生这样的事，我所居住的这座楼将首先倒塌。每天清晨，我在我家的阳台上做早操。低头看下去，总可以看到阳台下使馆旁的小路上排着一条长长的队伍，是肯尼亚人在排队办理赴美签证手续。他们经过严格的安检后才允许进入与使馆大楼隔离的一个房子。庆幸的是，新使馆开馆至今，一直安然无恙。

内罗毕赌场里的中国人

内罗毕有几个赌场，最大的叫国际大赌场（International Casino），另外在丽晶大酒店（Grand Regency Hotel）和萨法里公园酒店（Safari Park Hotel）等一些高级宾馆中也设有赌场。我在内罗毕工作期间，曾去那里参观，对赌场的情况有一些了解。我也认识了不少中国同胞，他们也给我讲了一些中国人在内罗毕赌场的故事。

国际大赌场是东非最大的赌场，离我居住和工作的联合国大道不远，东边是富人居住区 Muthaiga，南边是河边路（River Side Road），那里有澳大利亚等国家的大使馆。赌场在一个高坡上，每天晚上，霓虹灯闪闪发光，International Casino 两个大字特别醒目，旁边还有两张巨大的扑克牌。赌场门口，穿着制服的迎宾员彬彬有礼地迎接着宾客。赌场每天上午10点开门，到第二天早上三点关门，每天都是熙熙攘攘，十分热闹。来这里的人大多数是开车来的。大楼前有一个很大的停车场，每天晚上，总是满满的。如果没有汽车，也可以给赌场打电话，赌场负责接送。

走进赌场，各种各样的赌局和赌具，琳琅满目。老虎机、转盘和21点等。老虎机是一种最简单的赌博形式。进了赌场，你经常可以听到哗啦哗啦从机器里掉角子的声音，给人以赢钱容易的错觉。但实际上，现代的计算机技术已经应用到了赌博行业之中。你可以偶尔赢钱，但只要你继续玩下去，最后肯定会输的。

国际大赌场里最多的是中国人和印巴人，欧美人和黑人很少。内罗毕当时有4000多名中国人，包括联合国职员、中国驻肯尼亚大使馆和常驻两个联合国机构的外交官，还有在那里经商的商人和打工的工人。外交官是禁止赌博的。联合国没有禁止赌博的规定，但很少有人去赌。在国际大赌场见到的中国人多是商人。在 Safari Park Hotel 的赌场里，除商人外，还能见到一些中国建筑公司的技术人员和工人。

在国际大赌场里，人们经常可以看到一个40多岁的中国男子，中等个儿，留着小胡子，光头，姓马，中国人戏称他为"马大爷"。他是浙江温州人，在这里做鞋子买卖。他从老家把各种皮鞋贩到肯尼亚来卖。在这里已经有五六年了。听说前几年生意做得不错，赚了不少钱。

但马大爷后来沾染上了赌博的恶习，再也没有心思好好做生意，每天出入于国际大赌场和其他各赌场。他爱玩的游戏叫 Pantoon，是扑克牌21点中的一种赌博方式。我曾去赌场看过马大爷和其他人玩这游戏，也了解了一个大概。赌客先要压上赌注，庄家给赌客发两张牌，给自己发一张，赌客根据自己这两张牌的情况，可以继续要牌，也可以不要，如要牌后超过21点，就输了，庄家收走赌注。赌客要完牌后，庄家给自己发牌，如超过21点，庄家就输了。如不超过，庄家与赌客比点数，谁大谁赢。赌客拿到最初的两张牌后如觉得输的可能性大，也可以投降，庄家拿走他赌注的一半。这是大概情况，细节是很复杂的，我从来也没有真正看明白。

别人告诉我，Pantoon 这种游戏，是要有一定技巧的。如果有较好的技巧，至少可以少输些。马大爷只念过小学，文化水平不高，没有掌握一点技巧，我们说他是每天给赌场白送钱。开始的时候，他比较谨慎，每次压的赌注总是100先令，也就是规定的最小额，偶尔运气好，也有赢的时候，但总的来说，输的多，赢的少。后来，为了翻本，他越压越大，慢慢地，就输了很多钱，把开头几年辛辛苦苦赚来的钱全部输光了。

钱没了，就给老家的妻子打电话，说："几个黑鬼欠我的钱，都不还，我现在没有钱了，给我寄些钱来吧！""黑鬼"是指与他合伙做生意的肯尼亚商人，他总称肯尼亚人为"黑鬼"。我曾对他说过，用这个词不文明，让他不要用，但他还是不改。妻子很快把钱汇到了内罗毕，但马大爷很快把钱扔进了赌场。妻子一次又一次给他寄钱，他一次又一次输掉。妻子对他说，你在那里赚不到钱，就回来吧！马大爷说："我要把黑鬼欠的钱追回来后才能回去呢。"妻子在老家的任务是给他往内罗毕发货，不做其他生意，因此也没有太多的钱，很快她把家里所有的存款都汇到了内罗毕，再也无力继续给马大爷寄钱了。

他在内罗毕的中国朋友们劝他停止赌博，好好做生意，但他毫不理会。一天，我的一个朋友老刘找到了我，说昨天他开车经过国际大赌场时，马大爷截住了他的车，对他说："大爷，大爷，求求你，借我点钱吧！"老刘说："你是大爷，怎么我成了大爷了呢？"马大爷说："大爷，我输了钱，借我点钱吧，过两天就还你。"老刘说："你还是别赌了，不然你会家破人亡。"马大爷说："我给你跪下行不行？"这时，不断有车驶过，老刘觉得给人看见，会丢中国人的脸，就掏出了10000先令（相当于1000元人民币）给了他。老刘对我说："你给马大爷做做工作，让他别赌了。"我说："我和他不太熟，他不会听的。"老刘说："你德高望重，说话肯定比我们起作用。"我说："好吧，我试试。"

一个星期天的上午，我家的门铃响了。我开了门，出现在我们面前的不是马大爷一人，而是四个人，除他以外，还有一个比他大一点的中国人和两个年轻的黑女孩。我一看，这两个女孩不就是中国园的服务员嘛。中国园是四川建筑公司办的一个中餐馆，地处联合国大院对面。为招徕顾客，中国园招了两个黑女孩当服务员，一个叫南茜，一个叫玛丽。两人都是十七八岁，高高的个子，苗条的身材，雪白的牙齿，大眼睛，高鼻子，瓜子脸，皮肤虽黑，但十分光滑细腻，是一对黑美人。两人不但长得漂亮，而且服务态度很好，学了几句中国话，很受顾客欢迎。中国园的生意本来就不错，自从有了这两个美人服务员，生意就更加兴隆了。我和夫人经常到中国园去吃饭，但最近已经很久没有看到这两个姑娘了。那位和马大爷一起来的中国男士，我们不认识。马大爷介绍说："这位是刘先生，是我温州老乡，也在这里做生意。"然后，他介绍两位女士说："玛丽是我的女朋友，南茜是刘先生的。"所谓女朋友，用我们国内的话来说，就是"小蜜"了。我吃了一惊。我问黑女孩："你们还在中国园工作吗？"玛丽指着马大爷回答说："No, I am living with him."（不，我和他一起过了。）语气中透露着快乐和骄傲。南茜没有吭声，但也是十分快乐的样子。马大爷40多岁了，他的老乡看上去有50多岁了。我听说过许多国内女孩傍大款的故事。这两个肯尼亚女孩以为傍到了中国大款了呢，但事实呢？我为她们感到悲哀。

我请他们在我家的沙发上坐了下来。我太太拿出水果和茶水招待他们。我知道，马大爷英文很差，只能说几句最简单的话。我问他："你和玛丽如何交流呢？"他说："中文、英文和斯瓦希里语混在一起说。"我夫人开玩笑地说："马大爷创造了一种新的语言，叫中英斯语。"

我开始和马大爷谈正事。我问他："近来赌场手气如何？"他低着头说："钱都输光了。"我说："你还有钱养小蜜？"他说："从黑鬼那里追回了一点钱，还可以对付。"我问："还去赌场吗？"他说："不怎么去了。"我对他说："十赌九输。我劝你别去了，认认真真做生意，赚点钱，回家和老婆孩子好好过日子。"他说："你说得有道理。"他没有开口问我借钱，看来是想改邪归正了。

从我朋友那里得悉，后来很少在赌场看到马大爷了，还听说他现在做生意挺认真，对别人说："我要让玛丽过上好日子。"

2002年年末，传来了一个令人心痛的消息：马大爷出事了。一天，他兴高采烈地开着车，带着黑小蜜，去肯尼亚著名的海滨城市蒙巴萨玩。两人一起游览了著名的古迹基督堡，观赏了海底公园五彩缤纷的珊瑚和游鱼，在印度洋中痛快地游泳和玩耍，躺在细软的海滩上享受日光浴和海风带来的欢乐。马大爷这辈子从来也没有这么快乐过。

过了几天，马大爷决定回到内罗毕。他开着车，飞驰在通向内罗毕的公路上。公路靠近蒙巴萨的那一段刚经过整修，是用世界银行贷款，由中国路桥公司施工完成的。马大爷感到十分痛快，他加大油门，车速达到了150公里，脑海中还在回味着蒙巴萨度过的那几天神仙般的日子，粗大的左手放到了坐在副驾驶座位上黑小蜜光滑细嫩的右手上，脚下还在继续加大油门。突然，对面开来了一辆车，冲着他飞驰而来，马大爷立即将方向盘往左打，此刻，一声巨响，车子翻了。

玛丽安然无恙。马大爷严重受伤，被送到了医院。经过抢救，他的命保住了，但成了一个植物人。他的妻子从温州老家来到内罗毕。她没有去世界著名的马塞马拉野生动物园参观，更没有去蒙巴萨享受那海水和日光的欢乐。她每天在医院里陪伴着他，看着丈夫总是合着的双眼和变了型的脸庞，不知流了多少眼泪。

过了一个月，她带着植物人丈夫，离开内罗毕，踏上了回家的旅程。

下面讲另外一位嗜赌的内罗毕中国人的故事。他姓李，大家都叫他小李子，来肯尼亚已有七八年。小李子长得很帅，高高的个子，四方脸，大眼睛，是一个厨师，在中餐馆做工，手艺不错，工资比较高。

小李子刚到内罗毕的时候，比他早来的一个朋友告诉他，赌场可是个好地方，可以赢钱。还给他讲了一个故事，说以前有个老华侨，是在肯雅塔国际机场当飞机维修工程师的，在国际大赌场一次就赢了200万先令，相当于20万元人民币，他用这个钱买了一辆高级轿车。这倒是一个真实的故事。我1981年第一次来内罗毕时，就听别人讲过这个故事。但这样的事情实在太少了。

小李子很快迷上了赌博。中餐馆在晚上十点就关门了。下班后，他就去赌场，一般都是赌场派车接送。在内罗毕的几个大赌场，人们经常可以看到这个英俊的小伙子。他和马大爷不一样，喜欢玩转盘。

转盘上有38个数字，其中两个是零。赌具包括一个转盘和一个赌台。像乒乓球台大小的赌台上，画有很多小方框，里面写着从1到36的号码，客人将现金换成筹码，可以押在那些数字上，也可以押在两个数字的中间线，或者四个数字中的十字线上。庄家手里拿着一个小钢球，转动轮盘并放开小球，小球在盘内骨碌碌转了起来，过了一会儿逐渐慢了下来，然后停在转盘的一个数字上。那个赌客将筹码压在了这个数字上就能赢得相当于他赌注36倍的钱，压在那个号码中间线上的可得18倍，十字线上的得9倍。赌台上还画有红黑颜色、单双数和大小的格子。赌客也可以压在上面，压对了就赢一倍的钱。所有其他人则都输了。

小李子第一次玩这种游戏，运气特别好。玩了四五个小时，赚了10000先令（相当于1000元人民币）。那天他主要压红黑颜色、单双数和大小。后来看见人家压数字，赢钱又快又多，就压数字了，而且一次压多个格子，也就是压很多钱。这样，他输的多，赢的少，慢慢地，就输了很多钱，把开头几年辛辛苦苦打工赚来的钱全部输光了。

虽然输光了积蓄，但每月还有固定的工资收入。拿到工资以后，他第一件事就是直奔赌场，每月照例把工资输得精光。好在餐馆老板给他提供食宿，他并不发愁。

小李子原来是光棍一个。后来找了一个当地的黑妹,并很快结婚。这黑妹可不是一般人,是一个大学毕业生,在肯尼亚的一家银行工作,工资很高。黑太太虽没有马大爷的小蜜那么漂亮,但长得也不错。小李子告诉他的朋友老刘,那女孩见他长得漂亮,才喜欢上他的。她曾对小李子说:"你们中国人为什么说自己是黄人?你们就是白人,你很漂亮呀。"小李子英文也不太会说,斯瓦希里语只会几个字。他们两人交流,也是用"中英斯语"。

在财务上,小李子和他妻子采用的是外国人中流行的"AA 制"。各人用各人的钱。除每周一天的休息日以外,小李子每天在餐厅吃,不要钱。他们结婚后租了一个两室一厅的公寓房,是肯尼亚中产阶级住的房子,相当不错。黑太太开始和他商量时提出两人分担房租,但小李子说他没有钱。老婆问他钱到哪里去了,他说要给中国的父母寄钱去。老婆未再坚持,每月的房租和其他各种家里日常开销都由她包下了。他的中国朋友与他开玩笑说:"你小子真有本事,娶了一个黑富婆。"小李子扬扬得意。

小李子本性难改,娶了一个好妻子后还照样每天半夜去赌场,第二天早上三点后才回到家里。他把自己的工资输光后,就问老婆要钱,借口父母有病让他寄钱去。他老婆一次一次给他钱,但总也没有个完。老婆后来发现了秘密,知道他是把钱扔进了赌场,劝他改掉此恶习。他不但不听,还和她大吵大闹。黑老婆为了家庭的安定,只好不时给他点钱,他还总是嫌少。吵架的事情经常发生。这些情况都是听他自己说的。至于如何用"中英斯语"吵架,就不得而知了,但一定是很有意思的。

他妻子多次对他说:"李子,我想买一辆车,我的同事都是开车上班的,只有我乘 MATATU(小公共汽车)。"按理,她买车肯定用她自己的钱,完全没有必要与他商量。和他商量,是对丈夫的尊重。但遭到小李子的坚决反对。他说不出什么反对的理由,只是愤怒地叫喊着:"No, no!"他把这个情况告诉了他最好的朋友老刘。老刘劝他不要管老婆这件事,但他不听,说:"买了车,哪里还有钱供我去 Casino(赌场)?将来我赢了钱,会给她买一辆 BMW。"

一天,当他回到家里时,老婆告诉他:"我买了一辆二手车,是日本产……"小李子未等她把话说完，就暴跳如雷，大声叫喊着："No，No!"他愤怒地瞪了老婆一眼，飞快地跑到厨房，右手拿起一把切菜刀，把左手食指放到了案板上，咔嚓一声，他食指的前半截被砍了下来，鲜血直流。老婆走进厨房，见此情景，吓了一大跳，即刻掉转头去，飞快地跑出房间，走了出去。

小李子这时心里也发慌了。虽然手疼得难熬，但也没有忘记自救。他把左手高高举起，立即找到了纱布和胶布，用右手和嘴将左手食指紧紧地包扎起来，止住了血，并立即飞快跑到电话机旁，拨通了老刘的电话。他说："老刘，快来救救我，我快要死了。"老刘问他怎么回事，他说："快来吧，来晚了我就死了。"语气中充满了痛苦和绝望。老刘感到事情紧迫，未再多问，开了车，向小李子家飞驰而去，很快就到了他家。

眼前的景象使老刘大吃一惊。只见小李子躺在床上，脸色苍白，不断地呻吟。他的左手高高举着，食指上包着纱布，纱布已被鲜血染红。老刘问他怎么回事，他说："我把自己的手指剁掉了。"老刘觉得救人要紧，以后再打听前因后果吧！立即将他扶了起来，往门外走去。此时，小李子说："等等，我的手指还在冰箱里呢。"原来他给老刘打完电话后，想起曾听人说过，断指一定要冷藏起来，才有再植成功的希望，立即将它放进了一个玻璃杯，上面盖上一块保鲜膜，小心翼翼地将它放进了冷藏柜。老刘一只手拿着装有半截手指的杯子，另一只手扶着小李子，上了他的车。老刘飞快地开车将小李子送到了内罗毕医院。

医院给小李子做了包扎和消炎处理，但手指没有接上，内罗毕医院没有国内那样的水平。在医院住了几天，小李子就出院了，也是老刘接他并把他送回家。他的妻子没有到医院去看过他。不久，两人就离婚了。小李子搬回餐馆去居住。

2002年，国际大赌场关门了，不知是什么原因，可能是经营不善吧，也可能是肯尼亚经济状况不好，去赌场的人少了，老板赚不到钱。这个赌场关门以后，内罗毕其他几个赌场里仍然可以看到不少中国人。

女佣莎拉

中国常驻联合国环境署代表处有三个服务人员，都是肯尼亚黑人。莎拉负责做饭和室内卫生，约瑟夫负责花木的管护、院内的卫生和养狗，还有司机戴维。莎拉和约瑟夫住在小楼边上的两间平房内，戴维每天回家住。

代表处二等秘书白长波告诉我，约瑟夫刚到代表处工作时，和莎拉很是要好，做完工作以后，两人经常一起躺在后院的草地上，嘻嘻哈哈聊天。后来不知什么原因，两人闹翻了。两人的房间门对着门，但几年来从不说话。

莎拉高高的个子，黑黑的皮肤，突出的颧骨，不胖不瘦的体形，深凹的大眼睛，微微上翘的嘴巴，是个典型的非洲妇女。1997年，她大约30岁，有一个刚刚上小学的女儿。她原来在肯尼亚的蒙巴萨为中国远洋运输公司做厨师。在那里，她学会了做中国饭。后来中国公司又带她来到了内罗毕。1989年，当时的中国常驻联合国环境署副代表姚守仁将她调到了中国驻联合国环境署代表处。她的工作主要是做饭，兼做室内卫生。她中国菜做得相当好，得到大家的好评。她很聪明，什么菜只教一遍就能学会。她会做蝴蝶虾、糖醋排骨、宫保鸡丁、红烧肉，还会炸茄盒，甚至还会蒸大包子，包饺子。我这个南方人教他包饺子，包出的饺子自然很难看，我太太去后问她："谁教你包的饺子，怎么这么难看？"她说："你的丈夫。"弄得我太太哭笑不得。后来我太太教她包饺子，她学得很快，甚至比我太太包出的饺子还要漂亮。我太太连连说："她太聪明了。" 我太太也向她学会了做蛋糕的技术。她的英文不错，生活方面的事情都能表达。我太太向她学会了许多英文菜名。

莎拉性格乐观，做饭时总是一边扭着屁股一边哼着小调。她很爱美，休息时总把自己和她的女儿打扮得漂漂亮亮，穿得非常时尚。在非洲，妇女不结婚但有一两个孩子是非常正常的现象。莎拉没有结过婚，但已有女儿。我太太问她："你为什么不结婚啊？"她说："非洲男人不好，不像你们中国男人那么负责任。"她说她的女儿莫尼卡出生在蒙巴萨，小时候孩子的父亲曾给孩子买过一些小礼物，来到内罗毕以后就没有任何联系了。她不知道这个人现在在哪里。我们从来不问莫尼卡关于她父亲的情况。

1997年年末的一天早上，我们正在餐厅用早餐，莫尼卡走进来说："我妈妈病了，要去医院。"我觉得很奇怪，刚才莎拉还在这里为我们准备早餐，看上去好好的，怎么现在就病了呢。平时佣人们有病，如感冒、打摆子，总是跟我们要一些药，从来不去医院的。我说："给你妈妈一点药吧，是不是感冒了？"莫尼卡回屋后很快就回来了，说："我妈妈一定要上医院。"我太太是护士出身，我问她怎么办。她说："她一定病得很重了，必须送她去医院。"于是，我们让司机送她去了医院。

中午的时候，小白接到一个电话，是医院打来的，对他说："Sarah has delivered."小白没听明白是什么意思，问道："What?"对方解释道："Sarah has a baby. It is a girl."（"莎拉生孩子啦，是个女孩。"）那人还说："请送10000先令到医院来吧！"我们大吃一惊。她怀孕九个月，我们怎么谁也没有看出来呢？小白开车把钱送到了医院。过了几天，莎拉带着小女儿出院了。我们在院子里迎接，一起围上去看那孩子，孩子十分可爱。我们对莎拉说："congratulations!"（恭喜！）

这个孩子的父亲是谁呢？我忽然想起一件事来。大约一年前的一天晚上，我参加一个外国大使举行的招待会，当时的代表处司机开车接送。回来时已经晚上11点了。这个司机平时住在自己家里，下班后坐公共汽车回家。那天晚了，就回不去了。我本来想安排他住在代表处楼下的一个客房内，但没等我开口，他就说："莎拉屋里有个床垫，我就住在她那里吧！"我没有多想，就同意了。后来司机每次晚上出车后，就一直住在莎拉房内。

这是一个很好的司机，车开得好，特别爱清洁，每天洗澡，衣着干净整洁，有时还穿着西装，戴着领带，熟悉内罗毕所有地方。但在夜宿莎拉屋内两个月以后，他变得非常反常，总是魂不守舍，终于有一天出了车祸。在代表处附近的马路上，他将车撞到了前面一辆车上。司机平安无事，但两车都严重受损。警察裁定，我们这个司机负全责。我们随后将他解雇了，给他多发了

1998年11月，作者和莎拉在中国常驻联合国环境署代表处楼前合影

一个月的工资。他表示感谢，显得十分平静。

莎拉的第二个女儿肤色比莫尼卡黑多了，长得很像那个司机。有人与我开玩笑说："莎拉这个女儿，与你有点关系。"我说："你说得有点道理。"

我们从未问过莎拉这孩子的父亲是谁，但问过孩子父亲去哪里了。她答道："听说好像去乌干达了。"

我1999年5月离开代表处到联合国环境署工作后，她第三次怀孕，差点丢了性命。后来，代表处张磊给我讲了这个故事。那天，莫尼卡跑到了张磊的跟前，十分焦急地对他说："我妈妈生病了。"张磊连忙奔到了莎拉的房里，见她躺在了地上，奄奄一息的样子，地上尽是血。张磊觉得时态严重，但也不知是怎么回事，连忙叫来了约瑟夫和司机戴维，让他们把她抬到了代表处的一辆吉普车上。约瑟夫和莎拉关系不好，但当莎拉有危难时，他还是毫不犹豫地前来抢救。张磊亲自开车，飞快地将莎拉送到了医院。医护人员推出了一张病床，将她推进了急诊室。张磊见医护人员个个戴着手套，突然明白，肯尼亚艾滋病流行，接触有艾滋病毒病人的血液，必得艾滋病无疑。三个男人，焦急地在病房外等候。过了将近一个小时，走出来一个医生。张磊连忙走了过去，问他情况如何。医生说："已经采取了抢救措施，流血已被止住，已没有生命危险，幸亏你们及时把她送来，不然后果不堪设想。"张磊对他表示感谢，又问他这是怎么回事。医生说："流产大出血。"

莎拉出院的那天，张磊带去一张支票，为她付了账。她脸色苍白，十分虚弱，但没有忘记对张磊表示感谢。莎拉出院后休息了几天，很快恢复了健康。

张磊突然想起了那天莎拉身上的鲜血和医生手上的手套，又想起那天抬莎拉的约瑟夫和戴维都没有戴手套，心里一阵害怕，连忙带莎拉和他们两人一起到医院进行艾滋病毒化验。化验结果，三人均为阴性。艾滋病毒在感染后的六个月内不一定检测得出来。过了六个月后，张磊又带他们去检查了一次，三人仍均为阴性，张磊才舒了一口气。

莎拉出院后，代表处隔壁美国人家里的一个男佣人，每天都来看望她，还给她送来食品。约瑟夫说，使莎拉这次怀孕的就是这个男人。

莫尼卡这个孩子很懂事，也很有礼貌。她从来不进我们办公的主楼。放学后就在院子里玩耍。她是在周围都是中国人的环境中长大的，从小就爱吃中国饭，特别爱吃饺子。每次包饺子时，莎拉就对我太太说："莫尼卡爱吃饺子。"我们每次都给她一些生的饺子。我们还经常送她们母女及其他佣人一些食品。

莎拉还会做豆腐。做豆腐的工艺非常复杂，在国内吃豆腐很容易，到了国外，简直成了奢侈品，也成了中国人互相赠送的礼品。每次做完豆腐，我太太都要送一些给其他的中国朋友。但是，许多非洲人不喜欢吃豆腐，包括莎拉和她的女儿。

司机戴维

在莎拉房中过夜的司机被解雇后,我们开始招聘新司机。我们认识中国大使馆的一个司机,已在使馆工作近20年,他的儿子经考核和使馆推荐,去中国广西的一个中医学院学中医了。此人老实可靠,认识很多司机。小白给他打了一个电话,请他推荐一名司机。不久,他通知我们,他已找到一个,让我们到使馆对他进行考核。小白开了代表处的吉普,和我一起到了使馆。

站在我们面前的是一个英俊高大的小伙子。我先让他讲讲自己的经历。他说,他已有六年驾龄,曾在一个外国驻肯使馆开车,后来使馆裁员,他就失业了。我说,你若被录用,除了开车外,还要做一些分外的工作,譬如周末花工约瑟夫休息时清除狗粪等。我问他能不能做。他痛快地说了一个"yes"。然后,我们让他开我们那辆吉普车,小白坐到了副驾驶的位子上,我没有上车。他们先在使馆院内行驶,然后开到了外面的路上。过了大约半个小时。他们回来了。小白说:"他车开得不错。"戴维看上去十分老实,这样,他就被录用了。那是1997年的事。

1998年年初,小白完成了在内罗毕的工作后被调回国内,不久移民加拿大。张磊到内罗毕接替小白的工作。张磊以前曾在代表处工作过,喜欢自己开车,因此戴维主要是给我开车。戴维的服务态度很好,每次出发前,他总是早早地把车准备好,停在院内,将车门打开,站在车旁,然后扶我上车。到了目的地后,他立即跳下车,扶我下车。他车开得很稳,磕磕碰碰的事从未发生过。后来,我和太太决定学开车,戴维成了我们的师傅,他非常耐心,我们很快学会了开车,通过考试,取得了驾照。无论我们说什么,他都说:"Yes……"把声音拉得长长的。

戴维那时29岁,已经是五个孩子的父亲。他有两对龙凤胎,后来又有了一个女儿，老婆没有工作。一个人抚养五个孩子很不容易。我曾经问他："还要小六、小七吗？再生对龙凤胎吧。"他连连摇着手说："No！No！Enough！"（不，够了！）他家离代表处很远，骑一辆破旧的自行车上班，还经常掉链子。有一次，他开车送我和我太太去商店，然后一起走了进去。他拿起了一个自行车打气筒，仔细看了看，放了下来，然后又拿起，反复多次。可以看出，他非常渴望有个打气筒。我太太看出了他的心思，就买了一个打气筒送给他。他高兴极了，连声说："Thank you very much."

中国人形容怕老婆的男人是"妻管严"。在肯尼亚，妇女地位低下，"妻管严"很少，但戴维是个例外。每月发工资，他都要如数上交老婆。一次他告诉张磊，他把工资交给老婆后，老婆恼怒地说："为什么工资这么少？肯定是藏起来了。"与他闹了一场。实际上，那个月他没有加班，也就没有加班费，因此就比前几个月少了，他并没有"贪污"。他让张磊给他出个证明。于是张磊给他写了一张条子，说明那月给戴维发了多少钱，交给了他，才算平息了这场风波。后来，我们给戴维发工资时，都给他一张工资条，以使他能平安地渡过老婆那一关。

1998年9月初，中国科学院地理所张青松等五名教授来内罗毕参加国际地质圈和生物圈科学咨询委员会第五次会议，住在代表处。张教授想参观肯尼亚一个普通人的家。戴维开车，把张教授、我、我太太和女儿送到了他家。他的家在 Runda 西边一个山坡上，周围是树林。他所在的居民区，虽不算贫民窟，但也是一些破旧低矮的平房。他全家七口住在一间不足10平方米的小屋内。我们往里一看，房内非常拥挤，有一张双人大床，还有一个双层小床，除了床，似乎没有什么其他东西，也没有什么剩余空间。戴维太太带着五个孩子在家门口欢迎我们，孩子们光着脚，穿得很漂亮。肯尼亚大人小孩，大多数人穿得都不错，但多数是从欧洲贩卖过来的二手服装。戴维太太把小女儿抱在怀中。我们给他们带去了糖果等礼品，还有几件我女儿不穿的衣服。当我们把东西送到她手中时，她连声说："Thank you！"五个孩子长得都很漂亮。我说："They are lovely!"我太太说："They are beautiful!"张教授一个个地问孩子们的名字和念几年级，他们一一作答，都会说一点英语。我们在一起照相，大家都很高兴。张教授说："戴维家看

1998年9月,在戴维家门口合影。前排左起:两对龙凤胎、作者夫人;后排左起:张青松、戴维夫人和小女儿、戴维、作者

来很穷呀。"我告诉他,在肯尼亚,戴维不是最穷的,他们至少能吃饱饭,也有像样的衣服穿。我们参观过内罗毕的贫民窟,那里的老百姓比戴维还要穷。离戴维家不远的地方,我们看到了一栋栋漂亮的花园洋房。

1999年年末,我已是联合国环境署的雇员。一天,接替我担任中国常驻联合国环境署副代表的程伟雪告诉我,戴维让他邀请我参加他的婚礼。我大吃一惊,说:"怎么,戴维和老婆离婚了?"老程哈哈一笑,说:"戴维从来没有正式结过婚,这是他第一次结婚。"原来和他生了五个孩子的女人是他的女朋友。

老程夫妇、张磊、我和我女儿夏雪一起参加了戴维的婚礼。我女儿当时在美国上大学,放寒假来内罗毕休假,而我太太当时在北京,没能参加。戴维和新娘都是基督教徒。婚礼在一个小教堂里举行。教堂非常简陋,就是一个长方形的普通平房,和我们看到过的许多教堂完全不同。但教堂前有圣台、蜡烛,还有牧师,和其他教堂是一样的。我们到达时,教堂内已经坐满了人。戴维西装笔挺,新娘穿着婚纱,出来迎接我们。我们给他们送了礼品和礼金,他们表示感谢,并把我们迎接到教堂内,让我们在第一排就座。

在第一排靠边的地方坐着一位老先生和三位老年妇女。我们知道，这是戴维的父亲和他的三个母亲。戴维的父亲有三个老婆，他是大老婆所生。戴维的四个大孩子穿戴得十分漂亮，坐在爷爷奶奶的旁边。一位妇女抱着那最小的孩子，也在那里。

教堂内充斥着一股我不能忍受的气味。我在那里坐了一会儿，站了起来，走到门外，在门口见证了婚礼的全过程。我女儿则一直在外边。老程夫妇和张磊后来也出来了。

主礼牧师宣布婚礼开始，戴维和新娘缓缓地从教堂后面通过中间的一条过道走向前面的圣台，然后在牧师面前停了下来。

牧师首先说话："兄弟姊妹们，我们齐集在上帝面前，见证并祝福戴维与玛丽的结合……"

然后，全体宾客起立，两手合掌，低着头，为他们的结合和永远的幸福祈祷。祈祷完毕，牧师问新郎："戴维，你愿意接受玛丽做你的妻子，与她在神圣的婚约中共同生活？无论她有病或无病、贫穷或富裕、美貌或失色、顺利或失意，你都愿意爱她、安慰她、尊敬她、帮助她、保护她？并愿意在你们一生之中对她永远忠心不变，终身不离不弃吗？"

新郎看着新娘说："我愿意。"

牧师然后向新娘提出了完全一样的问题。新娘看着新郎说："我愿意。"

教堂外边的广场上，临时架起了几个大锅，里边煮着牛羊肉，还有几个大锅里煮着五咖里。五咖里是用玉米面做的一种主食，是肯尼亚普通老百姓的一种主要食品。

快到傍晚，我们向新郎新娘告别。他们说："还有晚宴呢，吃了以后再走吧。"我们说，我们晚上还有别的活动。他们没再挽留，我们提前离开了。

戴维后来对我们说，为了这次婚礼，他送给了岳父母家一头牛和几只羊，还有一笔为数可观的礼金。

戴维告诉我们，他父亲是加拿大驻肯尼亚大使的司机兼保镖，曾在加拿大受过特殊训练，还曾救过大使的命。一天晚上，大使参加了一个宴会以后回官邸，路上遇到了劫匪。他父亲凭着机智和娴熟的驾驶技术使大使免遭一劫。大使非常感激他，给他的工资很高。戴维说他父亲从未给过他一分钱，三个老婆分三个地方住，每人均有儿女，因此，工资虽高，但还是不够花。

戴维的缺点是懒惰和邋遢。车开回来后，如果我们不让他擦，他从来不主动擦。而花工约瑟夫只要见车脏了，就会马上提着水桶，拿着抹布来擦洗，把车里里外外都擦得干干净净，有时还打上蜡。我对戴维说："你应该向约瑟夫学习。"

戴维告诉我们，他有两个女朋友，一个在银行工作，一个在公司工作。一次，他拿出一个手机对我们说："这是那个在银行工作的女朋友送的。"有一次，他戴了一条新领带。我问他："这是谁送你的呀？"他自豪地回答说："是公司工作的女朋友送的。"我问他："你老婆知道你在外边搞女人吗？"他马上回答："不知道，你们千万别告诉我老婆这事，否则我就完蛋了。"说完，嘿嘿地傻笑着。一夫多妻，在肯尼亚是合法的。他父亲就是他的榜样。约瑟夫在家有老婆，在外边有女朋友，当然也是合理合法的了。

第三章

我在联合国环境署履职

申请联合国环境署职位的又一次尝试

1998 年年初，安南秘书长任命我的朋友——巴基斯坦驻肯尼亚高专、常驻联合国环境署代表卡卡赫尔（Shafqat Kakakhel）为联合国助理秘书长、联合国环境署副执行主任。

卡卡赫尔先生为庆祝他的任职，在他的官邸举行了一次招待会，邀请他内罗毕外交界的朋友们出席。我也应邀参加。在招待会上，他对我说："特普菲尔执行主任已决定对联合国环境署进行机构改革，将新设若干个高级职位。在常驻代表委员会与你共事中，你的才能和品格给我留下了非常深刻的印象。我希望你能加盟环境署。"

从 1981 年开始，我参加过许多环境署的活动，也组织过许多中国与联合国环境署的合作活动。联合国环境署从事的是保护环境，为人民造福的绿色事业。由于这个原因，听了卡卡赫尔的话以后，我决定申请联合国环境署的一个职位。

我把这个想法告诉了安永玉大使，安大使表示全力支持。他还说："我将给国家环保总局解振华局长写一封信，请他批准并推荐你申请联合国环境署的一个高级职位。高级职位只有政府推荐，成功的可能性才大啊！"我听了非常高兴。安大使给解局长写了一封亲笔信。全文照录如下：

解振华局长：

  知悉您荣任总局长，可喜可贺。

  原盼您光临内罗毕会议，并陪同您赴维多利亚湖考察。不意您国内公务羁身，未能遂愿，深以为憾。望您拨冗来肯，另择佳期。

  感谢贵局遴选夏堃堡司长前来工作。他在政治、业务、英文、会务等方面均堪称专家，忠诚老实，遵守纪律，为人正派。许多闪光之处值得我学习。新任执行主任特普菲尔及不少外国同事对老夏的工作及品格均赞赏有加。

特普菲尔执行主任今年二月抵肯履新，联合国环境署工作颇有起色。现正在进行机构改革，有人建议中国亦应派人到联合国环境署总部工作。我本人非常赞同。"楚虽三户能亡秦，岂有堂堂中国空无人？"泱泱大国，当不乏合适人选。此举能促进该组织同我国及贵局合作、加强环保工作，及时了解台湾当局在这一国际组织中有无染指及动向等。

如您无异议，环保总局举荐如夏堃堡这样的优秀人才在联合国环境署中竞争高级职位，我个人举双手赞同。倘推荐夏堃堡同志前往，我亦忍痛同意，因他确实是个非常合适、非常具有竞争力的人选。

个人井蛙之见，难免舛误，供您参考。

您肩负重任，日理万机，唯希您注意身体，善自珍摄。古人云：一张一弛，文武之道也。

我与老伴李淑静向您和夫人问好。

顺颂

夏祺

安永玉

一九九八年六月二十二日

敬书于内罗毕

我本人也给解振华局长写了封信，提出了申请。不久，我驻肯使馆收到了国家环保总局发来的电报，说总局同意安大使的建议和夏堃堡的申请，请安大使亲自对联合国环境署执行主任做工作，以促成此事。与此同时，解振华局长于1998年6月6日签署的推荐信也传到了使馆。安大使把这个消息告诉了我，并说："我也将写一封推荐信。"

解局长信的全文如下：

亲爱的特普菲尔博士：

我得知，在你的领导下，联合国环境署正在进行机构改革，以使它更好地完成其使命。我完全相信，也衷心希望你的改革取得成功。作为联合国环境署理事会的一个积极成员，中国愿意对你的这项工作提供支持。为此，我写信给你，向你推荐中国常驻联合国环境署副代表夏堃堡为环境署秘书处一个高级职位的候选人。

夏堃堡先生是一名杰出的环境外交官。他具有32年国际活动的经验，其中23年是在环境保护领域。1985年至1996年，他在中国国家环保局工作。在此期间，他表现出了出色的组织国际环境合作的能力。作为国际合作司司长，他是国家环保局负责国际合作的主要官员。他成功地组织了许多与其他国家和国际组织的合作项目。这些项目的实施为中国和世界的环境保护事业做出了贡献。在他领导下，中国国家环保局与联合国环境署开展了许多合作活动。作为中国代表团团长或团员，他参加了许多环境领域的国际会议和谈判，特别是关于制定和实施国际环境法律文书的谈判。

夏先生对于国际环境事务、联合国机构，尤其是环境署以及它们的决策方法和程序有非常丰富的知识和国际活动的经验。人们对他的能力、工作态度、热情和忠诚有很高的评价。23年来，为了保护全球环境，为了促进各国间的环境合作，他付出了极大的努力，并确实做出了贡献。现在，作为环境署常驻代表委员会主席团的一名成员，他正和你密切合作，相信你会同意我上述对他的评价。我相信，他完全能胜任在环境署负责政策、项目或行政的一个高级职务。目前在环境署秘书处没有一个中国人担任高级职务，他的加盟将有利于加强秘书处，帮助你完成环境署的使命。如果你能对我的推荐给予积极考虑，我将十分感谢。

顺致崇高的敬意！

解振华

中华人民共和国环境部长

1998年6月6日

解振华是正部级局长，按惯例，对外介绍时，英文用"Environment Minister"，即"环境部长"。

申请正式提出以前，我约见了卡卡赫尔。我说："非常感谢你建议我加盟环境署，我已决定提出申请，但不知是否能被接受。"卡卡赫尔说："不用担心，我对你是了解的，你有丰富的环境领域国际合作的经验和很强的业务能力。环境署正需要你这样的人。我会向执行主任推荐的。"

安永玉大使也写了封推荐信。1998年7月17日，安大使约见特普菲尔，向他递交了两封信，还对我做了更为详细的介绍。特普菲尔说："关于夏先生的人品和才能，卡卡赫尔先生已给我做了介绍，我一定会积极考虑中国环境部长解先生和您的推荐。但按联合国的规定，他还必须经过必要的考核，才能被录用。"当晚，安大使和夫人在江苏饭店宴请特普菲尔和其夫人。中国常驻人类居住中心助理代表张振山、常驻联合国环境署代表处二秘张磊和我陪同出席。

联合国环境署的招聘工作由联合国内罗毕办事处人事处负责。当时的人事处处长是来自台湾的中国人李醒嘉女士。人事处对我的资历做了初步的审

1998年7月，在江苏饭店合影。左起：张磊、张振山、安大使夫人、特普菲尔夫人、特普菲尔、安永玉、作者

查后，李醒嘉告诉我："人事处的初审结论是：夏堃堡完全胜任 D1 级别的职务，也可考虑安排 D2 级职务。"D 是 Director（司长），D2 相当于正司级，D1 相当于副司级。

负责联大事务和会务的联合国副秘书长金永健于 1998 年 6 月 24 日至 27 日访问了内罗毕联合国机构，下榻中国常驻联合国环境署代表处。金副秘书长在内罗毕期间检查了联合国内罗毕办事处（United Nations Office in Nairobi，简称 UNON）的工作，会见了联合国环境署执行主任兼 UNON 总干事特普菲尔先生。金副秘书长还会见了肯尼亚外交部长。安大使和我参加了会见。安大使还宴请了金副秘书长，我应邀出席。

金永健曾任中国常驻联合国副代表、大使和中国常驻日内瓦办事处代表、大使，所以我们都叫他金大使。金大使和安大使年轻时就曾一起在尼日利亚建立使馆，已是多年的老朋友了。金大使叫安大使"小安"，安大使叫金大使"老金"。安大使和夫人、张磊和我陪同金大使到那瓦莎湖游览和那瓦莎乡村俱乐部休息。我们一起坐船荡漾在那瓦莎湖上，两岸长颈鹿、羚羊、野鹿和狒狒等动物出没在金合欢树下；湖中的岛上停息着鹈鹕、鸬鹚、鹭鸶、

1998 年 6 月，联合国副秘书长金永健大使访问内罗毕联合国机构期间在那瓦莎乡村俱乐部散步。左起：作者、安永玉大使夫人、金永健、张磊、安永玉

野鸭、野鹅等各种鸟类；湖中成群的河马，时而露出水面，时而钻入水中。两位大使坐在船上，一边欣赏着如画的风景，一边倾诉着别后的情谊。

我们在花园中坐了下来，安大使对金大使说："国家环保总局解振华局长已经推荐老夏申请环境署的一个职位，希望你能推动一下。"金大使满口答应。

11月16日，安大使接到了金大使从纽约联合国总部打来的电话。金大使告诉安大使，特普菲尔执行主任最近访问纽约联合国总部，他昨晚与特普菲尔共进晚餐。金大使专门口头向特普菲尔对我作了推荐，说："夏先生熟悉环保专业，有丰富的国际合作经验，有能力，他加入联合国环境署将加强该组织。"特普菲尔说："目前环境署正在进行改革，进人有很多困难，但夏堃堡任职一事正在积极安排。"安大使将金大使的话转告了我。

12月13日晚，特普菲尔在内罗毕宴请安大使和我，副执行主任卡卡赫尔出席作陪。特普菲尔正式对我宣布，他将安排我担任一个D1的职务。特普菲尔很少单独宴请别人，和副执行主任一起出席则从未听说过，可以看出他对此事的重视。

又过了四个多月，1999年4月下旬，特普菲尔任命我为副执行主任卡卡赫尔的特别顾问，负责环境应急工作。我于5月中旬开始在联合国环境署上班。这是特普菲尔为使我尽早进入联合国环境署工作而做出的一个临时安排。要成为联合国的正式职员，还必须经过必要的考核程序。

联合国环境署为了加强对环境紧急事件的管理，决定设立环境应急协调员一职，负责对水灾、旱灾等自然灾害和化学品泄漏、海洋石油污染等环境污染事故的预防和应对工作。

联合国环境署成立了由政策实施司司长卡尼亚罗（Donald Kaniaru）为组长，宣传新闻司司长布雷维克（Tore Brevik）和臭氧公约执行秘书沙尔玛（Madhava Sharma）为组员的评估小组对我和其他多位申请者进行了考核和面试。

1999年8月下旬，经评估小组推荐，特普菲尔正式任命我为联合国环境署环境应急协调员，级别为D1。1999年9月，我正式出任此职。

我隶属政策实施司，顶头上司就是卡尼亚罗。上班的第一天，该司的行政官给我送来了一个文件夹，里边放着介绍这个司和与我有关到工作的文件和材料。文件夹上写着"Deputy Director, Mr. Xia Kunbao"（副司长夏堃堡先生）。

  我到了卡尼亚罗的办公室向他报到。他热情地请我坐下，对我说："你现在是政策实施司除我以外级别最高的官员了，你就是副司长了。我不在司内时，你就是司内的临时负责人。"我听了有些突然，我说："关于这件事，我考虑考虑再答复你。"他对我的工作做了一些交代，说："你长期在政府工作，又长期从事与环境署的合作，我知道你是很有经验的，相信你一定能把工作做好。"我对他表示感谢，并说："我没有在联合国工作的经验，请你对我的工作多加支持和帮助。"

  我想，我没有在联合国工作的经验，也没有从事过环境应急方面的工作，如果再接受当副司长的任务，工作一定很困难。第二天，我找到了卡尼亚罗，对他说："你昨天提出的让我担任副司长的事，我考虑再三，觉得我还是不担任此职为妥。"并对此说明了理由。他笑着说："好吧，等你有工作经验以后，再让你担任此职也可以。"

亲人重逢在异乡

执行主任特普菲尔任命我为副执行主任卡卡赫尔的特别顾问宣布以后，我于 1999 年 4 月 30 日和夫人一起，经巴黎和伦敦回北京述职。

在巴黎，我们住在中国驻法国使馆招待所，参加了招待所安排的活动，参观了卢浮宫、艾菲尔铁塔、巴黎圣母院、凯旋门、枫丹白露等景点。三天以后，我们坐火车穿过英吉利海峡隧道，来到伦敦，下榻新华社伦敦分社招待所。那里我们是自助游，在伦敦乘地铁或公共汽车旅游很是方便。我们参观了大英博物馆、白金汉宫、大本钟、伦敦塔桥和特拉法加广场等景点。

回到北京以后，我会见了国家环保总局局长解振华和主管外事工作的副局长祝光耀，感谢他们推荐我进入联合国环境署，并向他们汇报了我在担任中国常驻联合国环境署副代表期间的工作。我去国际司见了我的老同事和老朋友，向他们介绍了代表处的工作和我将要在联合国环境署做的工作。我还应我学生冯秀兰的邀请，去长沙见我年轻时候在那里教过的学生和一起工作的老师，还重游岳麓山和橘子洲头等我熟悉的地方。

5 月下旬，我回到内罗毕，开始了在联合国环境署的任职。我妻子没有随我回去，而是到阜外医院继续她的工作。

1999 年年底，我访问纽约，与联合国总部、联合国开发计划署、联合国儿童基金会、联合国人道主义事务办公室和联合国环境规划署驻纽约代表处等联合国机构相关人士会面，商讨联合国系统环境突发事件应急工作。

我女儿夏雪当时在美国中部的一所大学学习。她专程飞到纽约和我见面。我大学同学、联合国高级政务官万经章陪同我和女儿参观游览了联合国总部。他还让夏雪坐在联大会堂座位上为她照相。

我在纽约还会见了联合国儿童基金会官员钱京京。京京是前国务院副总理钱其琛的女儿,原来是国家科委社会发展司的处长。我是在联合国环发大会筹备过程中与她结识的。京京很是热情,请我和女儿在纽约的一家中餐馆吃饭。她很关心地询问夏雪在美国的学习情况,夏雪说,她的那个学校不错,就是那里气候条件较差,想换一个地方上学。

2000年,夏雪转学到美国华盛顿州贝灵汉市的西华盛顿大学学习工商管理专业。这个大学建立于1893年,已有100多年的历史,是美国一所著名的四年制公立高等学府。

因为我是联合国职员,联合国每年为夏雪提供30000美元的教育津贴。此外,她还可以在假期到内罗毕或北京探亲,联合国负担旅费。

2000年2月,我弟弟夏全保和他的朋友、企业家韩仁明访问内罗毕。全保当时在我老家常熟的一家外企

1999年4月,作者夫妇在艾菲尔铁塔前

1999年4月,作者夫妇在白金汉宫前

2000年2月，作者（右）陪弟夏全保（中）在那瓦莎湖上乘船游览时与肯尼亚船夫合影

江苏理文造纸厂担任厂长。那时我已在联合国大院对面的 Warwick Center 租了一套房子居住。全保和韩老板就住在我家里。韩老板想到非洲开发市场，知道我在内罗毕，就拉了全保和他一起来，想让我帮他牵线搭桥。经我的安排，他会见了肯尼亚中国商会会长韩军，了解了内罗毕的市场状况。在非洲与我、弟弟和他的朋友相聚，我们都特别高兴。我带他们去马赛马拉、那库鲁湖和蒙巴萨等地游览。他们说："真是大开眼界！"

2000年10月，我妻子从阜外医院退休，回到内罗毕。

我儿子夏雷在亚洲理工学院读了一年半工商管理研究生课程，获得硕士学位，于1998年12月回到北京，继续在《北京青年报》社工作。

2000年12月，报社派他和他的同事张鹏到肯尼亚采访。在内罗毕期间，他们与我们住在一起。我妻子最近一年半一直在北京和儿子生活在一起。我在这段时间没有见过他，真有些想念了，这次在异国他乡相见，很是高兴。我妻子到菜市场买了活的海螃蟹、大虾、牛肉和各种蔬菜，精心烹调，招待两个年轻人。在内罗毕期间，妻子的烹调技术有了很大的提高。我们在家请客时，曾多次请常熟市第二建筑工程公司肯尼亚项目部的一位年轻厨师来做饭，妻子从他那里学会了一些烹调技术。张鹏和儿子都吃得津津有味，张鹏说："阿姨做的酱牛肉真好吃。"

在内罗毕，两人采访了联合国副秘书长、联合国环境署执行主任特普菲尔等联合国官员，还采访了艾滋病病人和其他各界人士。中国国际广播电台驻肯尼亚记者江爱民带他们去了几个国家公园和蒙巴萨，还陪他们去了坦桑尼亚达累斯萨拉姆等地采访。

回国后，他们在《北京青年报》上发表了《消除贫困构造美好环境——迎接21世纪的新挑战》和《艾滋病肆虐，非洲母亲在哭泣》等多篇报道。

联合国职员每年有一个月的探亲假。2001年8月，我和妻子回北京休假。这次，我们办了一件大事，就是为儿子夏雷和儿媳玥影举办了婚礼。儿媳是北京一家大医院的药剂师，

2000年12月，作者夫妇和儿子在内罗毕联合国大门前合影

与儿子已经谈了一年多恋爱。她美丽大方，温柔贤惠。我和妻子都很满意。婚礼在东直门新开张的俏江南餐厅举行。除双方父母外，还邀请了两家在北京的亲戚参加。我简单地讲了几句话，祝他们相亲相爱，美满幸福，然后就是喜宴了。

2002年8月13日，我赴北京出差，主要是就长江流域自然保护和洪水控制全球环境基金项目一事与国家环保总局对外合作中心进行讨论。完成出差任务以后，我在北京休假，于9月23日返回内罗毕。我妻子是与我一起回京的，但她在北京一直待到年底。

她乘荷兰航空公司飞机从北京经南非约翰内斯堡飞往内罗毕。在约翰内斯堡机场换乘飞机时，遇到了一些麻烦。她和我一样，持中国外交护照，1997年她第一次去肯尼亚后，申请了居留签证，但那时已经过时，因此这次旅行前，她在北京办了肯尼亚短期签证，准备回到内罗毕后再申请居留签证。

她到了机场登机大厅荷航柜台,把机票和护照递给了一位中年女工作人员。

那人看了机票,又翻开护照看了看,然后用英语问:"你的返程机票呢?"

我妻子用英语回答道:"我丈夫是外交官,在联合国工作,我到内罗毕和他团聚,要在那里长期居住,没有买返程机票。"

那人说:"没有返程机票不能登机。"

我妻子说:"我这是外交护照,我有肯尼亚签证,有机票,为什么不能登机?"

那人说:"就是不能登机。"

两人在那里僵持了好一阵,我妻子几乎要哭出来了。这时,她突然蹦出一句英语:"Ask your boss to come!"(让你的老板出来!)过了一会儿,出来了一位穿着荷航制服的胖胖的男士。这人接了护照和机票看了看后,对那女的嘀咕了几句。她开始在机器上操作,打印出一张登机牌。那男士把登机牌递给了我妻子,说:"I am sorry, Madam, you can board the plane now."("抱歉,女士,你现在可以登机了。")妻子如释重负,高高兴兴地登上了飞机。

我开车到肯雅塔国际机场接妻子。她见了我,迫不及待地告诉我这段经历,我笑着说:"想不到你的英文水平还是挺高的。"她说:"我是连说带比画,总算过了关。"

2003年7月,我回到北京,担任联合国环境署驻华代表。

2003年12月,夏雪给我打电话说:"我要毕业了,学校邀请家长参加毕业典礼,你们来吧!"她把学校的邀请信发到了我的电子邮箱。我和妻子听到这个消息,很是高兴,都想去参加。但那时我工作十分繁忙,实在抽不出时间,我对妻子说:"你一个人去吧!"她说:"我一定要去。"我给她在设在北京联合国大院内的国航办事处预订了机票。

我妻子自己到美国驻华大使馆办理签证手续。一位长得很英俊的先生接待了她。他是美国人,说一口流利的中文。他接过了我妻子递给他的护照和申报材料,翻了翻,然后问:"你有没有带一张与你女儿的合影呢?"

我妻子笑着说:"抱歉,没有带,我看了你们登在网上的要求,没有说要照片呀。"

2003 年 12 月，夏雪和母亲在大学校园内合影

那先生笑了笑，又问："你还有没有其他子女？"

"还有一个儿子。"

"你儿子是做什么的呢？"

"他是记者。"

"我有很多记者朋友，你的签证可以啦。"

"Thank you."

我妻子顺利地抵达西雅图。这是她第一次来美国，很是激动。夏雪开车到机场迎接。妻子见到多时不见的女儿，很是高兴。学校离机场不远，开车一个多小时就到了。

安顿下来以后，女儿陪她母亲参观校园。校园建在一个到处是树木的山坡上。虽然是冬天，但校园仍是一片绿色，一栋栋造型别致的教学楼淹没在绿树丛中。站在校园往前看，就是大海。妻子惊呼："太美了！"

妻子和女儿一起参加了毕业典礼，夏雪取得了工商管理学士学位。这是我女儿人生道路上的重要一站。女儿还带她母亲去了西雅图、波特兰、拉斯维加斯，还有加拿大的温哥华参观游览。

回到北京，妻子向我讲述了她在美国的所见所闻，很是兴奋。她特别讲到了在拉斯维加斯的经历。在那里，她看到了世界上最五光十色的赌场和游乐场。她说："我玩老虎机，不一会儿就输掉了 40 美元，好心疼呀，连忙住手。"她还说："拉斯维加斯是旅游者的天堂，是赌徒的地狱。"

2004 年年初，夏雪回到北京，很顺利地在一家外企找到了一份很不错的工作。

2004 年 8 月 1 日，我正式退休的第一天，儿子夏雷在英国 Luton 大学完成了新闻管理研究生学业，取得了第二个硕士学位后回到北京。这次是《北京青年报》报社公费派他出国留学的。

夏雷是《北京青年报》的一名记者，后来担任该报国际版主编。他去过瓦努阿图、肯尼亚、坦桑尼亚、东帝汶、以色列、阿富汗、美国、澳大利亚、德国和俄罗斯等多个国家采访。他采访联合国驻东帝汶维和部队司令的巨幅照片曾作为《北京青年报》的广告矗立在北京街头。我年轻时曾梦想当记者，大学毕业后留学英国的手续已办妥，但都没有成功。现在，我儿子做了这两件我曾想做而没有做成的事。

常驻联合国环境署第七任副代表

程伟雪原来是中国环境科学研究院的一名研究人员。他于 1990 年 8 月经过考核被国家环保局录用，在外事办公室（后改为国际合作司）工作，先后担任处长和副司长等职。他年纪比我小一点，但比外办大多数人都要大，因此大家都叫他老程。

我被联合国环境署录用后，老程被任命为中国常驻联合国环境署副代表。他是中国常驻联合国环境署第七任副代表。

老程于 1999 年 7 月 8 日抵达内罗毕，我到肯雅塔国际机场迎接。7 月 9 日晚，安永玉大使在内罗毕江苏饭店举行招待会，欢迎老程和欢送我。联合国环境署执行主任特普菲尔、副执行主任卡卡赫尔，联合国环境署各部门负责官员、各国常驻联合国环境署代表或副代表出席。这么高规格的欢迎暨欢送会，实属罕见。安大使讲话，祝愿我们两人通力合作，为促进中国和联合国环境署的合作做出贡献。

我和老程花了两天时间完成了交接工作。

老程就任以后，工作十分忙碌。他作为中国政府代表团的成员，参加联合国环境署理事会和其他重要会议，为代表团准备与会对案和发言稿；接替我担任联合国环境署常驻代表委员会副主席，出席该委员会的会议和活动；协调和促进中国和联合国环境署的合作项目；就联合国环境署的工作和政策动向及全球环境问题进行调研，写出调研报告，报国内领导决策参考；接待和安排国内来内罗毕参加联合国环境署会议或访问的环境代表团；协助和配合中国驻肯尼亚大使馆的工作，如接待国家领导人和其他高级代表团的访问等。

在老程任职期间，先后有安永玉、杜其文和郭崇立三位大使是他的领导，同时也得到了张磊和谢永明两位一等秘书的有力协助。

我在联合国环境署任职以后，特普菲尔授命我负责实施"长江流域洪水成灾因素综合治理"项目。这是与中国国家环保总局的一个合作项目。技术方面的工作，我一般与该项目的实施部门国家环保总局对外经济合作办公室直接联系。涉及政策性的重大问题，我就与老程联系，请他报告国内，并协调解决。例如，我从执行主任的备用金中申请到了12万美元以后，我通知老程，让他协调，以保证这笔资金得到有效的使用。老程及时与国内联系，并做了很多工作。后来，他告诉我，环保总局让他告诉我，他们一定会用好这笔资金。这样，联合国环境署就把资金拨到了环保总局外经办的账上。后来，这个项目得到了很好的实施，对我国的洪灾预防和应对工作发挥了有益的作用。

我还组织了申请长江流域自然保护和洪水控制全球环境基金（GEF）项目，首先组织了该项目的开发前研究（PDF-B活动），即研究和开发项目文件的工作。后来GEF理事会批准了该项目。GEF为该项目提供400万美元的赠款，美国的一个名叫TNC的自然保护组织提供400万美元的配套资金。项目实施后，对长江流域自然保护和洪水控制发挥了有益的作用。在这个项目的PDF-B活动阶段，我曾与老程有过许多联系，得到他的大力支持。

1999年，联合国环境署开始启动申请南中国海全球环境基金项目。发起这个项目的是设在荷兰海牙的联合国环境署保护海洋免受陆源活动影响行动计划办公室（GPA）。GPA属政策实施司，主任是梵特威特女士。我也在政策实施司，和梵特威特很熟。梵特威特经常到内罗毕联合国环境署总部来。1999年9月，她来总部时约我与她会面，商讨南中国海GEF项目。她向我介绍说，计划和中国、越南、柬埔寨、泰国、马来西亚、印度尼西亚、菲律宾等七国一起申请和实施这个项目。项目目的是通过在参与国设立一系列示范区，在红树林、珊瑚礁、海草、滨海湿地、渔业资源保护和陆源污染控制六个方面，提供海洋保护与经济协调发展的范例。她要我向中国政府转达联合国环境署的这一建议，并希望得到中国政府的支持。

我立即找了老程，把上述情况向他转达了。他向国内报告后不久，就收到了国内指示。他立即约见我，传达了国内对这个项目的意见，主要意思是，南中国海长期以来，存在着一些领土的争议。西沙群岛和南沙群岛一贯是中国的领土，中国政府的立场是"搁置争议，共同开发"，中方不希望由于这个项目而引发新的争端。

我把中方的意见向梵特威特和政策实施司司长卡尼亚罗作了汇报。梵特威特说，我们这个项目主要是各国在自己的领土上消除陆源污染，不会涉及领土问题。卡尼亚罗建议说，特普菲尔执行主任将于10月初访华，我们可以建议他利用这个机会会见中国政府有关方面负责人，向中国政府解释。后来，执行主任接受了他的建议。我当时要到北京参加长江洪水项目的几个会议，正好也在北京。卡尼亚罗建议我陪同执行主任参加会见，执行主任同意这一建议。

联合国环境署把特普菲尔要求在10月初会见中国政府有关部门领导人解释南中国海GEF项目一事向中国常驻联合国代表处提了出来。老程报告了国内，并建议同意联合国环境署的请求。不久，老程将国内的反馈意见正式通知我，说环保总局解振华局长和外交部王毅部长助理将分别会见特普菲尔，就南中国海GEF项目交换意见。

后来，在我的陪同下，特普菲尔访华，分别会见了解振华局长和王毅部长助理，我参加了会见。

特普菲尔向他们保证，如这个项目批准，项目活动范围一定不包括有争议的区域，参加项目的国家将在各自没有争议的地区，在控制陆源污染、保护红树林和滨海湿地等方面开展活动。解振华和王毅重申了中国政府的立场，说如果项目能按照特普菲尔所说的那样设计和实施，中国可以参加。

南中国海GEF项目先开展了PDF-B活动，提出了项目建议书。项目建议书中明确界定了项目范围，中国政府对此进行了严格审核后，同意参加这个项目。后来项目得到了GEF执行委员会的批准，并于2002年开始实施，于2008年完成。这个项目，对保护南海海洋环境和生物多样性，发挥了积极作用。

老程作为中国政府代表团的成员，出席了2000年5月在瑞典马尔默召开的联合国环境署理事会第6次特别会议/全球部长级环境论坛。《中国常驻联合国环境署代表处2000年工作总结》是这样描写老程在会议前后所做工作的：

我处在大量调研的基础上，为国内代表团准备了详细的与会对案建议，并为我与会部长在论坛主要议题下发言准备了三份讲话稿草稿。按国内指示，我处程副代表还作为代表团主要成员之一赴马尔默参加了会议。在理事会第6次特别会议/全球部长级环境论坛期间，我处与会同志（指程伟雪）与代表团其他同志一道，对我代表团团长参加部长级对话、双边活动及后勤保障方面做了细致安排，加之我代表团的对案准备得充分，使我代表团在本次论坛中能以一个负责任大国姿态，积极主动、有理有节、有效地参加了各项议程的讨论。特别是在全体委员会会议讨论《马尔默宣言》草案时，我处副代表与代表团另外两位同志，从5月30日下午4时一直到次日清晨4时，自始至终参加讨论，在许多重要段落上阐明并坚持我方观点，提出具体修改意见，并与仍坚持在场的少数发展中国家代表（印度、巴西、古巴等）相呼应，使宣言的最后文本既体现了我国和发展中国家的观点，又照顾了发达国家，特别是东道国瑞典的关切，而成为一份各方能接受的较平衡、较好的文件，从而保证了《论坛》最终的成功。

2001年1月在内罗毕召开联合国环境署理事会第21次会议/全球部长级环境论坛，2002年2月在委内瑞拉卡塔赫纳召开联合国环境署理事会第7次特别会议/全球部长级环境论坛。在这两次会议以及其他一些重要会议上，老程都是中国代表团的一名主要成员。与在马尔默一样，在这两次会议上，他都做了大量工作，为维护我国和发展中国家的利益，为加强联合国规划环境署和促进全球环境合作做出了重要贡献。

老程在任职期间，还参加了中国驻肯尼亚大使馆举办的一些活动。2000年11月，李鹏委员长访肯，老程做了大量的接待工作，还安排和组织了李委员长访问内罗毕联合国机构，与联合国环境署和人居中心两个组织的领导人会谈，并在联合国大院内植树。我也参加了在联合国举行的欢迎活动。

2002年4月，朱镕基总理访肯，老程同样做了许多工作，并安排朱总理访问内罗毕联合国机构。我当时不在内罗毕，所以没有参加接待，但我夫

1999年12月，在参加庆祝澳门回归活动时合影。左起：程伟雪、作者和夏云龙博士

人参加了在大使馆举行的欢迎活动。

我们还一起参加了在中国驻肯使馆举行的国庆和新年招待会等活动，还参加了1999年12月20日在使馆举行的庆祝澳门回归等活动。

在建立联合国环境署驻华代表处的过程中，老程也做了许多工作。

老程是一名优秀的环境外交官，是联合国环境署和中国政府间最好的纽带。他的工作，推动了中国和联合国环境署之间的合作，为中国和全球的环境保护做出了贡献。

2003年10月，老程在中国常驻联合国环境署代表处的任职期满，回到北京。他写了一个《述职报告》，总结了他在内罗毕四年零三个月中所做的工作。

中国常驻联合国环境规划署代表郭崇立大使在这份报告上写下了如下评语：

该同志担任我国常驻联合国环境规划署副代表以来，能始终同党中央保持一致，坚决贯彻中央的方针政策，努力学习，勤奋工作，在巩固和加强代表处同联合国环境署领导人关系方面做了特殊努力，取得良好效果，为我国环境外交事业做出了突出的贡献。

该同志业务能力强，为人谦虚，能团结同志，遵守外事纪律，注意锻炼身体，也是青年同志的良师益友。

我在联合国环境署任职

1999年9月，我正式出任联合国环境署应急协调员。卡尼亚罗是我的直接上司（first supervisor），卡卡赫尔为第二上司（second supervisor）。

任职以后，卡卡赫尔立即在他的办公室与我谈话。他说，他对我的任命感到非常高兴，并表示祝贺，还说："你现在是环境署在环境应急领域最高级别的官员，所以你将是环境署的'内阁'成员。"所谓"内阁"，是指联合国环境署秘书处的高级管理小组（UNEP Senior Management Group）。该小组由各司长和各部门的主要负责人组成，讨论和决定联合国环境署秘书处的工作。他还让我负责制定一个《联合国环境署应对环境紧急事件的战略》。他说："你立即去巴黎、日内瓦和纽约，拜访有关联合国机构，与他们讨论如何加强在环境应急领域的合作，并征询他们对联合国环境署制定环境应急战略的意见。回来后再与联合国环境署各部门进行磋商。"

我立即按照卡卡赫尔指示开始行动。我去了巴黎，会见了联合国环境署技术、工业和经济司负责"基层对紧急事件的认识和防范方案"（APELL）的负责人；我去了日内瓦，会见了联合国人道主义事务协调办公室（OCHA）的主要官员；我去了纽约，会见了联合国开发计划署和联合国儿童基金会的主要官员，以及联合国环境署驻纽约办事处负责人。我与他们就各联合国机构在环境应急方面的合作，以及环境应急战略的制定，广泛地交换了意见。

我也与内罗毕联合国环境署各部门与环境应急有关人员进行了大量的磋商，还开了许多的会议。此事也在常驻代表委员会内进行了讨论。在此基础上，我起草了《联合国环境署关于预防、防备、评估、缓解和应对紧急事件的战略框架》。这是联合国环境署第一个预防和应对环境紧急事件的战略。

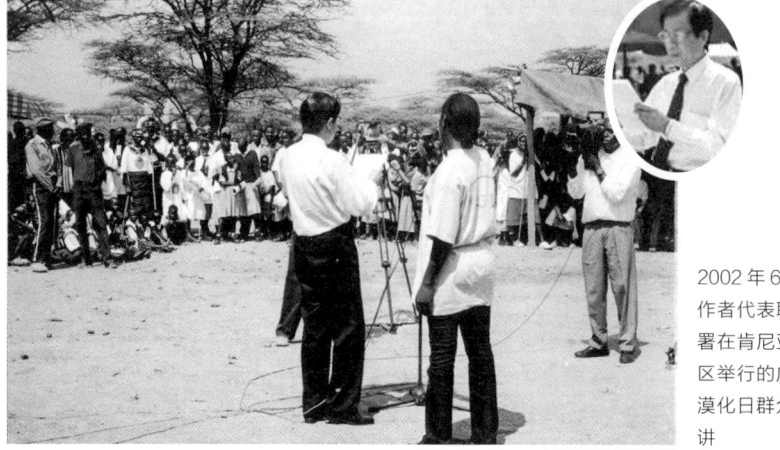

2002年6月18日，作者代表联合国环境署在肯尼亚巴林哥地区举行的庆祝世界荒漠化日群众集会上演讲

联合国环境署第21届理事会审议并通过了该战略。从此，联合国环境署对受到自然灾害和环境污染事故危害的国家的援助走上了有序的轨道。

在联合国环境署任职期间，我经常向卡卡赫尔请示和汇报，得到了他有力的支持和指导。卡卡赫尔经常赞扬我工作做得出色。

在联合国环境署任职期间，我组织和参与了对受到严重自然灾害和环境污染事故的国家的技术援助，包括中国、印度、越南、孟加拉和莫桑比克等国的水灾和肯尼亚的旱灾、罗马尼亚一金矿的污水泄漏造成的多瑙河的污染和土耳其的地震等。我亲自参加了对其中多数国家灾害造成的环境影响的调查和应对战略的制定，并组织了相应的援助活动。我也部分地参与了科索沃冲突后对环境和人居影响的评估，和前南斯拉夫马其顿共和国冲突后对环境影响的评估。这些活动的成果都汇编成书出版。

在此期间，我把为祖国做事作为我的首要使命。1998年我国发生严重水灾以后，应中国政府的邀请，联合国环境署和联合国人居中心于当年12月和1999年1月派出了两个考察团，在国家环保总局专家的配合下，对我国水灾危害的原因进行了调查和分析，并得出如下结论：森林砍伐、围湖造田和陡坡种植等生态破坏是造成1998年水灾巨大破坏力的根本原因。那时我还是我国常驻联合国环境署副代表，负责与国内联络并安排了这两个考察团的访问。

考察团的报告建议联合国环境署和人居中心对中国提供技术援助。特普菲尔执行主任和解振华局长就此进行了磋商，双方决定开展一项联合国环境署、人居中心和国家环保总局合作进行的从自然保护角度控制洪水危害的项目。我在联合国环境署任职以后，特普菲尔立即授命我开始负责实施"长江流域洪水成灾因素综合治理"项目。联合国环境署参加此项目的专家是日本人中村武洋（Takehiro Nakamura）先生和我的同胞和朋友张金华先生。人居中心加拿大人赫顿（Chris Hutton）先生负责有关人居方面的工作。

任何活动的先决条件是资金。我给特普菲尔打了一个报告，请他从他掌握的备用金中拨出 12 万美元，用于实施该项目。我还约见了他，口头向他说明了需要这笔资金的理由。他批准了我的申请。这笔钱数字虽然不大，但这是一个破天荒的事情，因为联合国环境署资金十分短缺，每两年制订一次计划和预算，由理事会批准后实施。通常情况下，只有在计划内的项目才有资金保证。执行主任很少的一点备用金只有在十分紧急和重要的情况下才能使用。特普菲尔对我说："堃堡，你一定要把这笔钱用好了。"我回答说："请你放心，我一定使我自己的国家从环境署的援助中受益。"

在这个项目的框架下，成立了国家环保总局、联合国环境署和人居中心长江流域洪水及其影响专家工作组。工作组包括来自中国各部委和各研究机构的中方专家，以及来自美国、尼泊尔、联合国环境署和人居中心的国际专家。我组织国际专家从自然保护角度对洪水危害的减少和应对进行了研究。国家环保总局对外经济合作办公室组织中方专家就中国如何从自然保护角度对洪水危害的减少和应对进行了深入的研究。

在此基础上，专家工作组首次会议于 1999 年 10 月 6 日至 7 日在北京召开。

特普菲尔执行主任和国家环保总局副局长祝光耀出席了开幕式，并发表讲话。中方专家报告了他们的研究成果，包括 1998 年和 1999 年洪水状况、影响和原因，并提出了预防和减灾的建议，国际专家介绍了其他国家在洪水减灾和管理上的经验。我和国家环保总局外经办一起组织了这次会议，并代表联合国环境署发表讲话。

我们还在 1999 年 9 月、10 月和 12 月召开了三次技术研讨会。研讨会

1999年7月，参加长江流域洪水减灾与管理专家工作组第三次会议的中外专家合影

的题目分别是"长江流域可再生能源与人居工程建设"、"长江流域湿地恢复、管理与利用技术"和"长江流域山地生态系统综合管理技术"。中外专家从不同角度总结和交流了减少洪水灾害的技术和经验。

此外，我们还组织了"洞庭湖地区洪水易损性研究"，对造成洞庭湖地区洪水灾害的因素进行了具体的分析研究，提出了减少该地区洪水灾害的政策和技术方案。

上述合作活动的成果已汇编成三本书，以中英两种文字出版。它们已在国内外广泛散发，不但对我国，而且对其他受到洪水危害的发展中国家的减灾工作，已经和正在发挥着有益的作用。

2001年9月，联合国环境署决定设立能力建设部，特普菲尔决定将我调任该部第一任主任。在任此职期间，我协调和参与了《为可持续发展的能力建设：联合国环境署能力开发活动综述》一书的编写和出版。该部下设两个处，即技术合作处和教育培训处，我对这两个处的工作提供了指导和监督。例如，联合国环境署在德国德累斯顿技术大学设有一个长期的环境管理培训

作者在联合国环境署工作期间领导或参与的部分工作成果

班。该班为发展中国家培养了许多环境管理人才,仅中国在该班得到培训的就有 70 多人。我曾数次到德累斯顿技术大学参加有关活动,并对该班的工作提出指导意见。

虽然职务发生了变化,我仍然把为自己国家做贡献作为自己工作的重点。我启动和领导了一个更大和更有实质意义的项目,即长江流域自然保护和洪水控制全球环境基金(GEF)项目。

GEF 建立于 1991 年,是关于生物多样性、气候变化、持久性有机污染物和土地荒漠化的国际公约的资金机制。GEF 作为国际环境合作财政机制,在以下六个领域向发展中国家和经济转型国家为实现公认的全球环境效益所采取措施所需额外成本提供赠款:气候变化;生物多样性;国际水域;臭氧层耗竭;土地退化,首先是荒漠化和毁林;持久性有机污染物。

我组织了该项目的开发前研究(PDF-B 活动),即研究和开发项目文件的工作。GEF 批准并拨给 60 万美元,开展此活动。联合国环境署和国家环保总局提供了相应的配套资金。

从 2002 年年初至 2003 年年底，我们花了将近两年的时间，完成了项目文件的编写工作。该项目的地理范围是长江中上游地区，内容包括三个部分：对生态功能的保护进行评估和规划；建立一个生态功能和早期报警系统；在云南老君山和四川宝兴地区建立两个示范项目。

2004 年上半年，GEF 理事会批准了该项目。根据批准的项目建议书，GEF 为该项目提供 400 万美元的赠款。我们还成功地从美国的一个名叫 TNC 的自然保护组织筹集到 400 万美元的配套资金，用于老君山示范项目的建设。中国政府也要提供必要的配套资金。

在该项目的 PDF-B 活动中，联合国环境署的中村武洋、国家环保总局外经办的罗高来、宋晓智、孙雪峰和项目办公室苏德、张文娟等为此活动的成功付出了极大的努力，做出了重要的贡献。

该项目在我退休后顺利实施，对我国长江中上游地区的自然保护和洪水控制发挥了积极的作用。

上司卡尼亚罗

我的直接上司卡尼亚罗开始几个月对我的工作非常满意，对我态度也一直比较好。但是，后来事情发生了变化。

联合国环境署和联合国人道主义事务办公室在日内瓦有一个环境应急联合处。该处有一名处长和一名职员，他们两人都由联合国环境署发工资，但办公室设在联合国人道主义事务办公室日内瓦办事处。处长的名字叫萨哈洛夫，是个俄罗斯人。在我被任命以前，他是联合国环境署内负责环境应急的最高级官员。他受人道主义事务办公室和联合国环境署的双重领导，他应当向这两个组织的有关领导汇报工作。但实际上，他只向人道主义事务办公室领导汇报，很少向联合国环境署领导汇报。

一天，卡卡赫尔把我叫到他的办公室，对我说："日内瓦的与联合国人道主义事务办公室的联合处对联合国环境署没有太大的作用，执行主任决定撤销这个处，他要求我们来办这个事。"他要我给他写一个报告，建议撤销这个处。我答应照办。回来以后，我向卡尼亚罗作了报告。他听了以后，显得很不高兴，但也没明确反对。我知道他不是太同意，但也不好公开反对，只是摇头、叹气。我从他的办公室退了出来，实在不知道如何是好。

过了几天，卡尼亚罗休假。卡卡赫尔问我他让我办的事怎么样了。我告诉他，卡尼亚罗好像不是太同意，我觉得不太好办。他说："这样吧，你写两个方案，一个方案是撤销，另一个方案就是将这个处的办公室搬到日内瓦环境大厦。"环境大厦是在日内瓦的一座大楼，内有联合国环境署的一些机构，包括联合国环境署欧洲办事处、联合国环境署与日内瓦联合国机构联络处和《巴塞尔公约》秘书处等联合国环境署管辖的机构。我遂按照他的意思给他送去了一个报告，他又根据我这个报告给执行主任写了一个报告，提出了我建议的两个方案。

特普菲尔很快批准了撤销联合处的方案。卡卡赫尔要我按特普菲尔的批示起草一封特普菲尔致联合国人道主义事务办公室领导的信。我照办了。这封信经特普菲尔签字后就发出了。不久，我们就收到了人道主义事务办公室领导的回信，信的大意是，他们对于联合国环境署这个决定感到非常遗憾，认为这不利于两个联合国机构在应对环境紧急事件中的合作，强烈希望特普菲尔重新考虑这个决定。

这封回信由办公厅主任首先批给了卡尼亚罗，请卡尼亚罗提出处理意见。卡尼亚罗看到这封信以后非常气愤，把我叫到他的办公室，问我这是怎么回事。我说，这是执行主任的决定。

1981年，我被国务院环境保护领导小组办公室借调赴内罗毕担任联合国环境署第9届理事会同声传译。当时卡尼亚罗是联合国环境署办公室主任。我们到联合国环境署后，是他首先向我们介绍和安排了我们的工作。那是我第一次与他见面。我担任中国常驻联合国环境署副代表以后也和他有过一些接触，他对我十分友好。但是，上面这件事发生之后，他对我的态度发生了一百八十度转弯，对我的态度非常恶劣。

1999年，委内瑞拉发生水灾，联合国环境署拉美办事处主任桑切斯与我联系，希望我们能支持一笔经费，给这个国家提供技术援助。我在此以前曾给执行主任写过报告，申请到了一笔经费，其中包括要支援该国的30000美元。那个报告是经过卡尼亚罗同意以后上报的，所以我直接就把这笔钱拨给了联合国环境署拉美办事处。这本来是实行一项已经做出的决定，没有任何问题，但卡尼亚罗在全司会上对我大加指责，批评我随便把钱给别人。我知道他这是借题发挥，主要是发泄对我支持执行主任撤销日内瓦与联合国人道主义事务办公室联合办事处一事的不满。

卡尼亚罗对我说："你起草一个给执行主任的报告，建议接受联合国人道主义事务办公室的意见，保留日内瓦的联合处。"我照此办理，并按此意思起草了一封执行主任致人道主义事务办公室的回信。后来，执行主任签字后就发出了。最后，联合处就没有撤销。

我当时是联合国环境署负责环境应急工作的级别最高的官员。办公室主任布纳竹迪（Amedeo Buonajuti）在一个文件上批示："执行主任指示，萨哈洛夫应向夏堃堡汇报工作。"卡尼亚罗和我都看到了这个批示。后来，萨哈洛夫并没有照此办理，从来没有向我汇报，只是偶尔向卡尼亚罗发来一个电子邮件，说说有关工作。

执行主任对萨哈洛夫的工作非常不满意，随后做出一个决定，要将他调到内罗毕总部工作一年，然后解聘。不久后，我们看到了萨哈洛夫写给特普菲尔的一封信，说他不接受在内罗毕的工作，决定辞职。但后来，我们很快了解到，人道主义办公室从瑞士政府那里筹措到一笔资金可用于支付萨哈洛夫继续在联合处工作的工资。我们很快接到了人道主义事务办公室的一封信，通知联合国环境署，他们已经任命萨哈洛夫为该处的处长。这样，萨哈洛夫还是在他原来的工作岗位上，但是成了人道主义事务办公室的官员，继续领导那个处的工作。他手下招聘了一名职员，继续由联合国环境署付工资。此后，萨哈洛夫就再也不向联合国环境署汇报工作了。他手下的那名联合国环境署职员也很少向我们汇报工作，所以，实际上这个处对联合国环境署来说没有发挥太大的作用。

此后的两三个月时间内，卡尼亚罗对我的态度一直不太好，但我还是一方面努力工作，一方面及时地向他请示、汇报工作。我代表联合国环境署参加了"联合国机构间减灾工作组"的会议和活动，为联合国减灾战略和政策的制定，为协调联合国对受灾国的援助做出了贡献；我起草了《联合国环境署关于预防、防备、评估、缓解和应对紧急事件的战略框架》；我组织和参与了对受到严重自然灾害和环境污染事故的国家的技术援助，包括中国、印度、越南、孟加拉和莫桑比克等国的水灾和肯尼亚的旱灾、罗马尼亚一金矿的污水泄漏造成的多瑙河污染和土耳其的地震等。我亲自参加了对其中多数国家灾害造成的环境影响的调查和应对战略的制定，并组织了相应的援助活动。我也部分地参与了科索沃冲突后对环境和人居影响的评估，还有南斯拉夫马其顿共和国冲突后对环境影响的评估。

由于我努力的工作和明显的工作成绩，卡尼亚罗对我的态度逐渐发生了改变，不仅不再对我无端指责，而且经常在会上表扬我，说我工作做得非常出色。

2000年，卡卡赫尔、卡尼亚罗和他们的夫人在作者内罗毕家里聚会

2001年9月，联合国环境署决定在政策实施司下设立能力建设部，特普菲尔决定将我调任该部主任。在任期间，我协调和参与了《为可持续发展的能力建设：联合国环境署能力开发活动综述》一书的编写和出版。该部下设技术合作处和教育培训处，我对这两个处的工作提供了指导和监督。

一天，卡尼亚罗把我叫到他的办公室，对我说："执行主任找我谈话，对我说，夏堃堡的合同到今年年底不再续签了。我对他说，夏堃堡刚被任命为能力建设部主任，他的工作也一直干得很好，为什么要辞退他呢？我给他讲了很多，坚持要继续聘用你，我说你是联合国环境署的财富，不能让你走。执行主任说，他这个决定是联合国环境署改革的需要，不是你工作不好。这是一次十分困难的谈话。卡卡赫尔也在场，他也十分同意我的意见。最后，特普菲尔同意再给你一年合同，即到2002年年底。"我听到这些话感到非常吃惊，但对他所做的努力表示感谢。

联合国环境署在荷兰海牙有一个保护海洋免受陆源活动影响行动计划办公室（GPA）。GPA属政策实施司，主任是梵特威特女士，级别与我一样是D1。由于我谢绝担任副司长一职，联合国环境署任命梵特威特担任副司长，但由于她不在内罗毕办公，很难真正起到副司长的作用。

我担任能力建设部主任后，卡尼亚罗对我说："你现在工作做得很好，也已经有很多的经验了，我曾经说过，你有经验以后要让你当副司长的，但是现在副司长已经有人了，不过，以后我不在内罗毕时，你将是这个司的临时负责人。"此后，我就担负起了这个工作，对此，卡尼亚罗还是比较满意，在2002年年终对我的评估报告上他写下了如下一句话："夏堃堡为能力建设部提供了出色的领导，并自觉地担任司临时负责人，工作做得很好……"

后来，卡尼亚罗又和卡卡赫尔一起努力建议特普菲尔执行主任任命我为联合国环境署驻华代表。2003年下半年，特普菲尔执行主任授命卡尼亚罗到北京和中国政府商量建立联合国环境署驻华代表处一事。他与国家环保总局和外交部有关领导见了面，就建立代表处的有关事宜达成了协议。我陪同他参加了北京所有的会议。我还陪同他游览了天坛、故宫和北海。他非常高兴地说："我们做了一件大事。"

卡尼亚罗20世纪70年代初期在肯尼亚外交部工作。在联合国大会讨论建立联合国环境署的时候，他是肯尼亚驻联合国代表团的一名官员。在推动将联合国环境署设在内罗毕的问题上发挥了作用。联合国环境署成立以后，他就成了联合国环境署的官员，首先担任执行主任办公室主任，后来又担任法律活动中心副主任，最后担任政策实施司司长。他在联合国环境署工作了30年，是联合国环境署最资深的官员。

2003年4月，他从联合国退休。退休前，特普菲尔执行主任在内罗毕联合国大院内举行了盛大的欢送招待会。院子内搭起了许多帐篷，所有在内罗毕的联合国环境署官员都出席了。执行主任讲话，高度赞扬他对联合国环境署的工作和对全球环境保护事业所做出的杰出贡献，还有他的许多同事也纷纷站起来讲话，对他的人格和贡献表示钦佩，并祝他以后生活愉快。这种场面，在联合国环境署的历史上是从未有过的。

我和政策实施司的全体人员一起参加了欢送招待会。我专门走到他的跟前，对他说："我非常感谢你这几年对我的指导、关心和支持，特别感谢你推荐我出任联合国环境署驻华代表一职。"他说："你工作得很好，你担任驻华代表是最合适的。"我祝他退休生活愉快，他祝我在新的岗位上工作顺利。

南亚水灾项目

1998年至1999年，水灾猖獗于亚洲、非洲、东欧和拉美的20多个国家，中国和东南亚国家，包括印度、孟加拉、尼泊尔和越南等国的水灾尤为严重。与此同时，其他自然灾害，如旱灾、森林火灾、飓风、海啸、地震等也频频发生。自然灾害给各国造成了生命财产的巨大损失。研究表明，造成灾害的主要原因是环境的破坏，灾害反过来又对环境造成了严重的影响。除此以外，环境污染事故，如化学品泄漏、溢油等更时有发生。这些自然灾害和污染事故统称为环境紧急事件。

当时联合国环境署有两个处与环境应急有关。一个处设在法国巴黎的技术、工业和经济司下，负责"基层对紧急事件的认识和防范方案"（APELL）。此外，联合国环境署和联合国人道主义事务办公室（OCHA）在日内瓦有一个环境应急联合处。由于缺乏统一领导和协调，联合国环境署的环境应急工作不是十分有效。因此，联合国环境署执行主任特普菲尔决定在总部设立一个环境应急协调员的职位，负责协调联合国环境署的应急工作。

1999年9月，特普菲尔任命我为环境应急协调员。我成了联合国环境署在这个领域最高级别的官员。

我上任以后，立即组织和协调了多个环境应急项目，其中之一是联合国环境署和联合国人类住区中心的《南亚水灾的缓解、管理和控制》合作项目。参加这个项目的国家包括中国、印度、孟加拉国、越南和尼泊尔。1998年中国遭受了特大洪水灾害，其他国家也先后遭受了水灾和其他自然灾害。该项目的目的是通过交流信息和技术，增加这些国家应对水灾的能力，以减少水灾的危害。我是联合国环境署这个项目的负责人，联合国环境署专家、日本人中村武洋（Takehiro Nakamura）负责技术方面的工作。人居署的负责人是该署自然灾害应对协调员乔治·加维迪厄（Jorge Gavidia），人居署专家克里斯·休顿（Chris Huton）负责技术工作。为实施这个项目，我们决定成立一个专家工作组。

2000年1月24日至25日，在印度新德里召开了第一次专家工作组会议。我代表联合国环境署参加，中村武洋因故没有出席。加维迪厄和休顿代表人居署出席。参加项目的五个国家都派专家出席。中国参加会议的是国家环保总局对外经济合作办公室处长、高级工程师孙雪峰、中国环境科学院生态研究所所长高吉喜和云南大学何大明。会议主要目的是各国代表就水灾的形势和应对政策和方法交流信息和经验，以提高与会国家应对水灾的能力。

我在会上致开幕词，主要内容如下：

> 尽管人类为减少自然灾害付出了巨大的努力，自然灾害每年在数量和严重程度上仍不断地增加。1999年，水灾猖獗于亚洲、非洲、东欧和拉美的20多个国家。在最近几个月中，就发生了土耳其的地震、印度的飓风、委内瑞拉的水灾和泥石流。它们给这些国家的生命财产带来了巨大的损失。有证据表明，人类活动正极大地改变着生物圈的现状。矿物燃料的燃烧向大气排放大量的二氧化碳，造成了地球的变暖。这种温室效应可能造成了更加严重和更加频繁的厄尔尼诺和拉尼娜现象（El Nino/La Nina）。世界气候的变化造成了极端的气候现象，产生了更多的水灾、旱灾、飓风和森林火灾。我们今天的生产和生活方式正在改变着人类环境，使自然灾害更加具有破坏性，使受灾害影响的人们受到更大的危害。森林开发、生境破坏和其他不可持续的生产生活方式是造成自然灾害史无前例的破坏力的原因。我们必须在国家、次区域、区域和全球作出努力，减少自然灾害的危害。
>
> 南亚地区是一个易受灾害危害的地区。自然灾害特别是水灾经常袭击这个地区。最近几年来，这些国家先后都发生了严重的水灾。中国1998年发生了特大洪水，去年10月印度的超级飓风也造成了水灾。这些灾害带来了严重的社会经济影响。自然生态系统的破坏

加剧了自然灾害频率和强度及其影响的严重性。无计划的人类居住方式也加剧了它们的破坏力。在不同的国家，有造成水灾和严重影响的不同的具体原因，但也有共同的原因。在印度，红树林的破坏造成了飓风的巨大破坏力。在中国，长江上游的森林破坏，使1998年的洪水更具破坏力。根本原因是一样的，就是生态系统的破坏。

这些国家的人民在与洪水的斗争中已积累了许多的经验。联合国环境署和联合国人居署希望建立这样一个论坛，通过它这些国家可以交流减缓和管理洪水的经验并在此基础上建立一种合作机制。这就是这个项目的目的，也是这次会议的目的。

我在开幕词中要求各个国家提供《国家报告》并建议它应当包括的内容。我们的目的是通过这些《国家报告》，各项目国家可以交流经验和技术以增强各国应对洪水灾害的能力。

加维迪厄在讲话中强调提高南亚各国应对水灾能力的重要性，提出要开展减少洪水易损性的研究。

中国代表作了一个关于合理利用和协调管理中国和南亚国家之间的国际河流的报告，并介绍了中国洪水管理和预防的技术和经验，表示愿意在这些领域与南亚国家开展合作。

印度代表介绍了他们国家洪水管理的历史和体制，并着重介绍了每年的季风带来的挑战，以及管理水资源，防止干旱的必要性。

孟加拉国代表报告了季风和国内三条主要河流径流造成的每年都发生的严重水灾的挑战，并对其采取的洪水控制措施作了简要评估，要求同其他国家开展技术交流和合作。

越南代表的报告包括两部分。第一部分是关于最近发生的严重水灾的情况；第二部分是介绍越南水灾管理制度、水灾控制的战略任务、预警系统、防范、缓解和应急。

尼泊尔代表回顾了该国水灾的历史，介绍了1993年的水灾情况，以说明他们面临的挑战。他还介绍了造成问题严重的自然因素以及政府应对洪水的体制。

南亚水灾项目文集

各国代表都表示要加强在洪水控制方面的合作，讨论了合作机制和方法。代表们同意在会后准备一份各国洪水问题的《国家报告》。会议决定各国提出《国家报告》后，再在北京召开第二次会议，讨论那些报告，并提出下一步的合作计划。

1月26日，我和孙雪峰等三人一起参观了印度最著名的古迹泰姬陵。泰姬陵位于新德里200多公里外北方邦的阿格拉城内，亚穆纳河右侧。是印度莫卧儿王朝第五代皇帝沙贾汗为爱妃泰姬·玛哈拉所造的陵墓。玛哈尔38岁去世，沙贾汗悲痛欲绝，动用了几万工人，耗费巨资，花了16年时间，在1653年建成泰姬陵。泰姬陵是全印度乃至世界最有名的陵墓，被世人称为人间建筑的奇迹。印度诗翁泰戈尔说，泰姬陵像"一滴爱的泪珠"。沙贾汗死后被合葬于泰姬陵内他的爱妃泰姬的身旁。泰姬陵有极高的艺术价值。是伊斯兰教建筑中的代表作，它被评为世界七大奇迹之一。

泰姬陵是印度人祖先留下的宝贵的文化遗产，它得到了很好的保护。环境是人类祖先给我们留下的宝贵遗产，我们一定要像保护自己的眼睛一样保护环境。

会后，与会各国专家根据会议要求写出了各自的《国家报告》。《国家报告》包括了各国洪水的形式，从环境和人居的角度造成洪水严重影响的原因，各国应对水灾的机构设置，应对水灾的能力、技术和经验，以及洪水管理方面各国的需求等。

2000 年 6 月 7 日至 8 日在北京召开了专家工作组的第二次会议。北京的会议主要听取各国的《国家报告》，并进行讨论。会前，联合国环境署和人居署联合开发了一个洪水易损性研究方法。联合国环境署专家中村武洋在会上介绍了这个方法。所谓易损性就是造成洪水危害的因素，要减少洪水的危害必须先找出这些因素，并提出相应的措施减少这些因素，从而减小它的危害，所以这是一个非常重要的工作。会议对这个方法进行了讨论。会后，中村武洋根据会议提出的意见又做了进一步的修改，然后将它提供给各个国家。中国国家环保总局和联合国环境署根据这个工具联合开展了洞庭湖地区洪水易损性的研究，并将此研究成果写成了一个报告。该报告后来正式出版并递交给了有关政府部门、研究机构和学校。我组织和参与了这项研究。

该项目下召开的两次会议的发言和各国提供的《国家报告》，后来被汇编成三本文集出版。文集不但散发给了南亚项目国家，而且也散发到了所有受到水灾危害的国家。联合国环境署执行主任克劳斯·特普菲尔和联合国人居署执行主任安娜·蒂贝琼卡为文集写了序言。他们指出，要减少洪水危害，最重要的是要找出造成洪水危害的原因，并提出相应的对策。他们还强调了灾害预防和利益相关者参与的重要性。南亚水灾项目在这些方面做了很好的工作。该项目在帮助南亚国家加强水灾应对能力中发挥了重要作用，对世界其他地区应对水灾和其他自然灾害也有借鉴作用。

肯尼亚旱灾项目

1998年至2001年,肯尼亚发生了该国历史上最严重的旱灾,河流干涸,牧草枯萎,牲畜死亡,粮食和其他作物减产,农牧民失去生机,千万人没有饭吃。

2000年6月13日,一封肯尼亚常驻联合国环境署代表柯艾契(John Koech)致联合国环境署执行主任特普菲尔的信到了我的手上。这封信说,肯尼亚发生了历史上罕见的旱灾,要求联合国环境署提供技术援助,以帮助肯尼亚应对这场自然灾害。

联合国环境署是联合国内主管全球环境事务的机构,应对自然灾害造成的环境影响也是其任务之一。我是主管此事的首席官员。我想联合国环境署设在肯尼亚,现在肯尼亚遭受了这场灾害,帮助它应对这场灾难应当是联合国环境署义不容辞的责任。我立即给特普菲尔写了报告,建议接受肯尼亚政府的请求,给肯尼亚提供技术援助,首先组织一个专家考察组对肯尼亚造成旱灾危害的原因及影响进行调查,然后在此基础上考虑提供进一步的技术援助,并请求执行主任特普菲尔从他掌握的联合国环境署储备资金中拨出一笔钱来开展此项工作。我的报告通过卡尼亚罗司长报给了执行主任特普菲尔。他很快批示同意。

随后,我会见了柯艾契先生,向他转达了执行主任特普菲尔的决定。他听了以后,非常高兴。我们商量了专家组组成的具体方案,决定专家组由联合国环境署和肯尼亚环境和自然资源部各派三名专家组成。

在我的主持下,肯尼亚旱灾调查组建立了,组长是伊丽莎白·卡卡(Elizabeth Khaka),组员有芬凯·艾斯凯姆普(Fenke Elskamp),她们是与我同一个司的项目官员。此外,肯尼亚环境和自然资源部亨利·肯斯阿（Henry Kinnthia）等三名专家参加了这个调查组。伊丽莎白是津巴布韦人，是环境和自然资源管理方面的专家，在联合国环境署已经工作10多年，承担过许多对发展中国家进行技术援助的任务。芬凯是芬兰人，是自然资源管理专业的博士，参加工作不久，但在自然资源和自然灾害方面都有很丰富的知识。肯尼亚环境和自然资源部的三名成员也都是专家型的官员。我负责对这个项目进行领导。

从2000年9月到2001年2月，考察组对肯尼亚的15个地区进行了考察，我参加了对其中5个地区的考察。在考察途中，我们目睹了肯尼亚旱灾的严重程度。我们经过的地方，草原一片枯黄，看不到奔跑的牛羊，只看到一堆堆动物的尸骨；看不到清澈流淌的河流，只看到一条条干枯的河床；看不到碧绿的茶树和咖啡园，只看到一片片枯萎的树枝和树杈；看不到欢乐的牧民，只看到背着薪柴的瘦骨嶙峋的妇女。这一景象，令人不寒而栗，令人悲伤。

旱灾造成了严重的社会、经济和环境影响。肯尼亚有近3000万人口，75%是农牧民，他们都受到了这场灾害的严重影响，许多人挨饿，营养不良。当时，约470万受到旱灾影响的肯尼亚人依靠世界粮食署、其他国际机构和外国政府提供的援助维持生计。受灾严重的地区是干旱和半干旱地区，那里居住的大部分是牧民，肯尼亚50%的畜牧业都在这些地区，而且这里也是全国75%野生动物的栖息地。根据我们调查，在这些地区旱灾造成了大量牲

背着薪柴的肯尼亚妇女

畜和野生动物的死亡。旱灾对环境的影响也非常严重，河流和水库都干枯了，地下水位下降。旱灾也造成了土地的退化、沙漠化、生态系统的退化和生物多样性的减少。这些问题也促使大量的人口和牲畜集中到了少数水资源尚存的地区，从而加剧了这些地区水资源的耗竭和环境退化。旱灾对肯尼亚的经济造成了很大影响，1999年国内生产总值下降了1.4%，2000年下降了0.7%。因为没有钱付学费，大量学生辍学。

　　考察组对造成这次旱灾的原因进行了调查和分析。肯尼亚旱灾是和全球气候变化密切相关的。1997年到1998年，肯尼亚出现的厄尔尼诺现象造成的暴雨冲垮了堤坝，使河流和水库的蓄水能力降低，又由于气候变暖，紧接着的是干旱、无雨，这样就加剧了旱灾的严重程度。肯尼亚的干旱和半干旱地区缺乏必要的水利工程，蓄水能力低下，流域管理水平不高，而且肯尼亚缺少应对旱灾和管理旱灾影响的国家政策和战略，现有的应对政策仅包括提供粮食援助，没有研究如何解决造成旱灾的根本原因的问题。实际上，环境破坏是造成旱灾的根本原因，这些破坏包括森林砍伐、湿地破坏、草原破坏等。这些问题使土地的蓄水能力大规模降低，土地仅有的水分暴露在赤道热带的强烈光照下，如果久不降雨，就会造成严重的干旱。我们在沿路考察中就可以看到，很多妇女从树林里砍伐树木背回家去当薪柴。

　　考察结束以后，我组织考察组全体成员开了几天的会议，对考察组收集

旱灾地区儿童在找水

世界粮食署向旱灾地区儿童提供粮食

2001年4月，在肯尼亚旱灾报告发布仪式上。左起：作者，联合国环境署司长卡尼亚罗、副执行主任卡卡赫尔，肯尼亚环境部长恩卡拉、常驻联合国环境署代表柯艾契

到的资料进行了详细的分析和研究，在此基础上，提出了应对旱灾的若干政策建议，主要包括：促进水资源的保护；加强河流流域的综合管理；提高妇女拥有水资源的权力和管理水资源的能力；实行预防为主的策略；实施根据需求进行管理的方法；制订流域的土地、水和能源的计划；将丰水地区的水调拨到缺水地区；应用传统知识和技术管理水资源，比如雨水的收集以及促进废水的回收利用等。

2001年2月22日，联合国环境署和肯尼亚政府联合组织了肯尼亚旱灾利益相关者会议，会议地点在马查可斯（Machakos）。肯尼亚政府各部门的官员和15个考察地区的政府官员以及有关专家出席了会议，肯尼亚驻联合国环境署代表柯艾契大使也出席了。我主持了这次会议。会上，考察组成员就考察中对造成旱灾危害的原因、影响以及应对的政策方法和建议做了报告。柯艾契先生在会上讲话，对考察组的工作表示肯定，对考察组提出的看法表示赞赏。我最后做了总结。会后，考察组成员对此次考察写了报告，报告分为六章，对肯尼亚旱灾的影响和造成旱灾严重程度的原因进行了十分详细的介绍和分析，其中包括了大量在考察中收集到的关于水资源、森林、渔业、野生动植物、湿地和其他资源的详尽资料。报告还对如何预防和应对旱灾危害提出了许多政策性的建议。该报告以《肯尼亚灾难性旱灾——环境影响和应对》为题于2001年4月出版。

2001年4月,在联合国环境署召开了该报告的发布仪式。肯尼亚和外国的几十家媒体代表参加了该仪式。肯尼亚环境部长尼恩泽(Francis Nyenze)、常驻联合国环境署代表柯艾契、联合国环境署副执行主任卡卡赫尔、政策实施司司长卡尼亚罗、我和考察组全体成员出席。我首先在会上介绍了这个报告。卡卡赫尔代表联合国环境署将报告赠送给了尼恩泽部长。卡卡赫尔和尼恩泽分别进行了讲话。卡卡赫尔说环境保护是实现消除贫困的关键,这个报告是联合国环境署和肯尼亚政府的一项合作成果,希望该研究成果能有助于肯尼亚政府最大限度地减少将来旱灾的影响,并在减少贫困的努力中发挥作用。环境部长对该报告给予了高度评价,他说,这是第一次对肯尼亚的旱灾进行的分析和系统研究,报告中提出的一些建议很有价值,该报告将在肯尼亚政府和人民应对旱灾和其他自然灾害以及消除贫困的努力中发挥作用。

《肯尼亚灾难性旱灾——环境影响和应对》报告

易北河畔的庆典

2002年6月，在德国德累斯顿理工大学举行了联合国环境署环境管理培训班成立25周年庆典。该培训班成立于1977年，位于德国东南部的萨克森州州府德累斯顿，是由联合国环境署，联合国教科文组织，联邦德国环境、自然保护与核安全部与德累斯顿理工大学共同组织举办的，设在德累斯顿理工大学内。

我当时是联合国环境署能力建设部主任。能力建设部下设技术合作和教育两个处。环境管理培训班属教育处管，因此我也负责该培训班的工作。

我对这个培训班是比较了解的。当我在国家环保局工作时，每年都要选派若干名管理人员到该班学习。培训班是为发展中国家和经济转型国家培养环境管理人才的。培训班有两种，每期六个月的课程和2—4周的短训班，培训内容包括水资源管理、大气污染防治、固体废弃物管理和生态保护等。

我代表联合国环境署出席了庆典。会前，我会见了该培训班的负责人克鲁吉博士（Dr. Kluge）。克鲁吉是我的老朋友了，我曾在北京接待过他，和他讨论中国选派学生到培训班学习的事，他与中国十分友好。半年的培训班，开始每年招15人，后来发展到招40多人，人数十分有限，但每年几乎都要录取1—2名中国学生，这些学生都是由国家环保局选派的。到2002年先后派出了70多位环保管理干部到该培训班培训，他们后来都成了中国各级环保部门的业务骨干，有多人成了领导干部。这次是我在联合国环境署负责该培训班工作以后与克鲁吉博士的第一次见面。我们紧紧握手，十分高兴。克鲁吉说："你能来参加25周年庆典，我实在非常高兴。环境署派你这样高级别的官员出席，说明环境署对该班的重视。我们十分感谢。"我说："我们是老朋友了。培训班在你的领导下办得非常出色。"

庆典在德累斯顿理工大学的一个小礼堂举行。我一进礼堂,一眼就看见了一位我非常熟悉的女士。她是焦志延,是国家环保总局宣教中心主任,解振华局长的夫人。后面还站着一位年轻人。焦志延给我介绍说:"这是邱启文,是环保总局人事司处长。"克鲁吉教授在旁边说:"这两位是从我们培训班毕业的高才生,我特意把他们请回来参加庆典。"此外还有两位当时正在培训班学习的来自中国的学生。

小礼堂好像一座宫殿,十分富丽堂皇。上面挂着一盏巨大的宫灯,两边墙上布置着雕塑和油画等艺术品,拱形的窗户镶嵌着彩色玻璃。由三个人组成的一个小乐队演奏着动听的乐曲。会场没有设主席台,只有一个讲台,我被安排在第一排就座,我的两旁是德累斯顿理工大学校长和联合国教科文组织和德国环境部的代表。在培训班授课的德累斯顿理工大学教授、各国以前毕业的学员代表和正在培训班学习的全体学生出席了庆典。学生们来自世界上几十个国家,虽然有着不同的肤色,但有着共同的语言。克鲁吉博士首先讲话,他首先对我表示欢迎,说:"夏先生的参加给我们今天这个庆典增添了光辉,我特别高兴。"然后他对各位嘉宾和学生表示热烈的欢迎。

克鲁吉简短致辞后,就邀请德累斯顿理工大学校长讲话,校长回顾了德累斯顿培训班发展的历史。1977年培训班成立时,两个德国还没有统一。培训班每年只能招收15名学员,现在半年的培训班每年向84位学生提供奖学金,此外每年还举办几期短训班。我们很高兴德累斯顿理工大学能为发展中国家培养环境管理人才,更加高兴的是我们培养的学生在很多国家都是环境管理的骨干。有的担任了非常重要的职务。他说:"培训班成立是德国政府、德累斯顿理工大学、联合国环境署和联合国教科文组织通力合作的结果。"他对联合国环境署和教科文组织所提供的有力指导和支持表示感谢。

然后克鲁吉博士邀请我讲话。我在讲话中,充分肯定了环境管理培训班在过去25年中所取得的成绩。我说这是我所知道的对发展中国家环境保护最有帮助的一个培训班。这要归功于克鲁吉博士、德累斯顿理工大学和在培训班任教的全体教授的辛勤工作,也要归功于德国环境部、联合国教科文组织和各国政府的大力支持。我表示,联合国环境署将加大对该培训班的支持力度,使它越办越好。

2002年6月，作者在联合国环境署环境管理培训班成立25周年庆典上讲话

　　当天晚上，在培训班大楼的一间教室里，举行了别开生面的联欢会。克鲁吉的夫人和一些学生各自做了一些菜肴和点心带到了教室里，学生们还自费买了些啤酒和饮料。克鲁吉博士说："今天为了节省开支，我们没有准备丰盛的食品，而是请大家享用这些我们自己准备的东西。我们要把省下来的钱用在教学上。"会场上我碰到了几位从韩国和印度来的毕业生代表，我们曾经在其他国际会议上见过。他们都是这两个国家环保部门的官员，我们见面后感到非常高兴。

　　第二天，克鲁吉博士又组织我们乘船在易北河上游览。易北河的河水十分清澈。我、克鲁吉夫妇、焦志延和邱启文等坐在一起。易北河两岸，风景如画，一片翠绿，一座座漂亮的别墅还有教堂、博物馆等雄伟建筑，点缀在万绿丛中。克鲁吉博士对我们说："德累斯顿原是一座十分美丽的古城。第二次世界大战时，在空袭中，被彻底摧毁了。其中少数旧建筑被保留下来，包括森帕剧院、茨温格宫和大教堂。现在你们看到的这些建筑，大部分是在1989年以后被修复或建造的。"克鲁吉夫人不断地向我们介绍两岸的那些雄伟的建筑。焦志延和克鲁吉夫妇非常熟悉，她曾在北京多次接待过他们夫妇两人。在船上焦志延邀请他们再次访华。克鲁吉对我说："焦女士在培训班学习过半年，那时她是一名好学生。她每天都提早半个小时到教室，在那里复习功课。给我们留下了很深刻的印象。"

　　10月，我又一次到了德累斯顿环境管理培训班。这次是以培训班招聘委

2002年6月，作者、焦志延、邱启文等在德累斯顿合影

员会的身份，参加招聘学员的会议。招聘委员会还有克鲁吉博士、教授代表、德国环境部和联合国教科文组织代表组成。这次会议的目的是确定2003年培训班学员的名单。这次拟招收学员80名，报名的人有数百。克鲁吉博士已经进行了初步的筛选，确定了一个100多人的短名单。克鲁吉给我们提供了这些人员的简单情况的材料。开会时，我们按国家逐一进行讨论，每个国家基本上最多只能有一人。当讨论到中国时，克鲁吉教授说："中国是个重要国家，所以我建议中国录取两人。"名单上有四个中国人的名字，我从其中挑选了两位我认为条件比较好的，并做了说明。招聘委员会一致同意我的意见。

会议结束后，克鲁吉教授亲自驾车，把我送到机场。路上，他对我说："请你对我们多加指导和支持。"我说："我一定会全力支持，把这个培训班办好。"

我担任能力建设部主任一直到2003年5月。我和克鲁吉博士一直保持着密切的联系。对于培训班的教学计划和教育方法等问题，以及一些具体事宜的处理都提出过一些想法和建议。

柳暗花又明

2001年11月2日，特普菲尔执行主任接见了我。这是我进入联合国环境署以后第三次被接见。这次会面是我主动提出的。我已在联合国环境署工作了将近两年半，从未有机会系统地向他汇报工作。以前曾两次会面，但都是听他做指示，我没有说什么话。我将从联合国环境署环境紧急事件协调员的位子上退下来，转任能力建设部主任。我觉得有必要向他汇报一下我在原来岗位上所做的工作，并听取他对我未来工作的指示。

安排这次会见还费了一些周折。10月初的一天，我向我的顶头上司卡尼亚罗先生提出了我的想法。他很支持，当时就在他的办公室专门给执行主任安排活动日程的行政助理克莱尔女士打了电话，克莱尔当即表示同意安排。

过了约两周，我没有听到任何音讯。我给克莱尔打了一个电话，问她与执行主任的会见安排了没有，她说尚未请示执行主任，让我等待她的消息。过了四五天以后，我去执行主任经常召集会议的R会议室参加一个会议。克莱尔的办公室就在R会议室旁边。我参加了会议后路经她的办公室时见她的门敞开着，就走了进去，问她我提出的会见安排了没有。她未回答我的问题，而是声色俱厉地对我说："Do not ask me again and again, ok?"（不要总来催我，行吗？）

我解释说："我刚才在R会议室开会，路经这里，顺便问一问。我已经好久没有见执行主任了……"未等我说完，她用更严厉的声调质问我："Are you complaining?"（你在抱怨吗？）听了此话，我感到非常吃惊，一个低级职员向一个高级职员如此施威，我还是第一次碰到，感到非常气愤，真想反击她几句，忽然想起了我的一个中国同胞——联合国内罗毕办事处人力资源管理处处长李醒嘉说过的一句话："对这样的人，你最好少理她，但也不要去得罪她。"我忍住了心中的怒火，心平气和地说："No, I am not complaining！"（不，我没有抱怨！）我愤愤地离开了她的办公室，心里怎么也不明白，为什么她的态度如此恶劣，在我担任中国常驻联合国环境署副代表时，我曾单独请她吃过饭，要找她办什么事，态度总是十分友好的。这次的恶劣态度，当然不是因为没请她吃饭，在我见过执行主任以后，我才悟出了其中的一点原因。

此后，我就未再敢去催问这件事了。又过了10来天，我接到通知，执行主任将于11月2日下午3点在他的办公室会见我。为了这次会见，我做了充分的准备。我写了一个详细的谈话提纲，包括我进入联合国环境署以后所做的一些主要工作，还在脑中反复地过了几遍。我还将这两年多来反映我工作成果的出版物收集到了一起，其中包括：《联合国环境署关于预防、防备、评估、缓解和应对紧急事件的战略框架》、《环境紧急事件》小册子、《长江流域洪水环境成灾因素综合治理》、《长江流域洪灾及其影响分析》、《肯尼亚旱灾环境影响及对策》、《南亚洪水的缓解、管理及控制》和《洪水易损性评估方法》等。这些书放在一起，看上去厚厚的一大堆，心里有些得意。我在不久前曾向副执行主任卡卡赫尔汇报工作，并给他也带去了这些书。他当时非常高兴，表扬我做了很好的工作，并建议我以同样的方式向执行主任汇报。

我比预定时间提前10分钟去了执行主任办公室。先在办公室外专供客人使用的沙发椅上坐了下来，边上有一个圆形矮桌，上面放着联合国环境署最近出版的一些书刊。我拿起了一本名为《我们的星球》的杂志，随意翻了一翻，上面有几篇关于臭氧保护的文章。3点整，我走进执行主任的助手和秘书的办公室。其中一位秘书让我先在那里坐下等候，说执行主任前面的会议还没有结束。大约又过了10分钟，特普菲尔走了出来，到了我跟前，向我问好，并示意我到他办公室去。他的表情异常严肃。我进去以后，见卡卡赫尔、卡尼亚罗和执行主任办公室主任布那局蒂已围坐在会议桌旁。我与各位打了招呼，随即坐了下来，我事前曾问过卡尼亚罗如何与执行主任谈话。他说，你千万不要先说话，专心听他讲，他让你说什么，你就说什么。因此我就等着他先开口。

执行主任脸色苍白，十分消瘦，充满了倦意。他半年前因患心肌梗塞在德国住院，做了管状动脉搭桥手术。术后休息了很短时间就上班了。他的病很大程度上是由于过度劳累造成的。为了全球的环境保护事业，他奔波于全世界，日夜操劳，今天晚上7点还在内罗毕与联合国环境署他的高级助手们商量工作，明天上午10点就在日内瓦国家宫的大会场作演讲了。昨天清晨刚从纽约肯尼迪国际机场下飞机，今天晚上就已经出现在北京首都国际机场了。他每月在内罗毕总部的时间不到一周，但按他实际工作时间计算可能多于两周，因为他从清晨七八点一直工作到晚上九十点，周末也是如此。只要他在内罗毕，他的秘书、助手和各司司长，还有卡卡赫尔，都得陪他加班加点。这种不知疲倦的辛勤劳作给他的身体带来的损害是显而易见的，但他似乎毫不在乎。我的确为他们这种忘我的工作精神而深深感动。

他开始说话，声音低沉而有力。他问我："你住在什么地方？"我告诉他，我就住在联合国大院对面的 Warwick 中心。他又问："房租多少？"我说："44000先令。"他说："噢，不太贵。"我说："是不太贵。"

此时，我想他会向我了解我的工作情况了。我迅速地想，我第一句话该说什么。但他没有问我的工作，而是讲起了联合国环境署的改革。他说，自从联合国大会通过了他领导下的"环境与人居专门工作组"报告以来，联合国环境署进行了一系列改革，收到了较好的效果，联合国环境署得到了加强，但还不够，改革还要继续下去。他说，他计划对联合国环境署的机构和人员作进一步的调整。作为这种调整的一部分，他决定一些高级职员的合同不再续签。他停顿了一下后说："我决定再给你一年的合同，即你的合同续签到明年年底，我们尚可合作共事14个月。"这几句话，是我始料未及的。卡尼亚罗前几天对我说过，执行主任决定再给你一年合同。我以为合同以后尚可续签。我想大声对他说："不，你这样做不公平，你看看我手里拿的这些书、这些报告，我在环境署这两年半的时间里，做了很多工作，这是有目共睹的。你问问卡尼亚罗——我的顶头上司，你问问卡卡赫尔——我的第二上司，他们最近几个月来，一直说我工作做得很好。"但我没有说这些，一句话也没说，我忍住了。我沉静片刻，非常镇定地说："我服从你的决定，这几年我在环境署的工作，是我一生中最愉快的一段时间。我感谢你、卡卡赫尔先生和卡尼亚罗先生对我工作的一贯支持和帮助。没有你们的支持和帮助，我不可能取得什么成绩。"他接下来说："卡尼亚罗是最好的司长。"我说："我同意。"最后我补充说："在以后一年多的时间里，我会努力把工作做好。"这时，特普菲尔一直绷紧的脸松弛了下来。要解雇一个人，特别要解雇一个像我这样工作称职的人，对特普菲尔这样一位老练的政治家来说，似乎也感到有些为难。

特普菲尔说："让中村武洋进来吧！"我知道与我的会议已经结束，他要开下一个会了。我这次原计划是来向他汇报工作的，此事还没做呢。我连忙将手中的书和报告递了过去，对他说："这是我两年多来的工作成果的一部分。"我还对前面几本重要的报告做了简要介绍。他接了过去并将其中的《洪水易损性评估方法》抽了出来，递给了办公室主任，说："将此送给尼克看看。"尼克（Nick·Nuttal）是联合国环境署的新闻官，专门负责联合国环境署新闻稿的撰写。特普菲尔的意思是让他看看，是否需要在联合国环境署的《新闻公报》上报道一下。

这时中村武洋已经走了进来。我准备站起来告退。特普菲尔说："你可以留下来。"我心里实在不太想留下来，但他如此发了话，我也只好坐下。他们开始讨论关于科索沃冲突后环境影响评估报告的后继行动问题，我坐在那里，没有听进去几句话。

4点多钟，会议结束，我随即就离开了执行主任办公室，回到自己办公室，我在那里呆坐了一会儿。我心里十分平静，想到再过一年多就可退休过神仙的日子了，还真有点高兴，但我不明白执行主任为何要解雇我。平心而论，我是应当感谢他的，是他录用了我。这两年多接触虽然不多，但他对我的工作也作过若干具体指示，拨过一些经费，使我做出了一些成绩。我今天对他说的话也确是心里话。

第二天早上9点左右，司长卡尼亚罗让我到他办公室去。他对我说："昨天的会议非常积极，你的表态很好。"他随后告诉我，早在当年9月，特普菲尔就与他商量过我的工作问题，特普菲尔的意思是我的合同在2001年年底到期后就不再续签了，但卡尼亚罗坚持认为我的合同应予续签。按照联合国的规矩，一个人如果不是连续数年PAS考核不合格，是不应当解雇的。

PAS 全名是 Performance Appraisal System（绩效评估制度），是联合国内考核职员的一种制度，每年举行一次。我前二年考核结论都是"充分完成任务"，即完全合格，是不应当被解雇的。当然，执行主任也有权在没有任何理由的情况下解雇一个人。由于卡尼亚罗的坚持，特普菲尔同意再给我一年合同，卡尼亚罗对我说："这是一次非常困难的谈话。"我问："为什么会是这样的呢？"他说："他要从中国另外弄一个人进来。"我仍然不完全理解其中的奥妙，后来与副执行主任谈话以后才完全明白了。

卡尼亚罗后面说的话又使我始料未及。他说，他与卡卡赫尔先生商量，2002 年年底我新合同到期后让我到即将在中国北京建立的联合国环境署驻华代表处担任驻华代表。他和副执行主任一致认为，我既熟悉联合国环境署的情况，又熟悉中国的情况，是最称职的人选。

关于在中国建立联合国环境署驻华代表处一事，已经酝酿了相当长时间了。上个月副执行主任卡卡赫尔在北京参加中国环境与发展国际合作委员会会议期间与解振华局长又一次讨论了这个问题。双方一致同意建立这个代表处。该处的主要任务是组织和协调联合国环境署与中国在环境领域的合作活动。卡卡赫尔回内罗毕向特普菲尔汇报了会谈的情况，特普菲尔完全支持此事。卡卡赫尔同时向各司司长征求对此事的意见，得到普遍支持。

我对卡尼亚罗表示感谢。

过了几天，我去见卡卡赫尔。他对我说了与卡尼亚罗所说的类似的话。他说："那次谈话非常积极，你所说的话很得体，很好。"并告诉我，他将暂缓办理在中国建立联合国环境署驻华代表处一事，在我明年的合同即将到期时再开始办理，以确保这个位子留给我。他说，他这么做，并不是因为我是他的朋友，而是因为我是最适合担任此职的人选。他还说："到明年年底，你在联合国工作还不到五年吧？"我说："三年半。"。他说："你必须多干一段时间，干满五年，才有养老金呢。"我为他所说的这些话而深深感动。人们称联合国内的某些高级官员们为"Political animal"（政治野兽），意为他们只知玩弄权术，对同事、对朋友、对下级没有一点人情。但这位卡卡赫尔先生却很不一样。对下级他一贯要求很高，但又充满了人情。在执行主任已做出决定的情况下，还想出了这样一个方案，以使我能继续从事我所热

1983年12月,"3K党"在作者内罗毕家里聚会。左起:卡卡赫尔夫人、臭氧公约执秘沙尔玛夫人、卡尼亚罗夫人、作者、沙尔玛、卡卡赫尔、卡尼亚罗

爱的事业。

我不知道说什么好,只是喃喃地说:"谢谢你!"这时,我想到了那个令人困扰的问题:为什么执行主任要解雇我。我问卡卡赫尔:"执行主任为什么不喜欢我?"他说:"他没有不喜欢你,事实上,他很喜欢你的。""那为什么他要解雇我呢?""这主要是从政治上考虑。"联系卡尼亚罗所说的话,我找到了问题的答案。执行主任认为,我离开中国政府多年,在政治上对中国政府已不能有太大影响,因此需要招聘一名现在中国政府担任高级职务的官员进联合国环境署工作,以推动联合国环境署与中国的合作。政治家的考虑可能是对的。

我清楚地知道,此事最后还得由执行主任定,我实在没有什么把握。我把我的担心向卡卡赫尔提了出来。卡卡赫尔笑着说:"这你不用担心,我和卡尼亚罗一起推荐,执行主任会同意的。"

卡卡赫尔的英文全名是 Shafqat Kakakel,缩写是 SK;卡尼亚罗是 Donald Kaniaru,缩写是 DK;我是 Xia Kunbao,缩写是 XK。在联合国,人们批阅文件时,当提到人名或自己署名时,往往都用缩写。我们三人第二个字母都为 K,因此有人将我们三人戏称为"3K党"。

真是山重水复疑无路,柳暗花明又一村。

联合国同事被解职

李先生（化名）是来自一个东南亚国家的华人，长期在联合国内任职。中国人都叫他老李。老李中文说得很好。从 1991 年到 1999 年年初，他是联合国环境规划署的一名高级官员，后来在该署全球环境基金司负责气候变化方面的项目，工作十分出色。联合国内罗毕办事处人事处处长李醒嘉是来自台湾的中国人，与我和老李的关系都很好。她称老李为"工作狂"。老李几乎每天晚上都要在办公室工作到深夜才回家，周末的大部分时间也都在办公室度过。

李先生以前的上司对他都很欣赏。后来乔格拉夫成了他的上司。开始时两人关系还不错，但后来变得很糟糕。联合国有一个 Performance Appraisal System（PAS，绩效评估制度），是评估联合国职员业绩的一个制度，每年评一次。PAS 分为五等，最优秀的是一等。老李经常得二等，即"经常超额完成任务"。1998 年年终，乔格拉夫给了他一个四等。四等的意思是"部分完成任务"。而且，当时他的合同正好到期，乔格拉夫决定他的合同不再续签。这明显是一个不合理的决定。按规定，老李有权向联合国有关部门申诉。但他没有上诉，只去副执行主任卡卡赫尔那儿发了一通牢骚。卡卡赫尔安慰他说："我给你延三个月合同吧。" 老李说："不麻烦你了，我另谋生路。"

老李离开内罗毕前，我在市内的中国餐馆为他饯行。我夫人当时在北京，老李夫人在伦敦，孩子也都不在身边。就我们两人举杯对饮。他很难受地说："我这个小老板实在很坏。" 我问他："你怎么得罪他了？" 他说："他不让我出差，我提了一点意见，他就怀恨在心。"然后历数他这一年来所做的工作。我安慰他说："你工作好，这是有目共睹的。像你这样的资历和水平，不愁找不到工作。"他说："我不愁找不到工作。我已经找到了一个合同为半年的工作，在波恩的《联合国气候变化框架公约》秘书处。"我对他表示祝贺。他还说："如果半年后合同不能续签，我就回自己国家开个环保咨询公司，不愁没饭吃。你将来退休以后，我们一起做这个公司。"我说："太好了！"我们越说越高兴。

老李举行了一个盛大的告别招待会。他三天前就打电话给我邀我出席。招待会在他的别墅的花园内举行。花园内绿草茵茵，踩在上面十分舒服。篱笆上的三色梅五彩缤纷。卡卡赫尔等要人和其他联合国雇员100多人参加。据联合国的老职员说，一个被解职的人举行这样的招待会，这在内罗毕还是第一次。老李没有发表正式的讲话，而是穿梭于各位宾客之间和大家很随意地聊天。他总是笑容满面，一点也不像一个被解职人的精神状态。他走到我的面前，对我说："在我最困难的时候，你给了我最大的支持和鼓励，我永远也不会忘记你。我们一定要保持联系。"

我和老李一直保持着联系。在完成了波恩的《联合国气候变化框架公约》秘书处的工作以后，他被设在泰国曼谷的联合国机构亚太经社理事会录用，担任高级职务。

在联合国环境署，像这样因与领导关系不好而被解职的何止老李一人。老李的继承人也遭到了与他同样的命运。当时联合国环境署亚太办副主任职位空缺，成立了一个招聘小组，我是此小组成员。面试前，人力资源部招聘处给我送来了短名单和进入短名单的五个人的材料，其中有一位M先生，是澳大利亚人。我仔细研究了他的履历。他2001年通过招聘进入联合国环境署，接替老李负责气候变化方面的全球环境基金项目。上任才几个月。

联合国环境署面试一般是通过电话进行的。这次也不例外。但因为M先生就在内罗毕联合国大院内办公，就请他到招聘小组这里直接面试了。除一些常规问题外，如"你为何申请此职？""你有什么优势？"等外，我问他："你现职才上任几个月，为什么就想离开呢？"他简单地答道："全球环境基金司好多人想离开。"我听出了其中的意思，未再多问。他看起来很精干，对我们提出的各个问题对答如流，特别是对关于联合国环境署在亚太地区工作的战略重点，很有看法。这个职位一贯由日本人霸占，公开招聘只是一个形式，这次也不例外。尽管 M 先生等人的水平比被录取的日本人要高，结果还是后者取得此职。

此后，我与 M 先生未再见面。他长得怎么样我也慢慢忘却了。在院子里碰上也认不出来。过了一年多以后，即 2003 年年初，一堆关于 M 先生的文件出现在我的办公桌上。当时政策实施司卡尼亚罗司长休假，我担任司临时负责人，因此这类文件就送到了我这里。在联合国环境署工作的第一年，M 先生颇得领导赏识，年终 PAS 考评得了个二等，即"经常超额完成任务"。但 2002 年的考评，一下滑到了四等，即"部分完成任务"。这还不算，他的顶头上司决定他的合同不再续签。这一决定已报送执行主任审批同意。上司提出的理由是在过去一年中，M 先生有的任务没有完成，有的完成得不好。例如，有一个 M 先生负责的会，按规定应在会议结束后立即写出报告，但 M 先生拖了好久才交出一份很不像样的报告。

M 先生对此不服，写了一份申诉材料，送到了执行主任那里。他详细叙述了他一年来所做的工作，说他不但全部成功地完成了 PAS 计划中规定的任务，而且做了许多计划外的事情，例如参与组织全球环境基金科学和技术咨询委员会的会议。因此，他的 PAS 等级应同前年一样，即二等。执行主任看了这份申诉后，即在上面批了下面几个字："请艾密调查，提出意见。"艾密是一个美国人，是执行主任的法律顾问。她得令后立即行动，找 M 先生的上司乔格拉夫了解情况，并据此写出了一份调查报告。此报告逐一批驳了 M 先生的各项申诉。最后 M 先生败诉，只好卷铺盖回家。

我阅读了这些材料，心里久久不能平静。艾密的报告中的各项结论缺乏充足的令人信服的根据，大都是按乔格拉夫的陈述下的结论。人们不禁会提出这样的疑问："为什么他前年 PAS 得二等，去年却只得四等呢？"真是天壤之别啊！即使他去年的确只能得四等，也不应解除他的职务。他曾得过二等，说明他能工作好，应该再给他一次机会。后来我从别人那里知道，这位 M 先生也是因为得罪了上司而遭到报复。

劫匪横行内罗毕

内罗毕地处赤道，面积为 684 平方公里，人口约 200 万，是一个十分美丽的城市。内罗毕在斯瓦西里语里是凉爽的意思。这里的平均海拔为 1700 米，分旱季和雨季，最高温度 28 度，最低温度 18—19 度，四季如春，几乎所有树木都开花，常年鲜花盛开，绿草如茵，天空中飘着朵朵白云，吸入鼻中的空气清清的、凉凉的、甜甜的，非常新鲜。内罗毕四周是一片片翠绿的森林，许多别具一格的英式红瓦白墙花园洋房映掩其间，被人们称为非洲的"小巴黎"。离内罗毕 20 分钟车程就能到达内罗毕国家公园，那里有长颈鹿、羚羊、河马、犀牛等各种野生动物。

我患有慢性气管炎，在北京生活时，经常会感到胸闷难受，一年总有一两次重感冒。到内罗毕以后，第一年我得了一次感冒，但从 1998 年起，除看了几次牙病以外，没有得过其他的病。内罗毕的居民主要是肯尼亚黑人，但也有许多印巴移民和其他国家的移民。肯尼亚人对中国人十分友好。内罗毕本来是一个很适宜人类居住的地方。

内罗毕最大的问题是治安。1973 年，联合国环境署成立的时候，这里不但环境优美，而且治安也很好。20 多年后，这里的治安变得十分糟糕，其部分原因是索马里等邻国的战乱和种族冲突，一些失去生计的人逃到了内罗毕，其中部分人就靠抢劫为生。当然还有肯尼亚本土的强盗。他们手中都带着枪，一般都是武装抢劫，主要目的是抢钱。有时他们闯入富家豪宅，用枪顶着主人，抢了钱以后就开着车逃之夭夭，更经常发生的是抢劫汽车。

中国人遭抢的事也时有发生。我的一个朋友，一位耿姓商人就被抢劫过三次。中国海外建筑工程公司的经理和会计从银行提取了准备给员工发工资的现金，也曾三次被匪徒劫走。有一个到内罗毕看望他儿子的中国老人在一家商店买东西时，被去抢劫的匪徒打死。1995年，联合国保安部部长开着车行驶在联合国大道上，匪徒对他实施抢劫并把他打死……这样的事几乎每天都在发生。联合国保安部经常给联合国职员发通知，报道内罗毕和肯尼亚其他地区的治安情况，包括这些抢劫杀人的事件，在通知的最后，总要加上这么一句话："你的生命比什么都重要。"这个意思是说，你若遇到遭抢情况，你就老老实实地把你所有的钱和物交给他，你就会安然无恙，千万不要反抗。

我有一个朋友，他是韩国常驻联合国环境署副代表金龙镇。这人十分老实，由于和我经常一起出席联合国环境署常驻代表委员会的会议，讨论保护全球环境的问题，我们有很多共同的语言，并且成了朋友。我们两家之间时有来往。我和夫人曾到他位于内罗毕西边的一座高级公寓中做客。他也曾到我们代表处做客。

1998年10月23日，他遭到了武装匪徒的袭击。当日晚七时左右，金龙镇独自驾车到位于国家宫对面的朋友家做客。内罗毕的所有住宅外边都有很高的围墙和电网，装有大铁门，除有人出入外，一直是紧闭着的。他的车在朋友家的大铁门前停了下来，等待开门。此时，突然有一个硬邦邦的东西顶在他的脑门上，他看到了一幅令他发抖的景象。一名匪徒用一支左轮手枪正顶着他的头部，车的两边还有两个匪徒。他知道，自己被劫持了。这时，他想起了联合国保安部的忠告，一动不动地坐在驾驶座上。一个匪徒恶狠狠地轻声对他说："不要说话，不然我就毙了你！"金龙镇闭上双眼，脸色苍白，浑身发抖。

两个匪徒把他从驾驶座上拖了出来，并绑了起来蒙上了眼塞到了后座前面的地上，两个匪徒坐在后面，把他们的脚踩在了金龙镇的身上，对他说："不许说话，不许动，不然就打死你！"一个匪徒还用枪对着他。金龙镇吓得一声不吭，一动不动。

一个匪徒开着车，离开国家宫路，向市中心驶去。路上，匪徒们把他绑了起来，给他嘴里塞了一块破布。汽车从莫伊路转到肯雅塔路，再转到别的马路，然后开到了小河路。小河路上有许多商店，是专门出售和收购匪徒们抢劫物品的销赃店。这里有摄像机、照相机、高级手表、手提电脑等匪徒们抢来的高档物品出售。人们在这里可以以很便宜的价格买到货真价实的劳力士手表，用100多美元买到需要1000多美元才能买到的照相机。我有认识的朋友，曾到那里去购买过照相机。有人也劝我到那里买个高档相机。我说："这东西太脏，我用起来会感到非常难受，我是不会买的。"

匪徒们在这里的一家商店前停了下来，打开了金龙镇汽车的后备箱，拿出了里面的两副高尔夫球杆，卖给了那家商店。金龙镇躺在汽车的地上，什么也看不见，但是从听到的声音中，他知道正在发生什么。匪徒们从商店出来以后，又开始在城里转圈子，两个小时以后，他们出了城，驶向郊外。在一片玉米地旁的马路边，汽车停了下来。

他们把金龙镇拖到了玉米地里。匪徒们拿出了皮鞭，在他的身上使劲鞭打。金龙镇感到身上剧烈的疼痛。匪徒们欲将他置于死地。他有点不太明白，自己已经把所有钱物都交给了他们，为什么他们还要自己的命呢？他想叫喊，但叫不出声来。当金龙镇将要昏厥过去的时候，匪徒们听见了马路上驶来的阵阵汽车声，大概是由于害怕，他们收起了皮鞭，离开了玉米地，开着车逃走了。

离金龙镇不远的地方，有一座房子。这时的金龙镇四肢都被绑住了，几乎不能动弹，但是生的欲望给了他巨大的力量，使他用绑住的双脚和双手爬到了房子前。房屋的主人见了他，大吃一惊，立即把他送进了医院。

事发后，肯尼亚各报纷纷报道了这个消息。过了几天，金龙镇回到了他的住所，我和张磊前往看望，表示慰问。他那时脸色很苍白，没有一点精神。他喃喃地给我们讲述了上面他所经历的可怕的故事。不久，他奉调回国，我就再也没有听到过他的消息。

再讲一件更为可怕的劫案。

2002年年初，联合国联邦信用社（UNFCU）在内罗毕联合国大院建立了一个办事处。UNFCU是一个金融机构，有点像银行。联合国大部分职员的存款都存在这个银行，我在这个银行也有一个账户。内罗毕有联合国环境署和人居署两个联合国机构的总部，有联合国开发署、联合国儿童基金会和世界粮食署等许多联合国机构驻东非或肯尼亚办事处，还有管内罗毕联合国机构行政事务的联合国内罗毕办事处，总共有几千职员吧。以前那里没有UNFCU办事处时，我们办理有关手续时，总是很不方便。UNFCU从纽约总部调来了几名职员，建立起了这个办事处，使我们感到非常便利。开张以后不久，我就去那里办事。柜台上，一位年轻漂亮的女职员接待了我。她服务态度很好，给我留下了很深刻的印象。

谁知不久后，这位女职员就出事了。她的丈夫和她都在 UNFCU 内罗毕办事处工作。他们在离联合国不远的一个住宅区租了一栋别墅。在一个周末，四五个匪徒闯进了他们家，手上都拿着枪，进门要他们把两手交叉放在后脑勺，跪在地上，然后他们开始收集需要的钱物。他们找到了一些首饰和照相机，但没有找到钱。一个匪徒用枪顶住男主人，强迫他找钱。男主人在一个地方拿出了 30000 先令（约 3000 元人民币），交给了匪徒。匪徒看见钱不多，有点恼火，冲着他喊，让他找更多的钱。男主人说："我们家里不放太多的现金，实在没有了。"这时，客厅里传来了另一个匪徒的声音，说："你不用跟他啰嗦了，先看住他，让我们先做一点好事再出来。"这时，男主人听到了他妻子痛苦的呻吟声和匪徒哈哈的奸笑声，他知道最可怕的事情发生了。他愤怒地向拿枪的匪徒冲去。两个匪徒把他绑了起来，找来了一条毛巾，塞进了他的嘴里，然后，又用枪托往他腿上猛打。他感到了一阵剧痛，躺倒在地上，既不能动弹，又不能呼喊。外面的匪徒走了进来，对里面的匪徒说，你也出去快活快活。就这样，他们轮流强暴了女主人后，带着抢到的钱财，开着车，逃走了。

女主人挣扎着站了起来，带着眼泪，报了警。当警察赶到时，看到了一幕悲惨的景象。女主人正抱着男主人在那里痛哭，男的脸色铁青，没有一点点眼泪，只有愤怒和痛苦。他已经站不起来了，立即被送进了医院。经检查，他的左腿已被打断。医生给他做了简单的处理和包扎，第二天，他们被送上了飞机，回到了美国。以后就再也没有回来。

肯尼亚报纸上刊登了这个消息，路透社、美联社、新华社等驻肯尼亚的主要媒体也纷纷报道了此事。

联合国内罗毕办事处给肯尼亚外交部发了一份照会，强烈谴责强盗的暴行，要求肯尼亚政府采取一切措施将暴徒捉拿归案，绳之以法。

我们一直没有听到匪徒被捉拿归案的消息。这类案子在肯尼亚司空见惯，警察局早已习以为常，根本不会采取有力措施缉拿凶犯，包括杀人凶犯也往往是逃之夭夭，逍遥法外。有的案子也可能就是警察自己干的。他们白天穿着警察服装，执行警务；晚上，他们还是穿着警服，或拦路抢劫，或偷盗。

当然，他们抢劫的时候会对受害人大喊一声："我们是警察，不许动！老老实实把钱和东西给我们。"

这些人是警察中的少数，但危害甚大。

有的案件发生时，报案及时，警察也能及时赶到现场，有时警察也能把凶犯抓住。2002年，有一次在一个叫Muthaiga的地方，警察和强盗发生了枪战。两名强盗被打死，一名警察牺牲。

内罗毕也发生过警察没有抓住强盗，反而把受害人打死的事情。肯尼亚报纸上报道过这样一个故事。一伙强盗闯进了一个肯籍印度商人的家。在搜寻钱物的时候，其中一名家庭成员向警察局报了案。强盗抢到了财物后，又抢了印度商人的一辆吉普车，还强迫商人的儿子坐到了副驾驶的位置上，然后从大门往外开去。此时，警车正迎面开来。看见从这家驶出的汽车，认为肯定是强盗正在逃走，立即对这辆吉普车开枪，警察的冲锋枪里发出的子弹呼呼地向吉普车飞去，当场把印度商人的儿子打死，强盗开着车在枪林弹雨中逃走了。不久，在内罗毕的郊外发现了这辆被丢弃的吉普车，车里躺着那个印度商人儿子的尸体。

听了这些故事，人们一定会认为内罗毕特别恐怖。其实，也不尽然。我和我妻子在内罗毕生活7年，从没有遇到过严重的事件，只经历过一次不太严重的事情。张磊和我到中国大使馆办事。张磊开着车，我坐在副驾驶位置上。在市中心的一个路口，遇到了红绿灯，张磊把车停了下来。当重新启动汽车的时候，他回头看了看后座，发现后座上放着的一个装着东西的塑料袋不见了。他说："不好，东西被小偷偷走了。"我问他："是什么东西呢？"他说，是几盘从使馆借来的VCD碟，他想带着送回使馆。他说："刚才，我是听到开门的声音，没有在意。小偷趁我们停车的时候，打开了没有锁好的车门，偷走了东西。"

在内罗毕，开车的人一定要锁好所有的门窗，不要把贵重东西放在没有人坐的后座上，女士们出门不要戴贵重的项链，不要去一些危险的地区和街道，不要经常在晚上外出。我们一直按照这些原则办事，所以，7年来一直安然无恙。内罗毕在我心中还是留下了十分美好的回忆，特别是那美丽的三色梅和蓝花楹，还有长颈鹿、羚羊、河马、犀牛等野生动物。

朋友老耿历险记

我在内罗毕工作期间，那里有 4000 多华人，其中大多数是商人，主要经营餐饮、贸易、建筑和中医等行业，其中以餐饮和贸易居多。我在那里接触了一些中国商人，与其中几位还成了朋友，耿史仁便是其中之一。这里讲的是真实故事，但为保护隐私，用了化名。

耿史仁夫妇毕业于北京大学，学的是化学，毕业后在安徽省环境保护局工作。1988 年，由国家环保局推荐并经国务院批准，耿史仁被任命为中国常驻联合国环境署副代表。他是第四任副代表。他的夫人被任命为中国常驻联合国环境署代表处三等秘书，协助他工作。他任职以后，经常通过中国驻肯尼亚大使馆向国内发电报汇报工作。我当时是国家环保局外事部门的负责人，总能看到他发来的电报。我认为他工作做得不错。

四年以后，耿史仁夫妇任期结束，国内通知他们回国并回原单位工作。他们随后就回国了，到了国家环保局见我，向我简单汇报了在内罗毕的工作，并交给我一份述职报告。我将报告送呈局领导，并抄给了外交部。

过了一段时间后，我听到了一个消息，说耿史仁夫妇回内罗毕做生意去了。后来从内罗毕回来的人的口中，断断续续地听到了关于他们的一些情况。

他们首先开了一家饭店。当时内罗毕只有三四家中餐馆，生意十分红火。内罗毕有联合国环境署和联合国人居中心两个联合国机构的总部、联合国开发署等许多联合国驻肯办事处以及国际农林研究中心等国际机构。这些机构中的职员、外国和肯尼亚商人，以及肯籍印巴人中的很多人都喜欢中餐。此外，内罗毕那时已有两三千中国人了。中国人总是喜欢吃中餐。耿史仁夫妇看到了这个商机。他们从国内请来了厨师，雇了几名当地黑人当小工。餐馆取名上海餐厅，开张以后，生意很好。耿夫人说，开餐馆来钱快，却太辛苦，客人不走就不能关门，耗时太长。

积累了一定资本以后，他们决定扩大业务范围，在开餐馆的同时搞贸易。他们从没有经过商，创业初期真是困难重重。他们先学习了肯尼亚的有关法律，还走访肯尼亚工商局、警察局和海关等有关政府部门，办理有关手续，请有关官员到上海餐厅吃饭，还要给他们塞一些钱。老耿说，肯尼亚政府部门办事效率极为低下，你不给他们私下塞钱，他们根本不给你办事。

肯尼亚高档商品市场早已被英国等欧洲国家占领了。因此中国商人把目标投向中、低档消费品市场，消费对象为当地的普通百姓。耿史仁夫妇也是如此。他们从中国进口的主要是一些日常生活用品，如锅碗瓢盆、自行车、布匹和服装等，也进口一些主要针对中国人的酱油、醋和烟酒等商品。后来他们生意做大了，还进口了一些南京出产的面包车。他们主要做批发，将商品卖给当地商人，后来也搞零售，在内罗毕开了两个商店。

1996年，我到内罗毕就任，他们夫妇在上海饭店请我吃饭。饭店在一个叫哈林岗的铺面房子的楼上，楼下是他们的商店。门口屋檐下挂着几个大红灯笼，上面挂着用中英两种文字写着的"上海饭店"横匾。那是一个晚上，我上楼时，饭店内已基本满座，看来生意不错。耿史仁夫妇请我在餐厅一角一张预留的桌子上坐了下来。老耿坐下来陪我吃饭，耿夫人忙着去照料店里的生意了。老耿请厨师做了螃蟹和大虾等美味招待我。饭菜味道很不错。

我问老耿："生意如何？"他说："还可以，每年纯利10万美元左右。儿子和女儿都在美国学习，全靠我支持。"他给我讲了这几年在肯尼亚创业的种种酸甜苦辣。

与他们做生意的都是一些小商人，资本很小，因此，他们往往先把商品给他们，待他们将商品卖出后，再给他们付钱。有些商人经常借口亏本而赖账。他要花很多时间和精力去追账，不少最后还是成了死账。老耿说："不然，我会赚得更多些。"

餐馆开张不几天，下班时，他看到一个服务员口袋里鼓鼓囊囊的，觉得有问题，就让他把口袋翻出来，结果里边是一只煮熟的鸡。后来发现餐馆经常丢东西。商店开张以后也是如此。因此不得不在下班时对雇员实行搜身的制度。老耿说："这不是好办法，但也没有其他更好的办法。"即使如此，也不能完全防止偷窃的事情发生。有一次，他到外边办事，晚上回来时，天色已黑，隐隐约约看见一个绳子吊着一个塑料袋正从二楼往下放。他走过去，接住塑料袋，打开一看，使他大吃一惊，里边尽是鸡鸭鱼肉。知道是有人用这种办法，将东西先放到院子墙角黑暗处，下班经过搜身以后，再偷偷取走这些东西，拿回家去。老耿开除了这名雇员，又把全体黑人雇员集合起来，训了一通话，后来这类事情就很少发生了。

老耿说，在肯尼亚做生意很难。这里穷人是多数，购买力很低。因此他们的商品不能卖得太贵，不然很难卖出去。许多肯尼亚市场上的中国商品比国内还便宜。不少在肯尼亚做生意的中国商人通过贿赂海关官员的办法来逃避关税，这样就可以多赚一点钱，但这方法也不是很保险的。有一个中国商人，给海关官员塞了钱以后，从仓库提了货，装上了自己的卡车，然后上了机场公路，往自己家开去，刚出仓库不久，看见后面一辆汽车紧紧跟了上来，他知道事情不妙，立即改变方向，向坦桑尼亚的方向开去。那辆车一直尾随其后。在快到肯坦边境时，那辆小车超过他的卡车，让他停下。这样，这位商人的全部货物被没收，还罚了款。老耿说，他从不偷税，宁愿少赚点钱，也不能违背肯尼亚的法律。

老耿说，最可怕的是遭强盗抢劫。一年多前，他第一次遭抢。他们住在一座别墅内。院子装有一个大铁门，平时都是紧闭的，有当地雇用的保安把守。别墅装有安全门。这是一个星期天的上午，他太太外出了，他一个人在家。他这个房子既是他的卧室，也是办公室和仓库。他正在整理货物，听到了一阵急促的敲门声，感到有些奇怪。平时来客，总是先预约，到达后按门铃，他确认是自己的客人后，通知大门口保安开门，客人才能进来。这次怎么有人直接闯进来了。他奔到房子门口，从门镜往外一看，使他大吃一惊。四个高大的黑人，正在门口站着，一个人手里还拿着手枪。他知道是来强盗了。一个强盗挥动着手枪，叫着："开门！" 老耿来肯尼亚已经八年了，听说过许多强盗抢劫杀人的故事，但自己还从未经历过，心里一阵紧张，但很快冷静了下来。他知道，如果他不开门，他们也有办法砸开大门进来，如果这样，他的命也就没了。肯尼亚强盗有个特点，如果你不反抗，他们抢了钱后就会离开。如果你反抗，他们就会要了你的性命。老耿知道这一点，他马上开了门。强盗进门以后，一个人用枪顶住了他的脑袋，另外的人拿出了他们带来的绳子，把他的手脚都捆了起来，老耿坐在了地上，一动不动，任他们摆布。然后强盗们让他找钱。老耿扭动着脑袋，告诉他们钱在什么地方。说来也巧，那天他在家放了很多现金。肯尼亚人买东西，大多用现金。每天，他在傍晚时都将当天收入的大部分现金送到银行存起来。但周末时，因为银行关门，所以他每个周末都把现金带回家来。这伙人大概早已摸清了这个情况，专门在这个时候来的。他们将老耿在地板上拖来拖去，从一层拖到二层，找遍了整个房子。当他们确认房内已没有现金的时候，把一团破布塞进了老耿的嘴里，带着钱和一些名贵首饰，上了一辆他们开来的汽车，扬长而去。

中午的时候，老耿太太回来了。在大门口，她见大门敞开着，保安的手脚都被绑着，嘴里塞着东西，坐在大门里边的地上。见此情景，她大吃一惊，知道出事了。她给保安松了绑，连忙奔向屋内，给老耿松绑。老耿脸色苍白，给太太讲述了刚才发生的事情。太太见老耿平安无事，就平静地说："破财免灾，人平安就好。"

老耿夫妇没有马上报案。在肯尼亚，这样的抢劫案几乎每天都在发生，很少有破案的。第二天，那个保安没来上班。老耿夫妇觉得有些奇怪，立即派人去他住的地方找他。那人回来说，他住的房门紧闭，没有人影。老耿夫妇回过神来，觉得这保安十分可疑，立即到警察局报了案，同时给警察局长塞了一点钱。

过了几天，警察局通知老耿，他们已经抓到那个保安，经过严刑拷打，已承认勾结外面强盗抢劫主人的事实。警察要他招供那些强盗在哪里，他回答说不知道。那保安后来被判了几年徒刑，为此，老耿又被要求给警察局和法院送钱，他只好照办。那几个强盗一直没有找到，钱一分也没有被追回。老耿说："报了案，没得到什么好处，反而多损失了一些钱。" 又说："那几个强盗，拿枪的姿势十分专业，把我绑起来时也很麻利，很可能就是警察。"难怪抓不到他们了。

过了几个月，老耿夫妇到代表处做客。女佣莎拉是他们介绍到代表处的，和他们认识。莎拉精心做了几道菜，老耿夫妇很高兴。

老耿告诉我，后来他又挨了一次抢。他开车外出追缴欠款，在回家的途中，在一条比较偏僻的马路上，一辆吉普车紧跟在他的后面，他知道被强盗跟上了，立即加足马力，但吉普车跑得比他还快，在一个拐角处被截住了，他不得不停了下来。三个强盗站在他的车旁，其中一个用枪顶住了他的头部，让他用双手抱住后脑勺。老耿照办，一动不动地坐在驾驶座上。强盗从他身上抢走了全部现金，然后叫他下车。一个强盗用手枪瞄准了他说："往前跑，不许回头，回头就打死你！"他下了车，一直往前跑，跑得很远很远，终于保住了一条命。他讲起这可怕的一幕时，还心有余悸。我问他："汽车找回来了没有？"他说："找回来了。"

老耿夫妇还经营过小公共汽车，当地叫 matatu，但也遇到了很多麻烦。开始时，司机和售票员都是在当地雇的，但每天售票员给他们交的钱总是很少。问他怎么回事，回答说："乘客少呀！"老板娘亲自出动上汽车售票，收入大大超过以前。他们解雇了黑人售票员，从上海叫来了老耿的外甥当售票员。开始几天一切顺利，收入也明显上升，但不久就出了事。一伙人冲到了 matatu 上，什么也不说，将老耿的外甥打了一顿。这男孩鼻青脸肿地回到舅舅家里，说明天他就回上海。老耿说，这肯定是当地其他经营 matatu 的人干的。

小公共汽车生意做不下去了。老耿决定卖掉这面包车。他在当地一张报纸上登了一个小广告。过了几天就有人来电话，说有兴趣买这辆车。老耿和他约好了时间。第二天下午，耿夫人不在家，客人按预定的时间到了老耿家。老耿亲自到大门口迎接。来客是一个身材魁梧的黑人，穿着西装，戴着领带，一副商人的派头，开了一辆不是太差的小车。见了面，就很斯文地伸手和老耿握手，还说了个"How are you？" 老耿先让他看那辆停在院子里的车。那人里里外外看得很仔细，详细地询问了车的里程数，还打开了后面的盖子，仔细地看了发动机等部件，然后坐上汽车，在院子里转了一圈，下车后说："It is in good condition."（车况不错。）他接着说："我对此车有兴趣。"老耿听了很高兴，立即邀他进屋谈。

两人走进了房子，老耿随手将大门关上。此时，一副令他大吃一惊的情景出现在面前。那人突然掏出了一支手枪，对着老耿说："不许动，动就打死你。"

此时的老耿已是应付强盗的老手，他没有像以前两次那么紧张，主动把双手放到了脑后，平静地说："你要什么，我都给你。"那人说："Money!"老耿把家里的钱都给了他。那人走出了房子，上了他自己的车。保安不知道里边发生了什么，立即给他开了门。

这天不是周末，家里没有留太多现金，损失没有第一次大。这一次，老耿没有报案。

老耿告诉我，他这几年含辛茹苦，赚了一点钱，就做了一件大事，就是培养了一男一女两个孩子。他们都在美国上了大学，都找到了很好的工作。

2003年我和夫人回到北京以后，就与老耿夫妇失去了联系。2005年我去内罗毕开会，别人告诉我，他们到坦桑尼亚做生意去了。

基裴拉贫民窟参观记

在内罗毕的西南角,有一个叫基裴拉(Kibera)的贫民窟。每次我们在驱车前往著名的内罗毕国家公园的路上,总能看到它。从我们的车窗里往外张望,只能看到一片片暗灰色的铁皮屋顶。朋友告诉我们,这是肯尼亚最大的贫民窟,也是世界上最大的贫民窟之一,人口密度每平方英里3000人,在世界贫民窟中占首位。那里居住着70万的穷人,约为内罗毕人口的三分之一。内罗毕总人口300多万,全市共有近200个贫民窟,居住着160万人,也就是说,全市有一半的人口在贫民窟里生活。

我总想去那里看看,但朋友告诉我,那里治安状况很不好,杀人抢劫的事时有发生,因此一直没敢去。2003年年初,联合国环境署决定派我到北京工作。我想,这一走,可能永远也回不来了。我去了肯尼亚几乎所有美丽的地方,但没有去过这令人望而却步的贫民窟。再不去,可能会造成终身的遗憾。

我找到了中国国际广播电台驻内罗毕的首席记者兼台长杜顺芳,对她说了我的这一愿望。她通晓斯瓦希里语,对当地的情况非常了解。她说,没有当地人陪同,是万万去不得的。但她说,新华社内罗毕分社有个黑人司机约翰就住在基裴拉,她曾请他带领参观过这个贫民窟。我们请她与新华分社联系安排约翰带我们去参观。

新华分社很快做出了安排。启程前,我夫人特地到商场买了许多糖果和饼干。2003年2月的一个下午,约翰一人身兼三职,即司机、向导和保镖,带我和夫人以及杜顺芳,一起参观了这个举世闻名的贫民窟。

约翰将车开进了基裴拉,在一个十字路口将车停了下来。那里有几个人,有的站着,有的坐着,不知在干什么。他们见了约翰,都与他打招呼,显得非常亲热的样子。约翰和一个中年男人用斯瓦希里语说了几句话。他向我们解释说:"我让他帮我照管一下汽车。"

展现在我们眼前的是低矮破旧的铁皮房,一眼望去,无边无际。到处是高低不平、泥泞狭窄的小路,到处是垃圾,到处是污水,散发着臭味,不时还可以看到粪便。约翰告诉我们,这里没有任何卫生设施,没有上下水。街道两旁是各色各样的商店,有理发店、杂货铺、饭馆,还有酒吧,看上去都很简陋和破旧。

约翰说:"我带你们去参观一有钱人家吧!"我们觉得有些奇怪,怎么这里还会有有钱人。我们跟着约翰进了一户人家,一位老太太出来迎接我们。一进大门,看到一个很小的院子,院子里有一个架子,上面放着一个不小的水箱。女主人告诉我们,她儿子是做水买卖的。儿子每天到自来水公司买水,用手推车将水推到基裴拉来卖,并将一部分水储存在水箱内,有的人也可以直接到她家来买。约翰告诉我们,这里的老百姓都是靠买水贩子的水生活。水很贵,所以大部分人只买来饮用。附近有一条小溪,是内罗毕河的一条支流,人们都在那里洗衣。这里没有下水道,生活废水都往街上泼,有的就流入小溪中。老百姓的化粪池都很浅,一下雨,就会溢出来,也流到小溪中,因此溪水总是很脏的。我问约翰:"你们洗澡吗?"他说:"大多数人不洗澡,没有钱买水。"我们进了老太太的家。有两间房子,都很小,但很干净。外

基裴拉的贫民窟 1

基裴拉的贫民窟 2

面的房子里有一张桌子，几把凳子，还有一个柜子，里边的房子有一张大床，两间房子都显得十分拥挤。这就是贫民窟的富人。

我要约翰带我们参观一家穷人的家，他开始有些犹疑，后来说："我带你到我朋友家吧！"他朋友是一个剃头匠，出去做生意了。他的老婆在家，还有一个五六岁的小女孩，是他们的女儿。房子就在马路边上。我们去时，女主人和小孩正在家门口的马路上玩。当我们出现在她们面前时，开始小女孩惊奇地睁大眼睛看着我们。约翰给她说明了来意，她立即热情地把我们领到了她的家中。我太太拿出了一些糖果和饼干，放到了小女孩的手中。小女孩很有礼貌，用斯瓦希里语说了声"Ahsante"（谢谢）。这是一间不足三平方米的小屋，没有一扇窗户。房间内有一张很破的床，上面乱七八糟地放着几件旧衣服，还有一张破沙发。女主人解释说，这是有钱人扔掉的东西，她丈夫捡回来的，她女儿晚上在上面睡觉。屋子里还有一个塑料水桶。这几样东西，房子已经塞得满满的了。这里散发着一股难闻的气味。我问女主人："你有工作吗？"她回答说："想找个工作，但找不着。"眼神中流露出失望和无奈。房子的一角放着一个很小的煤油炉，是用来做饭用的。我问："能吃饱肚子吗？"女主人说："No."约翰告诉我们，他的朋友在贫民窟给穷人剃头，每天赚几个先令，连"五咖里"也吃不饱。"五咖里"是用玉米面做成的一种主食，大部分肯尼亚人主要吃这种食品。她告诉我们，这房子是

基裴拉的贫民窟 3

租的，一个月房租要 500 先令。铁皮房像蒸笼一样，热时闷热难耐，下雨时又极潮湿。她说："我们也习惯了。"临走前，我太太掏出 1000 先令，交给女主人。女主人连声说："谢谢！"她把我们送到大街上。约翰说："基裴拉大部分人的生活都是这样的，有的还要穷。"

我们来到了一个小学校。这是一个十几平方米的房子，矮矮的，黑板、桌子、椅子都十分破旧，黑板上写着一些英文字。我们到达时，正好是课间休息的时候。孩子们见到几个黄皮肤的中国人到来，都十分好奇地围拢过来。孩子们身上的衣服都很破旧。约翰告诉我们："基裴拉大部分人穿的都是二手衣服，商人在欧洲收集人们丢弃的衣服，然后运到这里卖给穷人。"我夫人将带来的糖果和饼干分发给孩子们，他们都说："Thank you."我和在这里教学的年轻女老师聊了一会儿。她告诉我，这里就她一个老师，用英语和斯瓦希里语两种语言教学，小学毕业，学生可初步具有英语听说能力。她也告诉我，这些学生的家庭都很穷，小学毕业后很少有上中学的，但又说，这些孩子还是幸运的，贫民窟里许多孩子连小学也上不起。

我问约翰，贫民窟居民主要靠什么为生。他说："有些靠手艺生活，如理发、修理电器等，大部分人靠打工为生，如盖房子、修路、给有钱人当佣人等。"他说，他是最幸运的，在中国的新华社当司机，有比较高的收入，中国人对他很好。但基裴拉大部分居民没有他那么幸运。我问他："你在这里是不是算富人了？"他笑笑说："不能算富人，但也不穷。"他说："这里很多人没有工作，少数人就去偷去抢。还有不少年轻女孩，去当妓女。"

据报道，内罗毕有一万多名妓女，大部分是贫民窟中穷人的孩子。内罗毕市中心的一条街道上，晚上经常可以看到许多年轻的黑女孩在街上招徕顾客。当我们的汽车经过这里时，她们就会挥着手，喊着"Hello, Hello"。我们从未敢停下来。我的一个同胞和朋友有一次告诉我，他曾开车经过这大街时把车停了下来，放下驾驶室玻璃，探出头去，一个穿长裤的女孩立即奔了过来。我朋友说："内罗毕普通女孩大多穿裙子，大街上穿长裤的都是妓女。"我朋友问："How much?"（多少钱？）女孩答道："One dollar."（一美元。）我朋友说："It is too expensive."（太贵了。）女孩答道：" No, it is cheap!"（不，很便宜的！）我朋友开着车离开了。听了这个故事，我感到有点心酸。

这时，我想起了内罗毕街上的流浪儿，我们叫他们 street boy，仅内罗毕就有 25000 名。他们中大多数都是从更为贫困的农村来的，在大街上经常可以看到他们。在名为 City Park Market 的菜市场周围，我们经常可以见到流浪儿。他们衣不掩体，过着居无定所的生活，白天在大街上乞讨，晚上则躲在马路边或大树下过夜。见了我们，他们就会奔过来用英语说："I am hungry. Give me one dollar please."（我饿了，请给我一美元吧。）有的孩子见我们把车停下来，就连忙跑过来，手里拿着一块破布，说："Clean your car."（给你擦车吧。）他们没有水，是擦不干净的，我们一般不会让他们擦，但会给他们一些零钱。与他们相比，贫民窟的孩子似乎还是幸运的。

车子离开了贫民窟，经过 MUTHAIGA，这是内罗毕的一个高档住宅区。一座座漂亮的花园洋房，高高的围墙上爬满了各色各样的鲜花，墙上架着电网，门口站着保安，高级轿车进进出出，与那低矮肮脏的贫民窟形成了巨大的反差。我的心久久不能平静。

现在，全世界尚有 10 亿人和基袭拉的居民一样，住在贫民窟中。

筹建联合国环境署驻华代表处

关于在中国建立联合国环境署代表处一事,已经酝酿相当长时间了。2001年上半年,特普菲尔曾与国家环保总局局长解振华讨论过此事。当年10月,卡卡赫尔在北京参加中国环境与发展国际合作委员会会议期间与解振华局长又一次进行了讨论,双方一致同意建立这个代表处。它的主要任务是组织和协调联合国环境署与中国在环境领域的合作活动。

卡卡赫尔向各司司长征求对建立联合国环境署驻华代表处的意见,得到普遍支持,唯一的问题是经费来源。联合国环境署经费来源主要有三个:一是由各成员国自愿捐款的环境基金,这是联合国环境署的主要经费来源;二是联合国总部从常规预算中拨给的一部分经费,用于支付由总部招聘的职员的工资;三是成员国为一个特定项目或活动提供的捐款。这些经费来源都不能用于驻华代表处。卡卡赫尔想到了一个可能的来源,就是联合国环境署的全球环境基金司。联合国环境署是全球环境基金(GEF)的一个执行机构,因此专门成立了一个司来负责这项工作。该司每年执行许多GEF项目,因此有一定的收入。联合国环境署驻华代表的一个重要任务是协调GEF项目在中国的实施,因此让该司出钱也是合情合理。卡卡赫尔与GEF司司长阿汉穆德·乔格拉夫(Ahmed Djoghlaf)商量,得到乔格拉夫的支持。

2002年,是十分忙碌的一年。我协调和参与了《为可持续发展的能力建设:联合国环境署能力开发活动综述》一书的编写和出版;参加了对联合国环境署在德国德累斯顿技术大学的环境管理培训班管理和指导,并参加它的活动;组织和协调长江流域自然保护和洪水控制全球环境基金项目开发前研究(PDF-B活动),即研究和开发项目文件的工作;在政策实施司司长出差或休假期间担任政策实施司临时负责人,领导和协调全司的工作。

2002年11月,特普菲尔执行主任在北京参加中国环境与发展国际合作委员会会议期间与解振华局长又一次进行了讨论。他们表示,双方将做出努力,使联合国环境署驻华代表处于2003年建立。特普菲尔还告诉解振华,他决定任命我为首任联合国环境署驻华代表,解局长说他很高兴听到这个消息。

特普菲尔在联合国环境署亚太地区代表施雷斯萨和他的一名助手的陪同下会见了联合国系统发展业务活动协调代表、联合国开发计划署驻华代表莱特娜女士,向她通报了联合国环境署和中国政府建立联合国环境署驻华代表处的决定,并表示把代表处设在开发署所在地北京联合国大院的意愿。莱特娜和特普菲尔都是德国人,说话很是投机。莱特娜对这个决定表示高兴,并欢迎该代表处与开发署设在同一院内。双方还同意,开发计划署将承担联合国环境署代表处的行政事务。

特普菲尔告诉莱特娜,他已决定任命我为首任联合国环境署驻华代表。莱特娜说,按联合国规矩,一个国家的公民不能在自己国家担任国际职员（internationally recruited staff member）,只能担任当地职员（locally recruited staff member）。特普菲尔对此没有置理。

回到内罗毕以后,执行主任助手写了一个特普菲尔访华的出差报告,发到了有关各司。我看到了这个报告,其中提到了莱特娜说的关于国际职员的一席话。国际职员与当地职员的区别是待遇不同,特别是工资。我找到了副执行主任卡卡赫尔,问他会不会把我定为当地职员,他说:"不会的,联合国没有这样一个规定。"他还说,联合国环境署一直有一国公民在本国担任国际职员的事例,譬如设在法国巴黎的联合国环境署技术、工业和经济司司长就一直由法国人担任,他们是国际职员。据他所知,联合国开发署也有这样的事例。

2002年年底,卡尼亚罗司长通知我,执行主任已同意我担任首任联合国环境署驻华代表。并让我负责起草《中华人民共和国政府与联合国环境规划署关于建立联合国环境署驻华代表处的协议》。他交给我一份《巴林国政府与联合国环境规划署关于建立联合国环境署西亚办事处的协议》,供我参考。

我参照卡尼亚罗给我的协议样本,结合驻华代表处的具体情况,于2003

年1月初开始起草这个协议。初稿完成以后，就交给卡尼亚罗、地区合作司司长克利斯蒂娜·波尔凯和卡卡赫尔审阅，这样来回两次，他们每次都提出了少量修改意见。最后，特普菲尔批准了这个协议草案。

我起草了一封卡卡赫尔致中国外交部国际司代司长张军的信，对协议草案作了一些说明，请求中国政府批准。此信经卡卡赫尔签字后连同协议草案通过中国常驻联合国环境署代表处送中国外交部。

1月15日，我会见中国常驻联合国环境署副代表程伟雪。程伟雪通知我，中国政府已正式批准在华建立联合国环境署驻华代表处。同日，我向卡尼亚罗和克利斯蒂娜汇报了中国政府的决定。

1月17日，我收到了联合国内罗毕办事处人力资源管理处送来的特普菲尔执行主任签署的任命我为联合国环境署驻华代表的任命书。人力资源处处长是来自台湾的中国人李醒嘉。李醒嘉通知我，我将是设在泰国曼谷的联合国环境署亚太地区办事处的一名职员，受该处主任施雷斯萨的直接领导，享受联合国在曼谷的工资待遇，我的第二上司有二位，一位是全球环境司司长乔格拉夫，另一位是地区合作司司长波尔凯。

1月18日至25日，我在北京出差，与国家环保总局对外经济合作办公室和有关专家讨论长江流域洪水控制与自然保护全球环境基金项目。在此期间，我会见了外交部国际司代司长张军，与他讨论建立联合国环境署驻华代表处和协议事。张军表示，中国政府支持建立联合国环境署驻华代表处，并说，他们已收到协议草稿，正在研究，将会尽早答复。

2月3日至7日，在内罗毕召开联合国环境署第22届理事会/全球部长级环境论坛，解振华局长率领中国代表团出席。2月4日晚，解局长在内罗毕最好的一家中餐馆江苏饭店举行宴会，招待特普菲尔和其他联合国环境署高级官员。特普菲尔在致祝酒词时说："环境署和中国政府已同意在北京建立环境署驻华代表处，我已任命堃堡先生为环境署驻华代表。"

2月26日，程伟雪给我送来了中国大使馆关于中国政府对协议修改意见的照会，主要是在"特权与豁免"一条下，要求增加"本条规定的特权与豁免不适用于环境署中国籍职员"和"联合国环境署确认在上述中国政府确认的各项特权与豁免不受损害的情况下，环境署职员将遵守中华人民共和国的法律和规定"。我将中国大使馆的照会送给了卡尼亚罗,卡尼亚罗报给卡卡赫尔和特普菲尔决定。特普菲尔请他的法律顾问阿密·欣迪曼(Amy Hindman)提出意见。阿密在照会上写道:

"关于特权与豁免不适用于环境署中国籍职员的一条与《联合国宪章》相悖,建议不予接受。"卡尼亚罗让我与外交部交涉。我于3月6日给外交部国际司二处负责国际环境事务的处长白永洁打电话,提出了我们的意见,要求不加这一条。白永洁说:"这是中国与所有联合国机构签署同类协议中的一条规范条款,如不加,中国政府是不能接受的。"我通过卡尼亚罗向执行主任和副主任报告了中方的立场,他们最后同意按中方意见办。

我们根据中方的意见,对协议作了修改,然后通过中国常驻联合国环境署代表处送中国政府。

2月28日,政策实施司举行欢送会,司长卡尼亚罗主持。他首先讲话,对我1999年5月加盟联合国环境署以来所做的工作给予充分的肯定。他说:"堃堡做了很出色的工作。"我领导的能力建设部的几名职员,包括斯查依克·姆凯德拉(Strike Mkandla)、中村武洋(Takehiro Nakamura)和芬凯·艾尔斯凯姆珀(Fenke Elscamp)等都讲话,说我给能力建设部提供了强有力的领导。我担任联合国环境署应急协调员时的下属詹姆士·卡玛拉(James Kamara)说:"听说你要离开,我有些难受,你是我一生中对我影响最为重要的人之一。"他们的话使我很受感动。

我担任驻华代表以后,将受地区合作司领导,因此该司也举行了一个欢送会。

4月5日,特普菲尔执行主任约见我,给我下达指示。他说:"我很高兴任命你为首任驻华代表。你是最合适的人选,相信你一定能把工作做好。"他叮嘱我要与中国政府加强合作,多做工作。他说,我们这个代表处还是要与开发署代表处设在一起,要与他们保持良好的合作关系。说起是否会将我转为当地职员时,他说:"我们从未考虑过这个方案,在此问题上我们从未犹豫过。"

我的顶头上司卡尼亚罗在4月退休。他退休以后,我就直接向地区合作司司长克利斯蒂娜·波尔凯汇报工作了。地区合作司负责联合国环境署的地区办事处的工作。它将通过亚太地区办管理驻华代表处。

5月5日，波尔凯请我去她办公室。她对我说："现在北京'非典'流行，我们决定你先到曼谷亚太办，在那里开始创建驻华代表处的工作，待'非典'疫情稳定下来以后你再去北京。"

5月14日，我到中国大使馆会见了中国新任驻肯大使、常驻联合国环境署代表郭崇立。我向他报告了联合国环境署驻华代表处筹建的情况。联合国环境署与中国政府的协议将由他代表中国政府签署，我希望他继续支持。郭大使说，建立联合国环境署驻华代表处对中国和全球环境保护和可持续发展事业都是有益的，他一定全力以赴，做好工作。

我还会见了我的第二上司之一的全球环境基金司司长乔格拉夫，问他有什么交代。他让我回到北京后起草一个《联合国环境署与中国政府关于全球环境基金战略合作协议》，并与中国政府有关部门谈判，以促使协议的达成。我说，我会努力去做这件事。

我还应约会见了联合国环境署宣传司司长艾立克·福尔特（Eric Falt）。福尔特告诉我，解振华局长已入围2003年联合国笹川环境奖获奖者名单。他和我讨论了联合国环境署驻华代表处成立典礼和笹川环境奖授奖仪式的安排。

我与福尔特讨论完工作以后，联合国环境署刊物"Tidbits"（《珍闻》）记者采访了我，发表了一篇题为《环境署说：你好，中国》的报道，还登了一幅福尔特亲自为我拍的照片。该报道中译文如下：

> 联合国环境署已经批准在北京建立一个代表处。
>
> 去年，环境署执行主任向中国外交部长唐家璇建议建立联合国环境署驻华代表处，得到了中国政府的支持。此后，筹备工作一直按计划在进行。
>
> 联合国环境署职员夏堃堡将负责代表处的筹建。它将与北京的联合国开发署代表处设在一起。夏堃堡将是曼谷环境署亚太地区办事处的一名职员。环境署驻华代表处将负责组织环境署与中国的合作，并协调全球环境基金和其他有关合作项目。

夏堃堡与环境署有着长期的关系。1981年,他两次参加环境署的会议,包括第9届理事会和环境署特别理事会。后来,他担任中国常驻环境署副代表和环境署常驻代表委员会副主席。1999年,他开始在环境署政策实施司任职。

他迄今担任环境署能力建设部主任。

夏堃堡已在肯尼亚内罗毕居住了七年。当被问及他对这次调动的看法时,他说他为能在自己祖国继续为环境署服务而感到高兴。然而,他说:"我将想念肯尼亚和曾有幸合作共事的热情而又友好的人们,还有这个国家美丽的景色。"

我们祝愿他万事如意!

别了，内罗毕

2003 年 3 月，联合国环境署执行主任特普菲尔任命我为联合国环境署驻华代表。3 月 22 日中午，我的中国朋友们在联合国内罗毕办事处中文笔译组组长韩晓信家中聚会，欢送我和我夫人。

这是一座很大的别墅，聚会在花园中举行，园中绿树成荫，繁花似锦。韩晓信和联合国内罗毕办事处口译处处长沈关荣是这次活动的主要策划者和组织者。我们习惯分别叫他们两人晓信和老沈。

我开着车，和夫人不到 11 点就到了晓信家中。晓信和他那年轻漂亮的夫人黄见到门口迎接我们。晓信指挥着我将车停到了院子中合适的地方。走进院子，见老沈和夫人梅芳正在院子里忙碌。我夫人说："你们辛苦了。"梅芳说："不辛苦，晓信和黄见才辛苦呢。"我夫人对黄见说："谢谢你们了！"黄见说："你怎么那么客气呢？"我们见花园里搭起了好几个白色帐篷。晓信告诉我们，它们是从专门组织这类活动的公司租来的。

一辆又一辆的汽车开进了韩家大院。中国驻联合国环境署副代表程伟雪和驻联合国人居署助理代表杨榕来了；联合国环境署官员张金华夫妇带着儿子小宇和女儿尼娜来了；联合国中文笔译组的金宏朝秦子兰夫妇、罗光福韩雪英夫妇和女儿燕燕来了；口译组的江红和女儿大薇，还有郭继东和夫人冯瑶也来了。小郭抱着刚出生两个月的小女儿，瑶瑶手牵着六七岁的大女儿维安。我们都围过来看小郭和瑶瑶的小女儿。夫人说："小公主太可爱了！叫什么名字呀？"瑶瑶说："叫 Annie，我们先给她起了这个英文名字，然后译为中文，叫安妮。"

来的一些朋友带来了聚餐用的食品，有主食、凉菜和炒菜几十种，放到了桌子上。黄见指挥着大家如何放。还看到几个黑人服务员正在忙碌。晓信说，他们是从同一个公司请来的,提供烧烤等服务。

人居署高官沈建国和夫人白玲带着儿子沈白走了进来。我和夫人连忙迎了过去。这一对夫妇是我们的老朋友了,我们已经认识20多年。1981年6月,我当时还在中国科学院环境化学所工作,被国务院环境保护领导小组办公室借调出国,在联合国环境署第9次理事会担任同声传译。当时国务院环境保护领导小组办公室隶属城乡建设环境保护部,沈建国是该部外事局管国务院环境保护领导小组办公室那个处的干部,也被派去担任同传。那时他20多岁,是上海人,长得清瘦帅气,我们都叫他"小沈"。从内罗毕回国后,我们两人成了朋友,两家不时有些来往。1984年,国务院环境保护领导小组办公室被撤销,成立了国家环保局,仍属城乡建设环境保护部领导,但局下面单独成立了一个外事处。原国务院环境保护领导小组办公室外事处大部分干部成了环保局外事处干部,但小沈留在了城乡建设环境保护部外事局。1985年,我调入国家环保局。我们两人在同一个部,但不在同一个局。我们有一段时间都在甘家口的城乡建设环境保护部大楼里办公,经常见面。国家环保局1988年脱离城乡建设环境保护部成为副部级单位以后,见面就比以前少了。后来小沈到加拿大学习,拿到一个城市规划的博士学位。不知从哪一年起,小沈担任城乡建设环境保护部外事司副司长。2002年,他被联合国人居署录用,被任命为区域顾问,负责区域间的合作工作,来到了内罗毕。他的夫人白玲也来这里随任。小白和小沈是上海外国语大学的同学,他们看上去都十分年轻。

晓信主持欢送会,他说:"我们在这里集会欢送老夏和老崔。老夏就要回国担任环境署驻华代表了。我们这几年处得不错。祝他们一路顺风,万事如意。"

然后,晓信把他们事先准备好的一份礼物送给我们,我和夫人伸出了双手,接了过来。这是一幅乞力马扎罗山的照片,精致地镶嵌在一个十分考究的镜框内,上面写着所有朋友和孩子的名字,底下还配了一首诗:

神州赤道水天阔,
海内天涯比邻若。

遥对乞峰千秋雪，

离情化作云飞落。

乞力马扎罗山是非洲最高的山脉，是一个火山丘，高5895米。它位于坦桑尼亚乞力马扎罗东北部，邻近肯尼亚，是坦桑尼亚与肯尼亚的分水岭。乞力马扎罗山素有"非洲屋脊"之称，山峰一年四季覆盖着白雪，故人们也称它为"赤道雪峰"。乞力马扎罗山国家公园和森林保护区占据了整个乞力马扎罗山及周围的山地森林。那里生活着众多的哺乳动物，其中一些还是濒于灭绝的种类。我们曾到这里游览，为大自然造就的无限美丽所震撼。

晓信告诉我们，这照片是新华社记者拍摄的。照片上的乞力马扎罗山轮廓非常鲜明，缓缓上升的斜坡引向一个长长的、扁平的白雪皑皑的山顶。山脚下是色彩鲜艳的金合欢树，中间盘旋着一片片白云，犹如海洋。这是肯尼亚的一幅最美丽的图画，是留给我们最好的纪念。

黄见告诉我们，晓信从新华社取来了照片，然后送到照相馆放大，又在Village Market（乡村市场）的一个商店配上了镜框。黄见说："晓信为了写这首诗，费老大劲了。十多天前就写好了草稿，改了好几遍，还不满意。

2003年3月，欢送会时在晓信家的花园内合影。作者夫人前面是朋友们送的那份礼物

一天晚上上床以后，一直睡不着，琢磨这首诗。到了半夜，他突然有了灵感，起床把住在我们家的老严叫了起来，两人讨论了半天，最后终于定稿了。"

听了这个故事，我和夫人都十分感动。我只说了一句话："谢谢大家了，我不会忘记我们在内罗毕期间各位对我们的关心和友谊，回北京欢迎大家到我们家做客。"

我再一次仔细地看了看照片，再一次把那首诗读了一遍，再一次被深深地感动。照片很美，诗更美，它记录了我们与晓信夫妇和许多朋友在赤道雪峰下结下的深厚友谊。晓信是北京外国语学院联合国译训班毕业的，也算是我的校友了。他英文很好，中文功底也很深，喜欢写诗作词。毕业后在联合国维也纳办事处当翻译。那时的翻译是国家公派的，都规定了年限。他在维也纳的工作期满后，通过自己的努力，找到了内罗毕的这个工作。这几年，我们是同事，也成了朋友。我们经常一起聚会，一起去 Safari（斯瓦希里语，旅游，观看野生动物的意思）。1997 年至 1998 年，我女儿夏雪在内罗毕的一个外语学校学英文，离晓信家很近，经常去他们家住。1998 年，黄见生了一个漂亮的女儿，小名叫 Snow（小雪）。我女儿也叫 Snow。大 Snow 经常去看望小 Snow。

在工作上，他和他所领导的中文组给过我不少支持和帮助。我写的文件，例如联合国环境署《关于预防、防备、评估、缓解和应对紧急事件的战略框架》，都是他们翻译成中文的。我还经常走后门请中文组打字员给我录入中文文件。中文组属联合国内罗毕办事处，和我不是一个单位。按常规，请他们办事，必须办理一系列繁复的手续，而且还要付款。我往往直接走进打字员办公室，有时口述，有时给他们一份手写稿，他们很快就给我办了，且不用付款。

中文组罗光福、韩学英夫妇也住在沃里克中心（Warwick Center），我们两家的大门挨着。我夫人总喜欢用远亲不如近邻来形容我们两家的关系。我们叫他们两人大罗和小韩。每逢周末，我夫人总是和小韩一起坐着大罗开的车，去内罗毕最大的菜场 City Park Market 买菜。我因为忙，从来不去，往往一个人到对面联合国大院我的办公室去办事。去菜场也可以坐 Matatu（小公共汽车），但这很不安全。如果没有大罗夫妇的帮助，我只好自己开

2003年3月，作者夫人在欢送会上与小孩合影

车送我夫人去买菜了。他们的帮助节省了我许多的时间。更主要的是，两个女人在一起总有说不完的话，给我夫人带来了很多的快乐。

我和夫人还曾坐着大罗的车，和他们，还有他们的宝贝女儿燕燕一起到坦桑尼亚的阿鲁沙游览。那次，杨榕也开着车，带着夫人和女儿笑笑与我们同行。阿鲁沙有个世界上最大的木雕博物馆，讲解员骄傲地对我们说："美国的克林顿在当总统时还来参观过呢。"我们在那里看到了许多坦桑尼亚人创造的木雕珍品。

在韩家大院举行的欢送会热闹非凡。小雪、燕燕、维安、大薇、小宇和尼娜，一会儿在院子里蹦蹦跳跳，一会儿又围到了我夫人的周围，有的叫着"阿姨"，有的叫着"奶奶"。我夫人一会儿抱抱这个，一会儿搂搂那个，一会儿说"小宝贝"，一会说"小公主"，高兴得合不拢嘴。她和他们一起照了许多的相片。

大人们坐在一起聊天，回顾这几年在一起度过的美好时光，和结下的深厚情谊。老沈和我约定，在我们离开内罗毕前一起到塞舌尔游览。

那次在韩家大院聚会以后，一些朋友又单独请我们吃饭，欢送我们。还有一些外国朋友也设宴欢送。由于回国前有许多事情要办，请客的朋友很多，我不得不婉拒了一些朋友的邀请。

我在内罗毕工作期间，属联合国环境署政策实施司，我回中国任联合国环境署驻华代表，则属地区合作司，所以这两个司也分别举行了欢送会。在离开内罗毕前的三个月时间内，参加了许多欢送会。

5月22日，我和夫人离开内罗毕赴泰国曼谷。很多中国朋友来Warwick Center我家中送行。大家依依不舍。

再见了，内罗毕，你是我第五故乡。我永远也不会忘记我在这里度过的将近7年的美好时光。我会记住吉吉里的中国常驻联合国环境署代表处和联合国大院，也会记住马赛马拉国家公园、乞力马扎罗山、沃里克中心和韩家大院。我会记住这里一切美好的东西，但我更不会忘记这里的朋友们，那些给了我许多友情和爱的中国人和外国人。

曼谷工作两个月

泰国的曼谷，我去过多少次，已经记不清了。1985年5月底，我陪同当时城乡建设环境保护部部长芮杏文访问欧洲四国，回国途中在曼谷停留，那是我第一次来到这个令人激动的城市。此后的10多年中，我每年都要来这里一次、两次，甚至三次，参加联合国亚太经社理事会或联合国环境署亚太地区办事处召开的会议。1997年9月，我、夫人和女儿在飞往内罗毕的途中，在曼谷停留了三天。此后就再也没有去那里。

过了将近6年，2003年5月24日，我和妻子乘阿联酋航空公司的班机抵达曼谷，回到了这个我熟悉的城市。那年年初，特普菲尔执行主任任命我为联合国环境署驻华代表，我应当于5月赴北京履新，但由于北京当时"非典"流行，我的新上司、联合国环境署地区合作司司长波尔凯让我先去设在曼谷的联合国环境署亚太地区办事处，在那里继续进行筹建驻华代表处的工作。

我在国家环保局的同事、时任联合国环境署负责臭氧问题的官员胡少峰开车到机场迎接，然后把我们送到了泰旅馆。这是一个三星级的饭店。以前我来曼谷，大多住在这里。旅馆不大，设备也比较简单，但清洁整齐，由于与联合国有合同，非常便宜，每晚只要20多美元。

第二天是星期日。上午，小胡开着车，他夫人和儿子与他一起，来到了泰旅馆。他们帮我们搬到了离联合国不远的阿拉湄达公寓（Alameda Suites）。这是服务式公寓（service apartment），和旅馆一样，提供打扫卫生和洗衣等服务。我们租了一间房，很大，有厨房和卫生间。

安顿下来以后，小胡夫妇带我们到市中心的一个百货大楼，先请我们在一楼餐厅吃火锅。餐厅生意很好，我们等了10多分钟才入座。这火锅食物有的与国内的差不多，如海鲜、牛肉和素菜等，但这里以海鲜为主，特别是各种各样的鱼虾丸子。开始上的调料带有强烈的鱼虾味,又太甜,我们有点不太习惯。小胡夫人帮我们点了我们习惯的中式调料。我们吃得很是满意,又看看周围的人,大多数像中国人,与内罗毕很不一样,我们好像回到了北京。

第二天,5月26日,星期一,我徒步来到了位于 Rajdamnern Nok 大道的联合国大院。亚太经社会是这个大院的主要联合国机构,联合国环境署亚太地区办事处也在这里办公。我以前来过这里许多次,所以很顺利地找到了联合国环境署亚太办。在入口处,一位年轻女士向我走来,自我介绍说:"夏先生,你在这里工作期间,我担任你的秘书。"然后把我领到我的办公室,办公桌上已经放了一堆文件。秘书说:"施雷斯萨先生出差了,周末才能回来。今田长英(Konda)先生说,你到后可以到他办公室见他。"

施雷斯萨就是上面提到的联合国环境署亚太地区资源中心主任,从2002年年末开始担任联合国环境署亚太办主任,原来的职位仍兼着。联合国环境署驻华办事处属亚太办领导,施雷斯萨就是我现在的顶头上司了。日本人今田长英是亚太办副主任,我以前见过。我马上到了他的办公室。两人再次见面,很是高兴。他对我表示欢迎,并给我介绍了一些亚太办的情况。中午的时候,他把我带到泰旅馆对面的一个中餐馆,请我吃饭,对我十分热情。

一个星期以后,我在施雷斯萨的办公室与他见面。我首先向他报告了关

曼谷联合国亚洲总部

于联合国环境署驻华代表处工作的想法,大概说了 10 多分钟。施雷斯萨说:"很好,你准备一个工作计划吧!" 然后就不再吭声,我就告辞了。施雷斯萨说话很少,每次谈话,就说一两句,效率倒是很高的。

我按施雷斯萨的要求,写了一个工作计划,交给他,他又通过地区合作司司长克利斯蒂娜·波尔凯转呈特普菲尔执行主任。不久,执行主任批准了这个计划; 我给解振华局长写了一封信,向他报告代表处筹建进展情况;我与国家环保总局国际司联系,讨论成立代表处的计划;我还与联合国开发署驻华代表处联系,落实办公室等行政事宜。

我同时开始协调和组织开展全球环境基金项目的工作。中村武洋原是政策实施司我领导的能力建设部的一名职员。我离开内罗毕的同时,他调到了 GEF 司,但仍继续负责在华的 GEF 项目,所以,关于 GEF 项目,我主要与他联系,有时也向司长乔格拉夫直接报告。我按乔格拉夫的交代,起草了《联合国环境署与中国政府关于全球环境基金战略合作协议》;中村武洋起草了一个用来申请 GEF 项目的《长江流域自然保护和洪水控制 GEF 项目概要》,我对此进行了审核和修改;还与中村武洋和国家环保总局对外经济合作办公室讨论申请黑龙江流域保护 GEF 项目等事项。我与亚太办副主任今田长英一起,与亚洲开发银行亚太地区代表和《联合国防治荒漠化公约》秘书处亚

2003 年 5 月,作者和夫人在曼谷大皇宫外

太地区代表杨有林研究在华开展控制沙尘和沙尘暴项目。

《中华人民共和国政府与联合国环境规划署关于建立环境署驻华代表处的协议》于2003年5月29日在内罗毕由中国常驻联合国环境署代表郭崇立大使和联合国环境署执行主任特普菲尔签署。联合国环境署地区合作司将签署的协议文本通过电子邮件抄送给了我。中央电视台国际频道报道了这个消息。

联合国环境署亚太办刊物2003年9月第8期"In Touch with ROAP"（《联络亚太办》）登载了我任职的消息。

在曼谷的两个月中，我很忙碌，也很愉快。工作日，我去联合国上班。周末，我同妻子或去购物，或去游览，又一次领略了曼谷的无限风情。

我任联合国环境署驻华代表

2003 年 7 月 18 日，我和夫人乘泰国航空公司班机 TG614 抵达北京。离开了将近 7 年，我又回来了，我非常激动。

7月19日，星期六，我给解振华局长打了一个电话，告诉他我已回到北京。他说我回国任职他非常高兴。我说，联合国环境署已决定授予他笹川环境奖，将在北京举行授奖仪式，解局长表示感谢。

星期一，我到位于亮马河南路二号的北京联合国大院上班。这个"大院"实际是个小院，位于亮马河边的使馆区，由互相连接的两个楼和一个花园组成。亮马河河水清澈，两岸花木苍翠，环境优美。当时北京有 15 个联合国驻华机构，联合国开发计划署、联合国人口基金和世界粮食计划署等几个机构设在这个院里。其他机构，如联合国粮农组织、联合国工发组织、世界银行等均在塔院外交公寓等处办公。

我在开发计划署行政官员的陪同下，到了已经给我准备好的办公室。这是办公大楼一层的一间房子，办公桌椅和计算机等设备已安置好。房间不大，但整齐清洁。我在这里开始了联合国环境署驻华代表处的工作。

我首先会见了新任联合国开发署驻华代表兼联合国驻华协调代表马和励（Khalid Malik）。马和励是联合国驻华机构中级别最高的官员，负责协调联合国驻华机构的发展业务活动。这是一次礼节性的拜访。我对联合国开发署为联合国环境署代表处的建立所提供的帮助和支持表示感谢，并简单通报了联合国环境署在华正在开展的活动和代表处成立的计划。马和励对我到任表示欢迎，并说我将是联合国驻华机构团（UN Country Team in China）和联合国环境与能源专门工作组（UN Theme Group on Environment and Energy）的成员。

根据总部的指示，我到任后不久就开始了招聘一名行政助理的工作。我们在开发署人力资源处的协助下，在联合国驻华机构的网站上公布了招聘通知，成立了一个招聘小组，我任组长，组员是开发署的三名官员。报名者有几十人，我们进行了筛选，确定了一个五人的短名单，并对他们进行了面试。最后，张文娟被录取。张文娟是国家环保总局对外经济合作办公室下联合国环境署和国家环保总局合作开展的长江流域洪水控制和自然保护全球环境基金项目办的一名干部，我认识她已有两年。她有研究生学历，业务能力强，英文也不错，在面试中表现突出。招聘小组成员一致同意录用她，后来得到马和励的批准。我把招聘结果报告了我的上司施雷斯萨和波尔凯，他们都没有提出不同意见。

联合国环境署亚太地区办事处主任施雷斯萨于2003年8月23日至28日访华。他此行有两项使命：第一是将我正式介绍给中国政府和联合国驻华协调代表；第二是启动联合国环境署/同济大学环境与可持续发展学院。25日，他与我一同分别会见了联合国开发署驻华代表兼联合国驻华协调代表马和励、国家环保总局副局长祝光耀、科技部副部长刘燕华、外交部国际司参

2003年8月，会见联合国开发署官员。左起：联合国开发署高级副代表倪荣国、马和励、施雷斯萨、作者

赞王晓龙等，完成了第一项使命。

26日，我和施雷斯萨一同飞到上海。我们在同济大学会见了该校校务委员会主任周家伦教授和副校长、联合国环境署／同济大学环境与可持续发展学院院长赵建夫教授等，就如何启动环境与可持续发展学院的计划进行了磋商，一致同意在9月召开环境与可持续发展学院研讨会。

2003年9月19日，在北京联合国大院内举行了联合国环境规划署驻华代表处成立典礼。这天，大院内热闹非凡。各国驻华大使、各联合国机构驻华代表和中国各部委的领导人500多位中外来宾出席，其中有联合国副秘书长、联合国环境署执行主任特普菲尔，联合国开发署驻华代表兼联合国驻华协调代表马和励，国家环保总局局长解振华和副局长祝光耀，外交部部长助理沈国放等。

当时，我们正在北京召开"联合国环境署亚太地区次区域环境政策对话会"和"环境署／同济大学环境与可持续发展学院研讨会"。出席这两次会议的来自亚太地区的10余位环境部长和来自美国耶鲁大学等著名高校的10多位校长和教授也出席了成立典礼。

2003年9月，特普菲尔执行主任（前左四）和解振华总局局长（前左五）与参加联合国环境署亚太地区次区域环境政策对话会的各国部长和代表合影。作者（后右七）参加了会议

成立仪式由联合国环境署地区合作司司长克利斯蒂娜·波尔凯女士主持。据协助组织这次活动的联合国开发署官员说,这是近几年来在这个院子里举办的最热闹的一次活动。特普菲尔发表讲话,宣布联合国环境署在世界上的第一个国家级代表处——联合国环境署驻华代表处正式成立,并宣布我为首任驻华代表。他说:"中国是一个有13亿人口的大国,联合国环境署充分认识到它在全球环境保护中的地位和作用。中国的环境状况不仅关系到其本国人民的福利,而且对全球都将产生深远的影响。为了加强联合国环境署和中国在环境保护领域的合作,我们决定在中国建立这个代表处。"

　　祝光耀讲话中高度赞扬联合国环境署的这个决定,说代表处的建立必将进一步促进联合国环境署和中国的合作。我站在特普菲尔和波尔凯的边上,面对着中外来宾的眼光和摄影记者的闪光灯,心里有一点激动,也有一点紧张。我真正感到了担子的沉重。

　　仪式以后,举行了联合国环境署驻华代表处揭牌仪式。一块铜质名牌已经挂在了北京联合国大院的大门上,与联合国开发署、联合国人口基金和世界粮食署等联合国机构的名牌挂在了一起,上面盖了一块象征环境保护的绿色丝绸。在门口,特普菲尔和祝光耀轻轻地将那块绸布揭了下来,它标志着

2003年9月,在为联合国环境署驻华代表处成立举行的记者招待会上。右起:作者、特普菲尔、祝光耀、马和励

联合国环境署驻华代表处正式开张。这时，大家热烈鼓掌，庆祝这历史性的时刻。

此后举行了招待会。来宾们纷纷向我表示祝贺。有几位记者与我预约采访。解振华局长因为有其他重要公务，在招待会开始后才匆匆赶来。我对他和国家环保总局对代表处成立所给予的支持表示感谢。他说代表处的成立是中国与联合国环境署合作的新起点，表示将全力支持代表处的工作。

招待会上，我还见到了外交部主管联合国事务的部长助理沈国放。沈国放是江苏常熟人，与我是同乡，他毕业于北京外国语学院，与我也算校友。由于担任过外交部发言人和中国常驻联合国副代表，是个名人。每次我回常熟，见到的市领导，还有一些普通老百姓，都会提起他。但我从来没有与他见过面。他对我被任命为联合国环境署驻华代表表示祝贺。我说："代表处的工作希望得到外交部的支持。"他说："有什么事，尽管说，我们一定支持。"他又指着站在旁边的外交部国际司负责环境外交事务的二处白永洁处长说："有事找她就行。"白永洁说："我们一定支持你的工作，希望加强合作。"外交部对代表处的成立已经给了完全的支持。外交部起草了关于在北京建立联合国环境署驻华代表处的报告，并会签国家环保总局后报送国务院审批。国务院于2003年年初予以批准。听了环保总局和外交部领导说的这些话，我心里踏实了许多。

活动前，特普菲尔在福尔特先生的陪同下参观了我的办公室。特普菲尔坐在我办公桌后的椅子上，看了一下四周后说："这房间是小了点，但这是一个很好的起点。我们有了这房间，代表处就可以开始工作。房子以后可以扩大。"他笑了笑对我说："堃堡，你知道不知道，我们做了一件大事。"我说："我知道。"

2003年2月在内罗毕举行的联合国环境署第22届理事会期间，解振华局长在内罗毕的中餐馆江苏饭店举行了一次晚宴，招待特普菲尔和其他联合国环境署高级官员。特普菲尔在致祝酒词时说："我已决定任命堃堡先生为首任联合国环境署驻华代表。堃堡先生是破冰船，是最好的大使，是环境署和中国之间最好的纽带。"[1] 晚宴结束时，我向特普菲尔表示感谢。他说："It is from the bottom of my heart."（这是我的肺腑之言。）说我是破冰船，有几层意思。在此以前，环境署在世界上只有地区办事处，没有国家办事处。我将建立环境署在世界上的第一个国家级代表处，这对环境署来说是个突破，对中国来说，也当然是破天荒的了，北京将第一次有了一个负责全球环境事务的联合国机构代表处；其次，在北京，有20多个联合国机构设有驻华代表处，各机构的领导人均为外国人，我将是唯一的例外。这种情况以前也从来没有发生过。我开创了中国人担任联合国驻华机构领导人的先例。说我是大使，是个比喻。根据中国与环境署的协议，我这个职务是环境署在中国的代表，即代表环境署协调和组织其在中国的合作活动，参加中国政府组织的关于环境与发展的重大会议，参加联合国驻华工作组的活动，因此是环境署在中国的使者。

唐家璇国务委员在北京会见了特普菲尔一行。特普菲尔将他的随行人员一一向他做了介绍。当介绍到我时，唐家璇说："祝贺你呀！" 我告诉他，

2003年2月，唐家璇国务委员与作者握手

---

[1] 这段话是作者2003年2月4日日记记录的特普菲尔原话的译文。特普菲尔的原话是："UNEP and China has agreed on the establishment of a UNEP Office in Beijing, Mr. Kunbao will be posted there as UNEP Representative. He is an ice breaker, the best Ambassador and the best link between UNEP and China."

我原来是国家环保总局的。他高兴地点了点头。他对联合国环境署驻华代表处的成立表示祝贺,重申了中国政府促进全球环境保护和可持续发展事业的立场和政策。特普菲尔对中国政府在环境保护方面所取得的成绩表示赞扬,希望代表处成立能进一步促进双方的合作。

美联社、法新社、路透社和《朝日新闻》等国外主流媒体对联合国环境署驻华代表处的成立作了大量的报道;新华通讯社主任记者王敬中用中英两种文字写的专稿,被国内外各媒体纷纷采用;联合国广播电台华语记者姚咏梅从纽约通过电话对我进行采访的专题报道被反复广播到世界各地的华人社区;联合国环境署的刊物"Tidbits"(《珍闻》)以"UNEP says Ni Hao, China!"(《环境署说:中国,你好!》)为题报道了我任职的消息,并附有福尔特先生所摄的我的照片。《联合国环境署 2003 年年度报告》将此列为该年联合国环境署的一项重大成果,作了详细的介绍;装祯十分精美的《中国绿色画报》以《绿色大使——访联合国环境规划署驻华代表夏堃堡》为题发表了我的照片和对我的专访。文章最后说:夏堃堡"是一位传播绿色

2003 年 2 月,作者在北京联合国大楼前

信息的使者，是一位传播绿色希望的大使"。

　　我担任联合国环境署驻华代表以后，组织和协调了联合国环境署在华项目的实施；协调和参与了联合国环境署全球环境基金项目和活动的开发和实施；代表联合国环境署参加了在华举办的重要环境活动；参加了在华联合国机构工作组的活动；我还代表联合国环境署参加了香港和澳门特别行政区举办的一些环境保护活动。我起草了中英两种文字的《北京奥组委与联合国环境规划署谅解备忘录》，为推动绿色奥运的实施做了一点工作。

在大三巴牌坊前的演讲

2003年11月，我收到了澳门特别行政区行政长官何厚铧的一封信，信中说："澳门特别行政区为提升澳门环保水平及加强公众对环境保护的关注和投入，已正式向联合国环境规划署提交竞逐2004年度'地球卫士'环保奖的申请。为推动这项申请，决定于今年12月7日在澳门举行澳门申请'地球卫士'启动活动，特邀请你作为联合国环境署的代表出席此次活动并发表讲话。"

收到邀请信后，我给澳门环境委员会执委会代主席黄蔓茳女士发了一封电子邮件，表示同意接受邀请并讲话。根据她的要求我准备了英文讲稿并给她发去。黄蔓茳答复说，他们已将我的讲稿做成投影幻灯，在我演讲时同时播放。

澳门申请地球卫士启动活动于12月7日在大三巴牌坊前举行。大三巴牌坊是澳门的象征。这座古代教堂的遗址今天被打扮得五彩缤纷，牌坊前飘着红色气球挂起的标语，上面用中英两种文字写着"齐心合力 擦亮地球"和"保护环境 你我有责"等口号。逾千名澳门居民聚集在牌坊前的台阶上，他们分别穿着七种颜色的T恤组成了"七色彩虹"，乐队演奏着动听的乐曲，广场两侧的花坛上绿草茵茵，鲜花盛开。澳门政府的领导和来自澳门的80个社会团体和企业的代表与居民相对而坐。行政长官何厚铧、中联办主任白志健、外交部驻澳副特派员吴红波、行政法务司司长陈丽敏、运输工务司司长欧文龙、环境委员会全体委员会主席梁维特以及环境委员会执委会代主席黄蔓茳等领导人出席了仪式。

仪式前，黄蔓茳将我介绍给何厚铧和其他领导人。何厚铧对我说："十分感谢你来参加今天我们这个活动。"我说："我能参加你们的活动感到非常荣

2003年12月，作者在大三巴牌坊前演讲

幸和高兴。"在开会以前，我曾问黄蔓莛："我发言用英语还是汉语？"她回答说："你代表联合国就用英语吧！"当我们在第一排就座后，我就此事又征求坐在我边上的白志健主任的意见。他说："他们都能听懂普通话，还是说中文吧！"

这样，我就离开英文讲稿，用中文演讲了。我在扼要介绍了联合国环境规划署职能及"地球卫士"环保奖项后说："我昨天和今天上午参观了澳门的一些公共事业机构和环保设施，澳门在环境保护和实现向可持续发展方面已经取得了很好的成绩，期望通过参与此次活动，加强联合国环境规划署和澳门的合作。澳门能否取得这个奖项并不重要，最重要的是把可持续发展在澳门这片美丽的土地上变为现实。"

梁维特主席也在会上讲话，他指出澳门土地资源有限，随着人口急剧增长，澳门已成为世界上人口最稠密的地区之一。澳门当局在20世纪80年代起，逐步投放大量资源加强环保基建，包括提高饮用水质素、完善垃圾处理、妥善污水处理与排放，并透过不断完备的环保基建，为澳门这个人口稠密的城市提高可持续发展的基础，使澳门的环境和居民生活素质维持在良好的水平。

在梁维特带领下澳门居民与80个社团和企业的代表，一同宣誓表达他

2003年12月7日，何厚铧等出席澳门申请"地球卫士"启动仪式。左二为作者

2003年12月8日，《澳门日报》登载的照片

们保护环境的决心。何厚铧担任监誓人。一幅分割成200块的澳门地图，安置在会场上。何厚铧等嘉宾和社团代表在一小块地图上盖上名为"绿色承诺"的印章。这幅地图将放到澳门各个社区，让居民盖上"绿色承诺"的印章，代表全澳居民共同保护地球的决心。

在澳门期间，我们在梁维特和黄蔓茳的陪同下，先后参观了澳门自来水公司、澳门污水处理厂、氹仔垃圾焚化炉中心，以及澳电力公司发电厂等公共事业机构。参观过程中，总有澳门各大媒体的记者随行采访。我看到，澳门在污水和废弃物处理、发电厂的脱硫和除尘等方面，都已达到国际先进水平。垃圾焚化炉中心将焚烧废物过程中产生的能量用来发电，使资源得到了充分利用，并减少了对环境的污染，给我产生了特别深刻的印象。我对记者们说："澳门在环境保护方面做了很好的工作，有的经验，如垃圾发电，值得向内地推广。"

我还说："目前'地球卫士'竞争激烈，为增强申请'地球卫士'的竞争力，澳门必须有一些新的突破，特别在资源保护方面，还要作进一步努力，以实现可持续发展。目前国际上提倡可持续生产和可持续消费。澳门是一个消费城市，在可持续消费方面要进一步加强。"

2004年12月8日,作者(左二)在路环发电厂参观　　2004年7月19日,何厚铧和作者合影

12月8日上午,我会见了时任运输工务司司长的欧文龙。他向我介绍了澳门环保工作的情况,并表示希望发展与联合国环境署的合作。我说,我将努力推动双方的合作。《澳门日报》、《大众报》、《华侨报》、《星报》和《正报》等各大报纸都在显著位置报道了启动仪式和我访问澳门的新闻和照片。

这次活动以后,黄蔓茳多次与我联系邀请联合国环境署领导人到澳门访问。何厚铧还给联合国环境署执行主席特普菲尔发去了邀请信。因为忙,特普菲尔未能应邀赴澳访问。

我于2004年7月和联合国环境署亚太地区办事处主任施雷斯萨(Surendra Shrestha)应邀一起参加了20日下午四时半在南湾湖广场举行的"全民环保周"启动仪式,再次来到澳门。

何厚铧和中央人民政府驻澳门特别行政区联络办公室副主任何晓卫、外交部驻澳门特别行政区特派员公署特派员万永祥等官员和2000多位澳门居民参加了此次活动。施雷斯萨代表联合国环境署讲话,对澳门举办这一活动表示支持,并希望加强联合国环境署与澳门的合作。

  仪式上,我和万永祥站在一起。我和他30多年前曾在外交部新闻司共事。万永祥"文革"后曾担任外交部副部长和驻巴西、朝鲜等国大使。我在离开了外交部后,成了一名环境外交官。经历了几十年的风风雨雨,我们久别重逢,分外高兴。

  何厚铧在他的办公室会见了施雷斯萨和我。他说:"夏堃堡先生两度来澳,对我们工作是很大的支持。我们非常感谢。"他向我们介绍了澳门环保工作的情况,表示希望与联合国环境署加强合作。施雷斯萨说:"你对环境保护工作的重视,给我留下了非常好的印象。夏先生告诉我,澳门的环保工作做得很好。你们的经验可以向全世界推广。联合国环境署和中国多年来有着非常良好的合作关系。我们十分愿意在这个合作框架内,开展与澳门的合作。"

  我两度访问澳门,对祖国的这块宝地有了更多的了解。

我与绿色奥运

2008年8月,第29届奥运会在北京举行。我在首都体育馆观看了一场女子排球的预赛,在国家体育馆看了体操和蹦床的决赛。我还在"鸟巢"看了残奥会的开幕式。后面两个活动都是晚上举行的,但我们每次都下午就去了。我、妻子和儿女一起行走在奥林匹克公园,看着绿色的草坪、蓝色的天空,呼吸着新鲜的空气,心里无比快乐,十分激动。北京,你实现了绿色奥运的承诺!

我为何激动?中国人百年梦想,今日成真,自然激动。还有,我曾经为绿色奥运做过一点小事。

2003年年底,我收到了联合国环境署宣传与公共关系司司长艾立克·福尔特先生(Eric·Falt)的一个电子邮件,说,第29届奥运会将于2008年在北京召开,联合国环境署计划与北京奥组委在奥运会筹备和举办过程中开展合作活动,以推动绿色奥运的实现,为此,拟签署一个《谅解备忘录》。他要我与北京奥组委进行初步接触,探讨开展合作的可能性。我立即作了答复,说我将努力推动此事,但建议我们先拿出一个《备忘录》的草案,然后再与北京奥组委会谈。福尔特答复,同意我的意见,并要求我起草这个文件,同时给我发来了有关材料,特别是联合国环境署的《体育与环境战略》以及联合国环境署和意大利2006年都灵冬奥会组委会签署的《谅解备忘录》等文件。《体育与环境战略》是在联合国环境署第22届理事会上通过的。《战略》要求联合国环境署在体育赛事中纳入环保的内容,特别要求联合国环境署开展与奥运会举办组织的合作,在奥运筹备和举办过程中开展环保活动,并通过此提高公众环境意识。

我认真地阅读了这些文件,还查阅了第29届奥运会的资料。在此基础上,

2008年8月,作者在国家体育馆观看体操和蹦床决赛

我起草了《备忘录》的英文稿,发给了福尔特,要他审定。他答复说,初稿很好,要我将此送北京奥组委,并与对方商谈。

《备忘录》主要内容是:联合国环境署和北京奥组会同意结为战略联盟,在第29届北京奥运会筹备和举办过程中合作开展环境活动,以促进绿色奥运的实现;双方将通力合作,促进将环境内容纳入第29届北京奥运会筹备和举办过程;联合国环境署将为北京奥组会制订奥运会筹备过程中有益环境的采购和合同指南提供支持;联合国环境署将为北京奥组会编写《可持续性年度报告》提供专业咨询和支持;双方将联合开展环保合作项目和宣传活动,活动所产生的宣传材料将在奥运场馆和周围社区广为散发;双方将联合开展媒体宣传活动;双方将合作保证在北京奥运会筹备和举办过程中《体育与环境21世纪议程》的实施。《体育与环境21世纪议程》是国际奥委会制订的一个使体育和环境相结合,促进可持续发展的行动计划。

1月中旬,我与联合国环境署驻华代表处行政助理张文娟一起,会见了北京奥组会环境活动部宣传处处长孙宏女士和综合处杨海燕小姐。我向孙宏提交了《备忘录》草案，并介绍了《备忘录》的目的和主要内容。我还告诉孙宏，联合国环境署已经和意大利 2006 年都灵冬奥会组委会签署了《谅解备忘录》，这是联合国环境署第一次与冬奥会举办组织的合作。联合国环境署希望与北京奥组会的合作《备忘录》也能签署，以推动绿色奥运的开展，如能达成协议，这将是联合国环境署第一次与奥运会举办组织的合作，具有重大意义。孙宏说他们对此进行研究后将会作出答复。

过了几天，杨海燕给张文娟来电话，说希望联合国环境署提供《备忘录》的中文稿。我让张文娟翻译了一个初稿。张文娟是联合国环境署代表处成立后经考核调入代表处工作的，她是学环境科学的硕士，英文也很好。译稿相当不错，我做了少量修改就定稿了。《备忘录》的中文稿传给了奥组会环境活动部。

2004 年 2 月，福尔特先生访华。他此行主要有两个目的，一是为将于当年 9 月在北京举行的联合国笹川环境奖 20 周年庆典做准备。笹川环境奖是联合国设立的最高环境奖项。国家环保局首任局长曲格平在 1992 年联合国环发大会期间由当时的联合国秘书长安南亲自授予此奖。2004 年此奖的得主则是当时我国家环保总局局长解振华，那时恰逢此奖设立 20 周年，因此决定当年 9 月在北京举行这次庆祝典礼兼授奖仪式。联合国环境署是负责此奖的机构，福尔特是具体负责人。在京期间，他与国家环保总局进行了多次会议，对 9 月的活动做出了安排。我陪同他出席，并参加了讨论。

二是与北京奥组会讨论签署《备忘录》一事。2 月 23 日，福尔特会见了北京奥组委环境活动部副部长余小萱，联合国环境署方面我和张文娟，奥组会方面孙宏和杨海燕也参加了会议。余小萱原来是北京环保局副局长，北京奥组会组建时调任此职，环境活动部当时没有部长，他是该部主要负责人，后来余小萱担任工程和环境部副部长。福尔特首先说话，介绍了联合国环境署在体育和环境方面的工作，说明签署《备忘录》是为了促进联合国环境署和北京奥组委的合作，推动绿色奥运目标的实现。福尔特然后说："夏堃堡先生是《备忘录》的起草人，现请他对草案做个说明。" 我遂就签署《备忘录》的背景、目的和合作活动做了说明。

余小萱然后说:"我们对环境署提出的《备忘录》草案做了初步研究,认为与环境署签署此《备忘录》,并在奥运会筹备和举办过程中开展合作,有利于绿色奥运的实现。绿色奥运,就是以改善北京的城市环境为重点,用环境友好的方式举办奥运会,通过筹办绿色奥运提高全民环保意识。但此事我们要与国际奥委会讨论以后才能定下来。"

福尔特感谢余小萱表达的积极态度,然后说:"夏堃堡先生是环境署驻中国的代表,他以后将就此事与你进行进一步的磋商,希望环境署与北京奥组会的合作顺利开展。"余小萱也表达了同样的愿望。

此后,我和孙宏处长一直保持着密切的联系,就《备忘录》的一些细节进行了讨论。但过了三四个月,仍未收到奥组会正式的肯定答复,福尔特多次给我发来电子邮件,询问进展情况。我坐不住了,让张文娟与奥组会环境活动部联系,要求约见余小萱。

余小萱热情地接待了我。我说主要想了解北京奥组会处理联合国环境署提出的《备忘录》一事的进展情况。余小萱说:"北京奥组会已经同意,现正与国际奥委会协商。环境署初稿中大部分内容都会同意,个别条款可能会有困难,例如,在奥运场馆和奥林匹克会旗一起挂环境署旗子那条。"我说环境署欢迎奥组会提出修改意见,并希望《备忘录》早日签署,双方的合作活动早日开始。余小萱说:"我们将把环境署的希望转告国际奥委会。我想此事很快可以定下来了,《备忘录》不久就会签署。"

我将这次会议的情况报告了福尔特。福尔特给我发来电邮,说他已将我的报告转呈特普菲尔执行主任,特普菲尔看了以后非常高兴。福尔特说:"感谢你积极而有效的工作。"

2004年8月,我退休。此后,我多年的同事、时任环境署地区合作司副司长王之佳对我说:"福尔特说,夏先生有一颗金子般的心。"(Mr.Xia has a golden heart.)别人可能很难理解他为什么这么说。我当时受环境署地区合作司和全球环境基金司领导,经费由这两个司分担,因此一般只做这两个司领导交办的工作。我在短短的一年多的时间里,做了许多福尔特让我办的事,特别是起草和谈判《备忘录》一事。这些可谓是分外事,但我也尽力做好了,所以他才发此感慨。

2008 年 9 月 6 日，作者和夫人观看残奥会开幕式前在鸟巢前

2005 年，该《谅解备忘录》由北京奥组委执行副主席刘敬民和环境署执行主任特普费尔在北京签字。在此合作框架下，环境署和北京奥组委联合开展了一系列绿色奥运的活动。

2007 年 10 月，环境署发布了《北京 2008 年奥林匹克运动会环境审查报告》。该报告是国际奥委会历史上首次认可的一项对奥运会所做的独立环境评估。该报告是环境署牵头编制的。新任环境署执行主任阿奇姆·施泰恩在报告的《前言》中说："在距离举办北京 2008 年奥运会不到一年之际，北京正在履行其环境方面的承诺。"该报告对北京在筹备 2008 年奥运会期间所做的环境保护工作，包括改善北京市的环境质量和场馆建设中贯彻绿色奥运的理念等方面，做了充分的肯定。报告被散发到世界各国，打消了许多运动员和其他奥运参加者对奥运期间北京环境质量的疑虑，为后来奥运会的巨大成功做出了贡献。

同年 10 月 25 日晚，由国际奥委会、北京奥组委和联合国环境规划署联合召开的第七届世界体育与环境大会在京开幕。北京市委书记、北京奥组委主席刘淇，北京市市长、北京奥组委执行主席王岐山，国际奥委会主席雅克·罗格，国家环保总局局长周生贤，环境规划署副执行主任沙夫卡特·卡卡赫尔

（Shafqat Kakakhel）出席开幕式并致辞。

2008年8月，联合国环境署新任执行主任阿奇姆·施泰恩在奥运会开幕前就来到北京，他发表讲话说："近几年来，北京在改善空气质量方面取得了突出的成就，这不但有利于参加奥运会的运动员，而且为北京居民留下了一份宝贵的财富。"

2009年2月18日，在联合国环境署第25届理事会上，联合国环境署发布了《北京2008奥林匹克运动会最终环境评估》报告。报告指出，北京奥运会实现了大多数在环境方面的承诺。从减少空气污染到大量投资公共交通和可再生能源，组织者们付出了极大的努力，使这个拥有巨大数量观众的奥运会成为一个生态友好型体育盛会。北京提高了环境标准，奥运会为北京这个城市留下了一份永久的环境资产。

告别联合国环境署

2004年7月,是我在联合国环境署工作的最后一个月,下个月,我就要退休了。月初,我想应该给联合国副秘书长、联合国环境署执行主任特普菲尔写封信,即写一个述职报告。这封信也就一页多一点,我花了整整半天时间写了个草稿,又在那里搁了两天,反复斟酌修改后才发出。对此,我自己都有点奇怪。此信所署日期为2004年7月8日,信是用英文写的,译成中文如下:

亲爱的特普菲尔博士:

在我即将完成环境署任职之际,我想就自1999年5月进入环境署以来我所做的工作向您作一简要的汇报。

作为环境应急协调员(1999年5月至2001年9月),我组织和参与了《联合国环境署关于预防、防备、评估、缓解和应对紧急事件的战略框架》的制订;组织和参与了对受到严重自然灾害的国家的技术援助,特别是中国的水灾和肯尼亚的旱灾。这些活动的成果已汇编成书出版。

作为能力建设部主任(2001年9月至2003年5月),我协调和参与了《为可持续发展的能力建设:联合国环境署能力开发活动综述》一书的编写和出版;对包括两个处的能力建设部在技术合作和教育培训方面的活动提供了指导和监督(卡尼亚罗在我的PAS上评语:夏堃堡提供了很好的领导);在司长不在总部上班时,担任司临时负责人,确保了该司的正常运行(卡尼亚罗在我的PAS上评语:夏堃堡自觉地做了此事)。

作为环境署驻华代表，我为代表处的创建和运作做出了贡献；协助和协调环境署在中国的项目的实施；协调和参与了环境署全球环境基金项目和活动的开发和实施；代表环境署参加了在华举办的重要环境活动；参加了在华联合国机构工作组的活动。

我在环境署工作的五年中，为促进环境署全球和区域议程的实施，为加强其在国家一级的作用，做了一点微薄的贡献。我是环境署第一个环境应急协调员，第一个能力建设部主任，也是第一个驻华代表。2003年2月在内罗毕召开的环境署第22届理事会期间，在中国环境部长解振华做东的一次晚宴上，您说："堃堡先生是破冰船，是最好的大使……"您告诉我："这是我的肺腑之言。"我为您所说的这些话深深感动。我清醒地认识到，这不是您对我工作的评介，而是对我的一种期望。我决心做好这个工作。现在，我可以告诉您，我没有辜负您的期望。

离开环境署后，我将享受人生，可能还要为可持续发展做一些小事。回顾过去，我对我所经历的和所做的一切感到满意。我几乎将我的一生都献给了保护全球环境的崇高事业。我知道，我的能力有限，贡献微薄，但我尽力了，尽了最大的努力。由于全世界人民，包括这个小小的中国人的共同努力，这个世界正在变得更加美好。我是沧海一粟。

对您、卡卡赫尔先生和联合国环境署领导层的其他人士对我的指导和支持，我表示衷心的感谢。没有你们的指导和支持，我将会是一事无成。

顺致崇高的敬意！

7月26日，我收到了特普菲尔给我的一封来信，所署日期为7月22日。来信的中译文如下：

亲爱的夏先生：

在您从联合国环境署离职之际，我对您自1999年5月加入并担任环境应急协调员以来对该组织所做出的出色贡献表示衷心的感谢。

在这期间，您为我们规划的实施和全球议程的成功做出了重大的努力。

我对您在环境署驻华代表处的成功建立及其运转过程中所做的工作表示诚挚的感谢。我相信，我们将继续保持密切的联系，尤其是在您已建立的牢固基础上，环境署在中国的作用将得到进一步的加强。

我代表环境署的全体同事，祝您万事如意。

特普菲尔除在信尾亲笔签字外，在台头处我的名字前手写了"dear friend"（我的朋友）两个字。在信下方又亲笔写了以下的话：

又及：我衷心希望，我们将保持联系！与您共事，对我来说是一段美好的经历。我个人向您致以最良好的祝愿，祝您有一个健康和成功的未来！你的 K.T.

退休后，我于 8 月给我的朋友、联合国助理秘书长、联合国环境署副执行主任卡卡赫尔发了一个电子邮件，向他告别，他很快给我回了一个邮件，全文如下：

我亲爱的堃堡：

我从芬兰出差回来后读到了你 8 月 22 日的邮件，十分感谢。还感谢你告诉我你的近况。我很高兴地得知，经过一段繁忙的工作以后，你已从联合国退休，并已安顿下来。

你到达内罗毕担任中国常驻联合国环境署副代表时，我是巴基斯坦高专兼常驻联合国环境署代表。自那以来，我们一直保持着友谊。你加入环境署以后，我们之间的合作得到了加强。直到你近日退休，我们一直保持着密切的联系。在你在环境署任职期间，你工作非常努力。你不但表现出了非凡的能力，而且表现出对联合国的原则和价值观的无限忠诚。

希望不久的将来在中国或者在内罗毕见到你。同时，祝你，你的夫人和其他家庭成员万事如意。我再一次感谢你对我的真诚的友谊。

我夫人与我一起向你和你的夫人致以诚挚的问候！

联合国环境署地区合作司司长克利斯蒂娜·波尔凯和亚太地区办公室主任萨雷特拉·施雷斯萨也给我发来了电子邮件。

波尔凯说：

感谢您将致特普菲尔博士的信抄送给我。感谢您所做的一切工作和所做出的一切努力！我真正相信，您做了了不起的工作（great job）。

施雷斯萨说：

我想与我的同事一样对您为提高环境署在中国的形象所做出的努力表示感谢。人们对您的许多贡献都非常赞赏。我个人希望感谢您对我提出的建议以及对我表达的友谊。我相信，我们在将来还会有机会因公事或私事而再次见面。我相信，在小事休息后，您还会再度活跃在环境舞台上。

我还收到了多封联合国环境署同事发来的电邮，其中詹穆士·卡玛拉（James Kamara）的较有代表性，特摘录如下：

得悉您从环境署退休，颇为难受，因为您是我一生中对我影响最大的人物之一。您在执行公务中所表现出的坚定不移、远见卓识、正确的判断能力和业务能力，一直使我为您感到十分骄傲。您在内罗毕工作的短暂时间里，在环境应急方面取得了出色的成就。我们会一直想念您。

我祝您退休生活愉快，万事如意。

United Nations Environment Programme

Ref: DRC/OUT/China   22 July 2004

Dear Mr. Xia, dear friend,

On the occasion of your separation from the United Nations Environment Programme (UNEP), I would like to express my sincere appreciation for the excellent contribution you have made to the Organization since you joined in May 1999 as the Coordinator for Emergency Response.

During this period, you made considerable efforts towards the success of our programme delivery and global profile.

I would also like to extend my genuine appreciation for the work that you have undertaken in the successful establishment and operation of the UNEP China Office. I am sure that we will remain in close contact, especially as UNEP's profile in China continues to be enhanced, building upon the strong foundations you have instituted.

On behalf of our many colleagues in UNEP, I wish you the very best in your future endeavours.

Yours sincerely,

Klaus Toepfer
Executive Director

Mr. Xia Kunbao
Coordinator
UNEP China Office
Beijing 100600
P R China

Fax: 86 10 65322567

P.S.: I sincerely hope that we can stay in contact! It was a good experience for me to work with you. My best personal wishes for a healthy, successful future!

Yours K.T.

作者 2004 年 7 月收到的特普菲尔的来信

向解振华总局长的汇报

2004年上半年，国家环保总局局长解振华因病手术住院。我曾三次与他秘书吴国增联系，要求到医院看望。吴国增说："根据医生意见，解局长应尽量减少探视。他出院后你再去看望他吧！"

那年8月，我同时从联合国和国家环保总局正式退休。按常规，我应在退休前见解局长并向他作最后一次汇报，但由于上述原因，我没有去打扰他。9月，他出院了，后来听说已经上班，开始到办公室处理重大事情。我觉得应该向他作最后一次汇报了。我通过吴国增提出了拜访的请求。吴国增请示了解局长，很快得到了同意。

2004年9月20日，金秋时光，我来到了国家环境保护总局，拜访了解局长。他是中共中央委员，刚出席了党的十六届四中全会。这几天在向环保总局的干部们传达会议的精神。我在上午全局大会前20分钟进了他的办公室。他比以前略微消瘦了一点，但神采奕奕，一点也不像刚出院的人。我知道，在这种时候长篇大论地向他汇报工作是不合适的。我简单地说了几句话。首先对他表示慰问，说很高兴看到他很快康复。我还告诉他，我已从联合国环境署退休，并也办好了从国家环保总局退休的手续，对他多年来对我工作的支持和指导表示感谢。他听了显得很高兴，说："你这么多年，干得不错。退休后应继续做点工作。"我说："我想写点东西。"他说："可以写环境外交。"他大病初愈，不宜说太多的话。他没有用华丽的辞藻，这是他一贯的作风，短短的一句话，对我近20年来的工作作了充分肯定的评价，还对我退休后的生活谈了看法，我感到满意。临别时，我请他多多保重身体，并告诉他，我已将一份向他汇报我近20年工作的简短报告交给了吴国增。我说："你不必全看，只要看一下最后一句话就可以了。"他微笑着点了点头，将我送到门口。

下面是这份报告的全文：

解局长：

欣悉您在身体不适住院治疗后已康复，并出席了党的十六届四中全会。在此向您致以诚挚的问候和祝贺。盼您保重身体，以领导我国环保事业推向新的高峰，并为全球环境保护和可持续发展事业做出更大的贡献。

我已于今年八月从联合国环境署退休，同时也办理了从国家环保总局退休的手续。自我 1985 年进入国家环保局以来，一直从事环境外交的工作。在与联合国环境署、其他联合国机构和国际组织以及外国政府和民间团体在环境领域的合作中，我在您和曲格平局长的领导下做了一些具体工作，为中国和全球环境保护和可持续发展事业做了一点微薄的贡献。最近曲格平局长对我说："你为环保局的外事工作打下了一个基础。" 我回答说："我协助您和解局长做了这件事。"

经您推荐，我于1999年5月进入联合国环境署任职。五年多来，我为推进环境署的全球和区域议程，促进全球的环境合作，特别是加强与中国的合作，做了一点点工作。我能力和水平有限，但尽了最大的努力。特普菲尔执行主任在我退休时亲自给我来信，说："对你1999年5月进入联合国环境署任职以来所做出的出色贡献表示衷心感谢……"他亲笔在信上写了"我的朋友"等一段对我工作加以肯定并表示友好的热情洋溢的话。联合国有一个对其职员的年度考核制度，前几次给我评定的等级均为"充分并成功地完成任务"，最后一次是"经常超额完成任务"。

回首过去几十年风雨人生，我不因碌碌无为而悔恨，而能为使这个世界变得更加美好做一点微薄贡献而骄傲。但我清楚地知道，我是沧海一粟，做的事情实在是微乎其微。退休以后，我将享受美好人生。但我不会忘记一个共产党员的责任，将继续为人类的环境保护和可持续发展做一些小事。

我向您和其他领导，向环保总局的同事们表示衷心的感谢。没有您和其他领导的有力领导和帮助，没有同事们的支持和努力，就没有我的微薄贡献和骄傲。

祝您身体健康，万事如意！

走出解局长的办公室，我的心久久不能平静。20年来我与他交往的情景一幕幕出现在我的眼前。

1984年年底，我来到了国家环保局局长曲格平的办公室，告诉他，中国科学院环境化学研究所所长刘静宜已经同意我调往国家环保局工作。曲格平局长非常高兴，立即拿起电话，让当时的人事处处长解振华到他办公室来。这是我第一次见解振华。他看上去30多岁，十分年轻，高大魁梧，戴着一副眼镜，给人以十分精明能干的印象。曲格平局长对他说："中国科学院环境化学研究所刘所长已同意放夏堃堡了，你办理调入手续吧。"听口气，他们以前已经商量过我的事。解振华说："我马上办。"

不久，我就收到了调令，来到国家环保局报到，首先进了解振华的办公室。解热情地与我握手，说："欢迎你来环保局工作"，并告诉我："你被任命为外事处副处长。"

1990年5月，解振华被任命为国家环保局副局长，我被任命为外事办公室主任。解振华分管外事，成了我的直接领导。我经常出入他的办公室，向他汇报工作，接受他的指导。解振华思想敏锐，对中国和全球的环境问题有非常深刻的认识和独到的见解，对环境领域的国际合作，也能提出很好的指导意见。

1992年，中国环境与发展国际合作委员会成立，解振华任秘书长，我任副秘书长。1993年后，他又担任国合会副主席。为了国合会，他花费了很多心血。在会议期间，为了整理委员们在会上提出的向中国政府的建议，他和我以及国合会秘书处其他人员一起，经常通宵达旦地工作。他处理问题果断机智。在国合会第五次会议开幕晚宴上，国合会创始人之一、国际友人马丁·里斯因对他的排位不满而扬长而去，解局长当机立断，单独宴请了他，平息了

1991年10月,在联合国环境署和国家环保局在黄山联合召开的环境与旅游国际研讨会期间,作者和解振华迎客松前合影

一场风波。解局长廉洁奉公。当时根据有关规定,给参加国合会会议工作的工作人员发少量的劳务费。在国合会第一次会议后,财务人员也给解局长送去一份,但他不接受,说:"其他同志可以拿,我不能拿。"以后就不给他发了。

1992年年初,我向解局长提出,希望到内罗毕担任中国常驻联合国环境署副代表。我长期从事环保领域的国际合作,但一直在国内工作,很希望此生有一次国外工作的经历。解局长听了后说:"你现在是外办主任,副司级。我们计划向国务院提出,在环保局设国际司。将来国际司建立,你当上国际司司长后再出去常驻也不晚。"我听了,很受感动。

1993年,曲格平被任命为全国人大环境与资源保护委员会主任委员。解振华被任命为国家环保局局长。原外办副主任叶汝求被任命为环保局副局长。外办升格为国际合作司,我被任命为国际司司长。叶汝求成了我的直接领导。自那以后,我一般都是向叶汝求汇报,有重大事情时,也向解振华汇报。我还经常陪同解会见外宾,也曾陪同他出国访问。在会见外宾时,他总能把中国环境问题和对策讲得非常清楚,对有关中国国民经济和环境保护的各种数

1997年1月，中国代表团在内罗毕联合国大院内合影。前排左起：张小安、解振华、作者；后排左起：王之佳、张世钢、白长波、蔡立杰

据，如数家珍，得到不少外国客人的称赞。他总能利用各种场合，宣传中国在全球环境问题上的立场，为促进国际环境领域的合作，做了很多工作。

1996年9月，我被任命为中国常驻联合国环境规划署副代表，并于同年10月赴肯尼亚首都内罗毕任职。

1997年1月27日至2月7日，在内罗毕召开了联合国环境署第19届理事会。中国派出了由外交部和国家环保局组成的代表团出席，解振华是团长、代表，安永玉大使和我是副团长、副代表。会上，发达国家和发展中国家在建立联合国环境署另一个附属机构的问题上产生了严重分歧，会议开得十分艰苦。中国代表团在解振华的领导下，本着支持联合国环境署，促进国际环境合作的精神，发挥了建设性的作用，为后来达成协议做出了重大贡献。

1998年年初，联大通过任命曾任德国环境部长和建设部长的特普菲尔担任联合国副秘书长、联合国环境署执行主任。特普菲尔就任后，决定对联合国环境署机构进行一系列改革，将新设立若干个高级职位。我决定申请联合国环境署的一个职位。我把我的想法和安永玉大使提出后，得到他的支持。

2004年6月5日，在"全国绿色社区创建活动启动仪式暨绿色家庭现场展示会"上，作者和解振华等与少年儿童合影

他给解局长写了一封信，建议解振华写信推荐我进入联合国环境署。1998年3月，国家环保局升格为正部级的国家环保总局，解振华被任命为局长。当年7月初，由解振华局长签署的推荐信被传送到了大使馆。他在信中说："夏堃堡是一位优秀的环境外交官，长期从事环境保护领域的国际合作，具有丰富的国际环境事务的知识和经验，特推荐他担任联合国环境署的一个高级职务。"7月17日，安永玉大使向特普菲尔执行主任递交了此信。在以后的几个月中，在北京和世界的其他地方，解局长曾数次亲自向特普菲尔口头推荐。1999年4月下旬，特普菲尔任命我为副执行主任卡卡赫尔的特别顾问，负责环境应急工作。我于5月中旬开始在联合国环境署上班。

按联合国规定，其职员只向联合国秘书长或他指定的联合国官员汇报工作。我进入联合国后，按此规定，不再向解振华正式汇报工作了，但是，每年年末，我都要给他写一封信，向他报告我的工作情况。每次我回北京出差或休假时，也总要见他，向他报告有关情况。他每次都热情地会见我，并给我提出一些非常有益的意见。

联合国环境署设有一个笹川环境奖，是联合国内环境领域的最高奖项，专门授予世界上在环境保护领域做出了杰出贡献的人士，每年授予一人或两人。老局长曲格平在1992年联合国环境与发展大会上曾获得此殊荣。联合国环境署负责此奖项具体工作的是联合国环境署宣传与公共关系司。2002年年末的一天，该司司长艾立克·福尔特先生打电话给我，要我到他办公室去。福尔特告诉我，他们正在挑选2003年笹川环境奖得主，曲格平先生等人已向联合国环境署推荐解振华。他说："我希望听听你的意见。"我说："解先生一生从事环境保护工作，为中国环境保护事业做出了重大贡献。在过去近10年中，他是中国环保部门的主要领导人。他领导下的中国环保工作取得了很大成就，也为全球的环境保护和可持续发展事业做出了贡献。我们应当将笹川环境奖授予他。"我详细地向他介绍了解振华的工作和中国环保工作取得的成绩。福尔特说："你的这些意见，我们会写入评估报告，报送特普菲尔执行主任和评估委员会。"

2003年，解振华被授予联合国笹川环境奖。

20多年中，我与解振华结下了深厚的友谊。他是我的领导，也是我绿色人生路上的挚友。

第四章

我与联合国环境署的不尽缘

加盟 IISDRS

2004年8月，我从联合国退休。我给国际可持续发展研究院报道部（International Institute for Sustainable Development Reporting Services，简称IISDRS）主任吉姆发了一个电子邮件。这位先生的全名很长，叫兰斯顿·詹姆斯·吉姆·高利 VI（Langston James "Kimo" Goree VI），大家都叫他吉姆。我对他说，我退休后想加入他所领导的报告部。

国际可持续发展研究院（简称IISD）设在加拿大韦尼佩格，是国际上一个研究环境与发展问题的著名的非盈利性学术机构。1992年，吉姆和帕梅拉·查斯克（Pamela Chasek）一起创建了一个报告部，设在IISD，专门为联合国和其他国际机构举办的环境与可持续发展领域的重要会议撰写《地球谈判报告》（Earth Negotiation Bulletin，简称ENB）。吉姆和帕梅拉都是美国人，因此报告部办公室设在纽约。

1992年3月2日至4月5日在纽约联合国总部召开了联合国环境与发展大会第四次筹备委员会会议。我作为中国政府代表团团员出席会议。那次会议上，我第一次看到了ENB。每天一份，总结前一天谈判的情况。这对我们了解会议进展和各代表团的立场非常有用。吉姆和帕梅拉一起在这次会议上创建了ENB。他们两人当时只是合伙人，后来，ENB使他们结为伉俪。

1995年9月，联合国第四次世界妇女大会在北京召开。开会前两天，IISD高级项目官员、加籍华人杨婉华女士给我打来了一个电话，告诉我她已经来到北京，准备参加世界妇女大会，还说ENB的负责人吉姆带了一个小组，也已来京，将为大会撰写ENB。吉姆让她帮忙在北京找一个为ENB小组提供后勤服务的后勤员（Logistics Coordinator），杨婉华请我帮忙办这个事。

我与杨婉华已认识多年。她原来是中国国家环保局所属《中国环境报》

英文版的编辑，20世纪90年代初赴美国担任访问学者，并于1994年获得印第安那大学法学硕士学位，然后移民加拿大。1992年成立了中国环境与发展国际合作委员会（简称国合会），加拿大国际开发署是主要财政支持者，IISD则是一个重要的技术支持单位。当时IISD所长阿瑟·汉森（Arthur Hanson）和高级研究员、后来任IISD所长的戴维·拉诺斯（David Runnals）都参加了国合会的工作。我当时是国合会的副秘书长。1994年，国合会进入第三个年头，汉森和拉诺斯当时正在物色一名项目官员，协助他们做国合会的工作。我就把杨婉华介绍给了他们。他们对她考核后，就录用了。

我对杨婉华说，可以为吉姆办那件事，但最好与吉姆见个面。经杨婉华安排，我在吉姆下塌的五洲大酒店见到了他。这是我第一次见这位ENB的创始人。吉姆那时30多岁，留着小胡子，看起来比他的实际年龄要大，西装笔挺，很是精神。我对他说，我非常喜欢ENB，每次参加国际谈判，都会阅读。他很高兴。吉姆给我介绍了后勤员的任务，说一项主要工作是给ENB小组买饭。为节省时间，小组成员在办公室用餐，后勤员在饭馆买饭并将它送到办公室。此外，他还负责安排ENB的印刷和散发等后勤服务。后勤员的伙食交通费可以报销，并发给报酬。

我儿子夏雷在《北京青年报》国际部找了一名懂法文的记者，介绍给了吉姆。英语是ENB的工作语言，但吉姆等人也懂法语，因此，我儿子找的这位后勤员被接受了。吉姆后来对我说，他干得不错，有一次，他在酒店餐厅买了烤鸭，并让服务员将烤鸭送到ENB办公室，当着大家的面片鸭，使大家十分兴奋。吉姆一直将此作为ENB历史上的一件趣事说给大家听。

IISD报告组后来发展到几十人，除吉姆等少数专职人员居住在纽约外，所有ENB撰稿人分布在世界各国，大多数是高学历的年轻人，少数几个是退休人员。哪里有会议，他们就到哪里。ENB成了世界上在环境和发展领域最具权威的报告，受到联合国、其他国际组织、各国政府和非政府组织以及各国参加环境和发展领域国际谈判人员和研究人员的热烈欢迎。吉姆除提供对IISDRS的领导外，还有一项重要工作是筹措资金。资金由若干发达国家政府和有关联合国机构和国际组织提供。

后来我在内罗毕和北京等地多次碰到吉姆。

1998年年中，我收到吉姆的一个电子邮件，说ENB已做了多年，但迄今没有做联合国环境署的会，很希望给联合国环境署理事会等重要会议写ENB，希望我能促进。我答复说，我将尽力促成此事。这是我第二次帮吉姆的忙。我首先找了当时的联合国环境署副执行主任卡卡赫尔。他对ENB有所了解，我没费太多口舌，他就同意了，但说，此事要常驻代表委员会讨论通过才能办。我当时担任联合国环境署常驻代表委员会副主席。我在该委员会会议上提出了这个问题，并对ENB做了详细介绍。经过一番讨论，常驻代表委员会接受了我的建议。

联合国环境署正式通知吉姆，欢迎IISDRS派员出席于1999年2月1日至5日在内罗毕召开的联合国环境署第20次理事会/全球部长级环境论坛，并为会议撰写ENB。我作为中国政府代表团团员出席会议。会前，我在会场碰到了吉姆。他过来和我拥抱，连声说："Thank you！"，显得十分兴奋。会场靠近主席台一侧的一张长条桌上，放着写有"ENB"的牌子，四名IISDRS成员已在桌上支起了手提电脑，准备做记录。

在这四名IISDRS成员中，有一位是前面已经提到的我多年的同事和朋友白长波，我们叫他小白。

小白1992年举家移民加拿大。由于加拿大不承认中国的法学学位，小白开始在大不列颠哥伦比亚大学重新攻读法学学位。他给我发来电邮，说学的东西都是他知道的，有很多空闲时间，希望能找一个非全职的工作。

认识吉姆以后，他把我放在IISDRS的mailing list（邮件名单）上。ENB和其他信息会不断地发到我的邮箱内。我当时刚收到一个通知，说IISDRS正在招收ENB撰稿人。我觉得这个工作很适合小白。就将通知转给了他。我同时给吉姆发了一个电邮，推荐小白。这样，小白很快成了一个IISDRS的成员。

IISDRS对联合国环境署第20次理事会的报告非常出色，得到了联合国环境署副执行主任卡卡赫尔等高层领导的赞扬。此后，IISDRS出现在每一个联合国环境署的重要会议上。

2003年2月，在内罗毕召开联合国环境署第22次理事会/全球部长级环境论坛。我以联合国环境署高级职员的身份出席会议。会前，我在ENB

的位子上，看到了一个我的朋友安德烈·瓦维洛夫（Andrey Vavilov）。他原来是俄罗斯常驻联合国环境署副代表，退休后加入了 IISDRS。IISDRS 的成员，以前我见的都是年轻人，因此从来没有想到自己要去做这个事。安德烈做 ENB，给了我启发。我想，再过一年多，我就退休了，退休后是不是也可以做此事呢？

临近退休时，我给联合国环境署执行主任特普菲尔写了一封信，说，退休后还要为全球环境和可持续发展事业做些小事。我发现自己身体还很健康，应该也可以做些小事的。ENB 看来是一件合适的事，因此给吉姆发了那个电邮。吉姆很快答复，说："像你这样一位资深环境外交官加盟 IISDRS，将提高我们这个组织的声誉，我表示热烈欢迎。"

在吉姆的安排下，我于 2004 年 9 月赴纽约，出席在联合国总部举行的联合国森林论坛的会议，学习写 ENB。

2005 年 2 月 21 日至 25 日，在内罗毕召开联合国环境署第 23 次理事会 / 全球部长级环境论坛，我和安德烈作为 IISDRS 报告组成员出席。

我和安德烈共同的老朋友、联合国环境署副执行主任沙夫卡特·卡卡赫尔是这次会议的主要组织者。按照 IISDRS 的常规做法，报告组为了能客观真实地反映会议情况，会前应向会议组织者了解有关背景和信息。这次报告组组长知道我与沙夫卡特熟，一周前给我发来邮件，让我与他联系，请他给我们做个介绍。我给沙夫卡特发了一个邮件，他很快回复，同意在 20 日上午见我们。

那天，报告组 6 人按时到了吉吉里联合国大院，进了一个小会议室。沙夫卡特见了我和安德烈，过来与我们拥抱，然后与其他人握手。他指着我和安德烈说："这两位是我的老朋友了。"他还说："ENB 做得很好，我每期都看。"然后，他给我们详细介绍了这次理事会要讨论的问题和可能的结果。他的介绍使我们对会议的情况有了更深入的了解，为我们在报告中更客观真实地反映会议的情况创造了条件。

2006 年 10 月，在北京召开了"全球保护海洋免受陆源污染行动计划（GPA）第二次政府间审议会"。GPA 是联合国环境署管理的保护全球海洋的一个方案，其办公室设在荷兰海牙。办公室主任是梵特威特（Veerle

2005年2月，沙夫卡特给ENB小组介绍情况。左起：作者、沙夫卡特、安德烈

Vandeweerd）女士。该办公室隶属政策实施司，就是我在总部工作时所属的那个司，因此我和梵特威特女士很熟。

IISDRS决定派一个小组为会议撰写ENB。我对GPA非常熟悉，没有一个人比我更适合做这次会议了。但是，小组名额有限，为了使没有来过中国的IISDRS的同事们，尤其是我的朋友安德烈能来北京参加这次会议，我没有申请参加。

IISD报告组共6人，安德烈是其中的一个，主任吉姆也来到了北京。

会议召开的前一天晚上，IISDRS小组在吉姆下榻的长城饭店共进晚餐，邀请我参加。在晚餐时，吉姆深情地说："我们IISDRS有老夏和安德烈两位资深外交官，我感到非常骄傲。他们有丰富的知识，很强的分析能力，又十分谦虚，ENB写得很好。我提议为他们的健康干杯。"安德烈和我感谢吉姆说的这些好话。我说："我做ENB，一是为了继续为全球环境和可持续发展事业做些小事；二是为了我自己的快乐和健康。和年轻人在一起工作，我觉得自己年轻了许多，感到非常快乐。"

2008年2月20日至22日，在摩纳哥的格力马儿迪（Grimaldi

2008年2月，作者和吉姆在联合国环境署第10次特别理事会／全球部长级环境论坛上

Forum）会议中心召开了联合国环境署第10次特别理事会兼全球部长级环境论坛。我以IISD报告组成员的身份参加会议的工作，这是我退休后第三次以此身份参加联合国环境署理事会了。

这虽然是一次只有3天的会议，但IISDRS派了一个8人小组参加，可见我们对此会议的重视。吉姆亲临会议指导。

会议主要讨论筹措资金应对全球气候变化和加强全球环境管制两大议题。会议通过了五个决议。这些决议的实施将加强联合国环境署在全球环境治理中的作用，推动全球的环境保护事业。

开会时，我们在会场用手提电脑轮流做记录，然后整理为文字后交给报告组组长。组长再汇总成一个初稿。晚上，我们全体人员一起对初稿进行编辑，每天往往都要工作到深夜。每天出一份报告，第二天人们就可以在网站上看到，与会者也可在会场拿到书面的报告。同时，每次会议还有一位电子编辑，负责在会场照相，并建立一个网页，有照片和会议简报，该网页和ENB报告连接。会议结束后，我们要花两天时间，写一个总结报告，然后放到网上，并长期保存。

2008 年 5 月，在纽约联合国总部召开的联合国可持续发展委员会第 16 次会议上，作者把联合国副秘书长沙祖康介绍给吉姆

会议虽然只有三天，但我们实际工作了一周。会议结束后，后勤员南西带我们在摩纳哥参观游览，过得很愉快。

除做联合国环境署的会议外，我还做联合国可持续发展委员会和《联合国荒漠化公约》等方面的会议。

ENB 将我与联合国环境署再续缘，ENB 让我继续行走在绿色大道上，ENB 使我再次访问内罗毕、纽约、日内瓦和曼谷等我去过很多次的地方，ENB 还使我去了阿根廷、西班牙、葡萄牙、罗马尼亚、奥地利、摩纳哥、塞内加尔、印度尼西亚和土耳其等以前从未去过的国家，使我此生访问过的国家达到了近 50 个，ENB 给我增添了许多的快乐。

我任 IESD 客座教授

2006年5月21日，在上海同济大学环境学院四楼报告厅，我应邀给小岛屿国家可持续发展国际研修班的学员作了题为《国际环境外交与小岛屿发展中国家》的报告。参加研修班的是来自世界各地22个小岛屿国家环保、计划、商务、工业和外交等政府部门的24名官员。研修班由我国商务部主办、联合国环境署／同济大学环境与可持续发展学院（UNEP/Tongji Institute for Environment and Sustainable Development，简称IESD）承办，是我国政府的一个对外援助项目。讲课前举行了一个授予我 IESD 客座教授称号的简单仪式。

仪式由该院办公室主任蒋大和教授主持，他相当详细地介绍了我的经历和专长，然后由 IESD 副院长李风亭教授授予我证书。该证书由同济大学副校长、IESD 院长赵建夫教授签署。外国学员们热烈鼓掌。我先后有过司长和主任等的行政头衔，也有过副译审和特约研究员等技术职称，但我从来没有像今天这样激动过，我又一次感到了肩上担子的沉重。

听课的都是外国人，我当然只能用英语讲课。我退休后，先后在中国社会科学院、清华大学、北京外国语大学、中国科技大学等处讲过《环境外交》，但大多是用中文授课。我发现我用英语授课也很自然流利，我的讲课受到了外国学员的欢迎。好几个学员对我说，他们很喜欢我讲的课。我在休息时对有的学员说，在你们22个小岛屿国家中，我仅仅去过毛里求斯和塞舌尔。我在塞舌尔还花了150美元买了一个稀世珍宝，叫 Coco d Mer（海椰子）。

建立 IESD 的想法最先是原同济大学校长、后来担任教育部副部长的吴启迪教授提出的。为此，早在2001年，她找到了曲格平，请他帮忙牵线搭桥。曲格平是北京大学、清华大学和同济大学等国内多所著名院校的兼职教

2006年5月21日，李风亭教授授予作者客座教授证书

授，也是美国哈佛大学和英国牛津大学的客座教授，因此吴教授称曲格平为教授。她知道曲格平与联合国环境署执行主任特普菲尔关系很深。早在10多年前，同济大学通过他成功邀请特普菲尔接受担任该校名誉教授。特普菲尔是德国人，曾先后担任德国环境部长和建设部长。同济大学与德国的关系源远流长。特任名誉教授使同济与德国的关系有了进一步的发展。但当吴教授这次请曲格平教授帮忙时，曲格平教授没有马上答应。他对吴教授说："联合国环境署不可能提供太多的资金支持，建立这样一个学院，你们必须主要依靠自己解决经费问题。"吴教授说："我们建立这个学院不是为了争取资金支持，主要是要联合国这块牌子。通过与联合国建立联合学院，提升同济大学在世界上的地位。"后来曲格平教授对我说起此事时说："我听她这么一说，我觉得吴启迪这个人很有头脑。就决定帮她这个忙。" 在一次特普菲尔访华期间，曲格平会见了他，正式向他提出了建立联合国环境署／同济大学环境与可持续发展学院的建议。他的建议立即得到了特普菲尔的积极响应，后来他委托联合国环境署亚太地区办事处主任施雷斯萨办理此事。施雷斯萨专程来华与同济大学进行了磋商，很快达成了协议。

2002年5月，IESD正式成立。该学院的目标是：为亚太地区各国培养环境与可持续发展方面的人才；发展环境教育项目，提高发展中国家的研究、技术与管理能力；传播最先进的环境技术和实践信息；为联合国环境署的全球和地区活动做贡献。联合学院的成立仪式和学院新大楼的奠基仪式同时进行。特普菲尔执行主任和上海市副市长韩正出席。2003年2月，韩正当选为上海市市长。此后，他写信给特普菲尔，邀请他担任上海市环境保护顾问。特普菲尔欣然接受。这一年，特普菲尔三次访华，促进了联合国和中国在环境领域的合作。

IESD挂牌以后一年多的时间里，进展甚微。2003年7月，我回到北京，担任联合国环境署驻华代表，开始参与启动IESD的工作。

联合国环境署亚太地区办事处主任施雷斯萨于2003年8月23日至28日访华。他此行的任务之一是启动联合学院。

26日，我和施雷斯萨一同飞到上海。我们在同济大学会见了该校校务委员会主任周家伦教授和副校长、IESD院长赵建夫教授等，就如何启动IESD的计划进行了磋商，一致同意在9月召开IESD研讨会。

2003年9月，特普菲尔带领数名联合国环境署高官访华。特普菲尔此行要做三件事。第一是主持联合国环境署驻华代表处成立仪式；第二是召开联合国环境署亚太地区环境政策对话会；第三是召开IESD研讨会。这三项活动均在北京举行，组织工作主要由我负责。联合国开发署（UNDP）驻华代表处、国家环保总局和同济大学分别对上述三项活动的组织工作给予了大力支持。

17—18日，IESD研讨会在北京召开，特普菲尔、曲格平、国家环保总局副局长潘岳、同济大学校长万钢、副校长赵建夫等出席并讲话。出席会议的还有亚太地区近10所名牌大学的校长、系主任和教授。会议决定成立同济大学为核心的亚太地区大学联盟，包括澳大利亚的新南威尔士大学、格利菲斯大学和卧龙岗大学，新加坡的南洋理工大学，泰国的亚洲理工学院，以及美国耶鲁大学森林与环境学院等，以支持IESD的可持续发展教育。

为组织此次会议，我和联合国环境署驻华代表处行政助理张文娟、同济大学年轻女教师刘文曼，还有联合国环境署亚太地区办事处的项目官员布拉特汉（Mahesh Pradhan）等人，通宵达旦地连续工作了30多个小时。

IESD 的发起人吴启迪因有其他更为重要的公务不能出席会议，但她与特普菲尔在17日晨在西苑饭店共进早餐。施雷斯萨和我陪同出席。这是我第一次见到吴。她看上去十分年轻。特普菲尔把我和施雷斯萨介绍给她。入席以后，她和特普菲尔开始用德语交谈。但当她发现我们这两个陪同人员都不懂德语时，立即改用英语交谈了。她的德语和英语都十分流利。他们一边用餐，一边商谈围绕IESD的合作事宜。早餐结束，要谈的事情也都谈完了，并取得了一致意见。我对吴副部长十分钦佩。

2003年7月末我退休前，施雷斯萨和我访问了澳门，然后一起到了北京。

22日，我陪同施雷斯萨到教育部拜访了吴副部长，讨论如何落实她和特普菲尔商定的合作事宜。我又一次被她的能力和水平所感动。

2004年年末，李风亭教授在刘文曼的陪同下到我家里，邀请我担任IESD客座教授，为该学院学生授课。我说，我20多年来一直从事环境外交，我只能讲这个题目。他表示同意。

在2006年5月举办的小岛屿国家国际研修班期间，李风亭教授告诉我，IESD 将于当年9月举办环境与可持续发展硕士班，招生工作已经基本完成，

2006年11月，作者和IESD第一届硕士研究生班学生在学院门牌前合影

共有20名学生，其中10名来自我国，其余10名来自亚太地区其他国家。他与我商量了我在硕士班讲课的问题。我告诉他，我在一年前已写出了我教课程的教学大纲。

　　2006年11月，我赴上海，在IESD硕士班用英语讲了一个星期的课。这是IESD第一届硕士研究生班，专业是环境科学。全班14名学生，其中5名是外国学生，分别来自土库曼斯坦、泰国、巴西、蒙古和萨摩亚。那位萨摩亚学生还拥有新西兰国籍。9名中国学生中，有1名来自澳门。外国学生都在各国环保等政府部门工作过，中国学生则都是应届大学毕业生。我教一门名为《环境政策和机构》课程的一部分，题目是《国际环境外交》，包括《国际环境管制》和《国际环境法》等部分。

　　11月6日，星期一下午，是我第一次上课。我先让学生们做自我介绍。第一排，在我的左前方，坐着一个女生，留着短发，上身穿一件白色茄克，里边穿着粉红色高领毛衣，瓜子脸，是个靓女。轮到她时，她说她叫曹佳，然后说："My English name is Judy."（我的英文名字叫Judy）。又告诉我，她是湖南常德人。我说："我在湖南生活过9年，我们是半个老乡了。"我仔细看了她一眼，愣住了。我对自己说："这湖南妹子我以前见过。"30多年前，就是我大学毕业后不久，我在湖南度过的9个春秋中，其中3年是在长沙的中南矿冶学院教英语，班上有个姓冯的女学生，她的英文名字叫Sheran。Sheran毕业后从事外贸工作，做得很成功，与我这个老师一直保持着联系。她的长相与现在坐在我面前的这个曹佳几乎是一个模子制造出来的。我对同学们说了这个情况，希望曹佳对我说，她的妈妈，或者婶婶或阿姨什么的在长沙。但曹佳没有这么说，我有点失望。曹佳的同桌是个小伙子，穿着一件紫色茄克衫，戴一副眼镜，是个美男。他说他的中文名字是陈诗泓，然后说："My English name is Joey."（我的英文名字叫Joey。）奇怪，这个男生和那个女生的英文名字何其相似乃尔！他们两人不但英文名字相似，而且穿戴也相似，上身是夹克，下身是牛仔裤，但是男生比女生穿得鲜艳。Joey还介绍说，他是苏州人，我说："I am also from Suzhou."（我也是苏州人。）我解释道："我老家是江苏省常熟，现常熟归苏州管辖，所以我也可算是苏州人了。"后来，我还告诉学生们，我是在上海长大的，我的家就在苏州河边上，上海是我的第二故乡。我还告诉他们，北京是我的第三故乡，湖南是第四故乡，非洲肯尼亚的内罗毕是第五故乡……

曹佳、陈诗泓、土库曼斯坦学生 Serdar、巴西学生 Tereza、女班长曹俊和男班长萨摩亚人 Pipi，还有其他 8 位同学，一起瞪大了眼睛听我讲课，听我讲 1972 年的斯得哥尔摩联合国人类环境会议、1992 年里约热内卢联合国环境与发展会议、2002 年约翰内斯堡可持续发展世界首脑会议，还有许多的理论和原则……

我还提到了以挪威首相布伦特兰为主席的世界环境与发展委员会和该委员会的题为《我们共同的未来》的报告。我告诉同学们，我曾牵头把此书翻译成了中文。此中文版在大陆出版过两次，在台湾出版过一次。女学生施萍说她有此书，并将书举了起来，说封面上的译者中没有我的名字。她把书传给了我，这是吉林人民出版社 1997 年的版本。我指着封面上我的名字说："It is here."（我的名字在这里呢。）有的同学笑了，但施萍的话是对的。这本书是集体翻译的，我是主要译者之一，并对全书进行了修改定稿，但署名方案是我提出的，我只将自己列为审校者，我的名字以此名义印在了书的封面上，但译者名单中没有我。我对学生说，《我们共同的未来》是一个里程碑式的报告，第一次提出了可持续发展的理念，他们应找来看一看。

我还介绍了当前国际环境管制的现状和存在的问题，特别对联合国环境署的作用和任务做了详细的讲解。

上课时，我尽量与学生们有一点互动，不时提出问题，请他们回答。外国学生中，土库曼斯坦学生 Serdar 和萨摩亚学生 Pipi 发言最为积极。他们两人的英文很好，且都有过一些环境外交的知识和经历，因此对问题的回答一般都比较正确。中国学生中，曹佳和徐锰十分活跃，经常主动作答，而且答案也比较正确。但有一点小麻烦，我记不住学生的名字，特别是那些外国学生的名字。我灵机一动，就以国家相称，"Turkmenistan, please!"，"Samoa, could you answer this question?" 在政府间会议上，主席总是以此方式请代表们发言的。对外国女生，我就说："Miss Thailand, please!" "Miss Brazil, please!" "Miss Mongolia, Do you know anything about this?" "巴西小姐"、"泰国小姐"和"蒙古小姐"，这

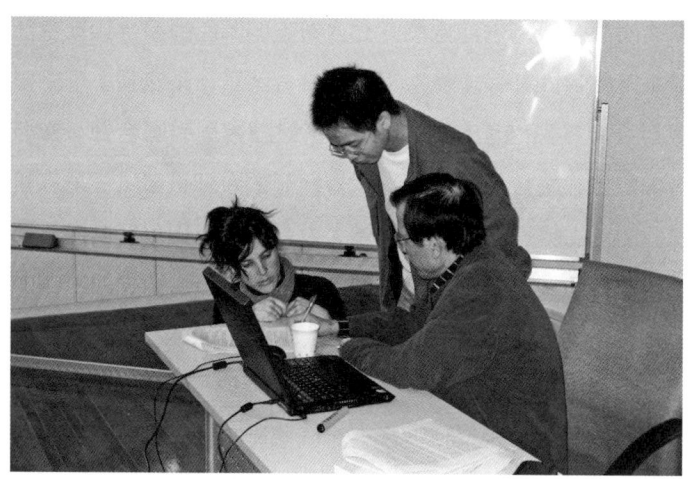

休息时回答巴西小姐 Tereza 的提问

可是十分荣耀的头衔呀！学生们似乎很高兴，回答问题十分踊跃。巴西小姐 Tereza 是 IESD 与法国巴黎一所大学交流的一名学生，她的母语是葡萄牙语，法语很好，英文不是特别好。第一天，我向她提了一个问题，重复了好几遍，她也没有听明白。曹佳和其他几个同学给她解释，她还是不明白，但她学习非常用功，休息时常常来问我问题，最后考核时取得了较好的成绩。

中国学生的名字我也记不住。下课后，两个女孩走到了我的身边，我乘机再次问她们名字。一个戴眼镜的先介绍说："我叫黄蓓佳。"我拿出了一份学生名单，在她的名字后面画了两个圆圈，代表一副眼镜，以帮助记忆。我又问另一位女生："你呢？""我叫施萍。"我看了她一眼，麻烦了，她也有一副眼镜。施萍看出了我的为难，说："我的眼镜比她的大。"我在她的名字后画了两个大圆圈。就这样，我记住了这两位戴眼镜的女孩的名字。她们是很有学问的。

应当四点半下课，第一天我一直把课上到了五点半。大半辈子在机关工作，习惯了加班加点，没办法。下课后，两个文质彬彬的小伙子，小徐和小程把我送到我居住的同济大学专家宾馆。

星期四下课后，曹佳和陈诗泓一起陪我回宾馆。在路上，他们告诉我，他们俩都是同济大学环境科学和工程学院毕业的，是同班同学，学的是环境科学，毕业后双双被 IESD 研究生班录取。他们还告诉我，他们第一学期在

课间休息时回答泰国小姐 Wimonrat 的提问

同济上课,第二学期将分别到法国、意大利和美国等国的名牌大学上课。他们俩将一起去法国第九大学上一学期,有法国提供的奖学金。然后,他们将花一年时间收集资料和作论文,于2008年毕业。听了他们的故事,我心里说,现在的年轻人实在是太幸福了。

陈诗泓说话有些沙哑,我问他怎么回事儿,他说感冒了。我对他说,应该去校医院看看。

星期五是最后一天。按教学计划,这天要考核。我出了16个题目。同学们将教室的桌椅重新作了布置,围成一圈。考核采用讨论的形式。女班长曹俊第一个发言,可以说是非常圆满。陈诗泓是第二个发言,总的来说还是可以的。但他感冒还没有痊愈,影响了他的发挥。曹佳多次在旁边提醒他,但仍没有说全。他发言刚完,曹佳马上补充,说陈诗泓把可持续发展世界首脑会议遗漏了。

过了一会儿,曹佳走到我的身旁,轻声说,"我有点不舒服,出去一会儿。"我看她脸色有些苍白,看来她也得感冒了。我点了点头,曹佳走出了教室。她同桌陈诗泓立即站起来说:"老师,我陪她出去看看吧!"我说:"好!"他连忙追了出去。这时班长曹俊也站了起来要往外走,我说:"你就不要去了。"讨论继续进行。大多数学生回答问题都很好。有两个学生看着讲义回答。我昨天曾说过,若实在回答不出,可以看讲义。所以,我不会给这两个学生太差的分数。澳门学生廖莲芬在考核中表现特别出色。过了一会儿，刚才出去的两个学生回来了。我问曹佳："Are you ok?"她答道："I am ok now."

这时，只剩曹佳和泰国学生Wimonrat没有回答问题了。我让曹佳先回答一个问题。她的回答十分圆满，只是有些英文词的发音不太正确。湖南人说英文往往有这个问题，譬如"m"和"l"不分。但这不影响她的成绩。我给了她一个很好的分数，并当众向她宣布。我没有宣布其他人的成绩，她是唯一的例外，目的是让她开心，有利于她的康复。我问她："Are you happy?"她微微一笑，回答道："Yes."我说："You can go and rest, and you too, Joey."（你可以去休息了，还有你，Joey。）她说："I am ok now."他们没有离开。最后一个是泰国小姐Wimonrat回答了。她的答复并不十分完全，但也不是太差。

考评完毕，我总结说，大部分同学做得不错，个别同学的回答不是十分完美，但也不用担心，我不会给你们太低的分数。最后，我对学生们说，我的课很枯燥，感谢大家耐心地听我讲课。大家学得都不错。我还要求大家每人写一篇2000字5页左右的论文。有的同学的脸上露出了难色。见到此情景，我问："Is it too much?"（是不是太多了？）有几个学生答道："Yes!"我问："How about three pages?"（3页怎么样？）学生们异口同声地回答："Ok!"然后，我又说："请在本月底前将文章通过E-mail发给我。"男班长Pipi问："能不能到12月的第一周周末前交给你？"我说："12月第二周的周一前交给我吧，这样你们多一个周末做此事。"同学们一致同意。我还是很民主的。最后Pipi代表全体学生对老师表示感谢。这个结尾有点像国际会议的闭幕式，主席做总结，与会者代表讲话，对主席和有关人士表示感谢。

第二天，我收到了曹佳和陈诗泓给我发来的E-mail。全文如下：

真的很可惜您给我们讲课的时间这么短，现在您走了，我们还真有点想您。短短的五天，我们了解到了关于环境外交、UNEP和GEF等的大量信息，这些都是以前我们从来就没有关心过的，然而现在，我们对这些知识充满了兴趣，您却回北京了，真希望学校能

2007年10月,作者(二排右二)在IESD授课期间与中外学生合影。二排右一为负责这个班的蒋大和教授

再安排您的课,我还期待着再次成为您的学生!夏老师,您成功的一生是我奋斗的榜样,如果有机会去北京,我们定去拜访您和师母,和您秉烛夜谈。请一定要注意休息,不要太劳累了。

我把上面这些事情写了一篇文章,放到了我的博客上。曹佳和陈诗泓看了我的文章,作了多次评论,两人受此启发,共同建了一个网页。徐锰将我博客上的一些照片放到了他的博客上,还在多处写了评论。还有其他几位中国学生,也去我的网页上看我了。我很高兴,我枯燥的博客,又多了几位读者。

施萍是一个十分美丽和聪明的小女孩,她给我留下了如下一段话:

一周课时的相聚虽然短暂,但是现代化的网络却可以让我们感觉到彼此的存在,即使时间流逝岁月变更,但若干年后我们还可以依稀想起2006年的秋天,一位著名的环境外交官,一群来自不同国家的学生,在IESD一起学习一起讨论的美好经历,相信相聚是缘,和夏老师,和所有的朋友,你们于我来说,真的,弥足珍贵。

施萍,你的话语使我感动。我也去过你的博客了,写得不错的。谢谢你在我那里写了那么多条的评论。

　　我实在太喜欢这些年轻人了。全球实现环境保护和可持续发展的希望寄托在他们的身上。

　　此后，IESD 每年招收一个硕士班，外国学生的比例在一半以上。我每年都要去给新生上课。2009 年 9 月，在我给新生上课时，李风亭教授授予我由裴钢校长签署的同济大学客座教授证书。2013 年春天，我在 IESD 最后讲了一周课。此后，我给李风亭教授写了一封信，告他由于身体原因，决定辞去 IESD 的工作。李教授复信接受我的辞呈，但说，在我身体允许的情况下，以后可去给学生做个讲座。我回复说，我一定会去的。

　　IESD 是联合国环境署和同济大学的一个合作项目，是我绿色人生路上的重要一站。

罗马尼亚兄弟苏阳

2006年9月在匈牙利首都布达佩斯召开了政府间化学品安全论坛第五次会议，我作为国际可持续发展研究院报告部成员，参加了会议，为会议撰写《地球谈判报告》（ENB）。在完成任务以后，我搭乘一辆开往罗马尼亚的长途汽车，经过6个多小时的旅行，来到了位于罗马尼亚中部的一个叫克卢日－纳波卡（Cluj-Napoca）的城市。这是罗马尼亚第二大城市。在市中心的一个地方，汽车专门为我停了下来。我的罗马尼亚朋友苏阳在马路边上等着我。下了汽车，我们两人紧紧拥抱。

苏阳的全名是帕微尔·苏阳（Pavel·Suian），苏阳是姓，帕微尔是名。按惯例，朋友之间应以名字相称，我应叫他帕微尔，可他让我叫他Suian（苏阳），说："我是中国人，全罗马尼亚没有第二家姓苏阳的，这是一个中国名字，不信你在网上GOOGLE一下，就会发现广东有几家公司的名字叫苏阳。还有，你看过末代皇帝溥仪写的《我的前半生》吗？书中提到清朝有一个文化部副部长叫苏阳。"听他这么一说，我只好叫他苏阳了。

我是1996年在内罗毕认识苏阳的，那时我是中国常驻联合国环境署副代表，他是罗马尼亚驻联合国环境署代表，他还是罗马尼亚驻肯尼亚代办。当时，罗马尼亚在肯尼亚没有大使，他是罗驻肯大使馆的馆长。他当时50多岁，总是西装笔挺，皮鞋擦得锃亮，显得英俊潇洒，因公出行时坐着黑人司机开的专车，车前挂着罗马尼亚国旗。他1996—1997年担任联合国环境署常驻代表委员会（CPR）主席。我1997年被选为该委员会副主席，一直到1999年我成为联合国环境署的一名职员后才离任。他从CPR卸任后，又被选为新成立的联合国环境署部长和高官高级委员会副主席。我们两人都是联合国环境署这两个委员会的积极分子，两人的观点又比较接近，因此自然成了好朋友。我们两人的夫人当时也都在内罗毕，两家经常来往。

苏阳比我大两岁，他一直叫我"brother"（兄弟），无论是见面时，还是给我写邮件都这么称呼。后来，我也叫他"brother"了。他见了我，总是张开双臂与我拥抱。开始时，我不太习惯，后来就自然了。

1998年，他结束了在罗驻肯大使馆的工作。他在官邸举行了一次盛大的告别招待会，我和夫人应邀出席。他告诉我，他将赴日内瓦《关于有害废物越境转移的巴塞尔公约》（以下简称《巴塞尔公约》）秘书处担任高级法律顾问。我向他表示祝贺。他对我说："你到日内瓦，一定要去看我呀。"《巴塞尔公约》秘书处属联合国环境署管理，因此他的工作仍与联合国环境署密切相关。

1999年9月，特普菲尔任命我为联合国环境署环境应急协调员，主管该署对环境特发事件的应对工作。我上任后不久，即赴日内瓦、巴黎和纽约等地出差，与联合国人道主义事务办公室等联合国机构讨论工作。

赴日内瓦前，我给苏阳发去了一个E-mail，告诉他我将去那里。他立即给我答复说："亲爱的brother，听说你要来我这里，我是多么的高兴呀！你一定要与我联系，我们一定要共进晚餐，不，你还是住到我的家里来吧，我们可以朝夕相处，共叙手足之情……"

盛情难却，到了日内瓦，我就住到了他的家里。他那里的家比他在内罗毕的家小多了。在内罗毕，他有一个很大很漂亮的花园的别墅，而这里是一个两居室的公寓房。他们夫妇住一间，另一间让我住，但也足够了。我白天出去拜访各有关联合国机构，晚上回到他那小而温馨的家，与他和他夫人一起准备晚饭。我教他夫人如何做米饭。晚饭以后，我和他促膝长谈，直到半夜。有时，我们一起到日内瓦湖边散步，欣赏那世界上最高的人工喷泉……

2001年年初，我代表联合国环境署参加"联合国减灾问题机构间论坛"会议。我又住到了他那里。还是像上次那样，度过了几天美好的时光。这次，他对我说："我们商定一个时间，一起休假。你和夫人也一起到日内瓦来，然后坐我的越野车，我带你们和我的夫人一起在欧洲游览。最后到罗马尼亚。我在布加勒斯特和克卢日－纳波卡都有房子。游览完这两地后，再到我的老家去住几天，那里我有一座很大的house（别墅）。"我欣然同意，说一定要做这件事。

后来,他给我发过多次邮件,商量如何安排此次欧洲之旅,但终究因为大家都忙,没有成行。在此期间,他曾以《巴塞尔公约》秘书处高级法律顾问的身份三次因公访问北京。我当时在内罗毕,没能尽地主之谊。

我们两人于2004年先后从联合国退休。他退休前,给我发来一份电邮,告诉我他将退休,即将回罗马尼亚他的老家,还说,他家的大门永远为我们敞开着,欢迎我们方便时到他的乡间别墅小住。

今年夏天,我收到了苏阳兄的一封电邮,说他想到中国来访问,目的有三:学一些中国字;了解在中国做生意的可能性;收集资料,写一本关于中国的书。他说,在北京希望住到老弟的家里,并问我什么时候到中国最合适。他还说:"我还是要想说服你和你的家人到我罗马尼亚的大别墅来住一阵。生命是短暂的,很快,我们就会老得不能再旅游了。"我答复说:"苏阳老兄,听说你要来中国,我和夫人都太高兴了,十分欢迎你来,我们又可重叙兄弟之谊了。在北京当然应当住在你老弟家里,我没有大的别墅,但有一套不太小的公寓房,其中有一间客房,可以住下。"我告诉了他从气候角度来说最合适的访华时间。我还告诉他,我九月底要到匈牙利布达佩斯参加"化学品安全政府间论坛第五次会议",会后我和夫人可到他的大别墅去住两天,但希望他和夫人在此以前来中国。他立即回函,说他太高兴了,他将亲自到布达佩斯来接我们,一字也没有提来中国的事。我写E-mail给他,问他什么时候来中国。他答复说,今年不来了,明年可能会来。然后,他给我们发来了办签证用的邀请信。我们也很快办好了签证。出发前不久,我夫人因家里有其他事情,临时取消了随我去匈牙利和罗马尼亚的这次旅行。他回函表示遗憾,特别说他夫人感到十分失望。

10月1日,我结束了在布达佩斯的工作。那天,我收到了苏阳的一个E-mail,说他身体不太好,不能来布达佩斯接我了,但已安排了我乘坐罗马尼亚人经营的长途公共汽车,车票款他已付了。汽车司机会在2日清晨到我住的旅馆接我。在他的精心安排下,我顺利抵达他现在居住的城市克卢日-纳波卡,与他拥抱在一起。5年没有见面,他看上去比以前老多了,头发白而稀少,脸上布满皱纹,穿着一件十分漂亮的毛衣。精神还是很好。他趴在我的肩上，双手抱住我，嘴里喃喃地说："brother, brother……"良久良久。当我们松开双手时，我看见他的嘴角挂着笑容，眼里含着泪花，我的眼睛也湿润了。

我坐在他的汽车上，来到了他在

2004年11月，作者与苏阳在山顶上俯视克卢日-纳波卡城

这个城市的家里。房子不大，是一个两居室的单元房，他夫人在乡间别墅，没有进城。安顿好以后，已是下午三点多了。他与我商量日程安排。他说："今天在克卢日-纳波卡活动，明天下午去我的乡间别墅。"我说客随主便，我听你的。

他开了一个小车，我们转遍了这个城市的大街小巷。他告诉我，克卢日-纳波卡是一座古城，是罗马尼亚文明的摇篮，现在是一个工业城市，也是一个文化、教育和科学技术中心。全市有23个科学技术研究和开发机构，6个博物馆和多个大学、剧院和文化娱乐场所。我们来到了市中心广场。那里有一座教堂，十分雄伟。广场上大人和儿童在休息，散步，一派太平景象。苏阳又把我带到了城边一座山的山顶上，在那里俯视全城。克卢日-纳波卡城尽收眼底，最显眼的是几座教堂和博物馆，给这座欧洲古城增添了许多美丽。

夜色降临了，我们来到了老城区的一个小巷，进了一家餐厅。餐厅不大，但装饰得古色古香，墙上挂着几张宗教画。苏阳说，这家餐厅是很有名的，但他从未来过，因为太贵。他说："你是我最好的朋友和兄弟，我一定要请你到最好的餐厅吃饭。"我们在一起品尝着最好的罗马尼亚美食和红酒，一起度过了一个美好的夜晚。

第二天早上，苏阳告诉我，他在Bogdan Voda大学当教授，教国际关系和国际法。那天上午有课。我与他一起到了学校。我在他的办公室里见到了他的两位女同事。她们说，苏阳已给她们介绍过我，他早就盼我来了。她们对我表现出了极大的友好。

苏阳上完课后，我就坐着他开的车出发到他的家乡去了。经过近两个多小时，我们到这个坐落在罗马尼亚北部的叫 Jalgau 的小村子里。苏阳的夫人在家门口迎接我们。我刚下车，她就过来与我拥抱。展现在我眼前的是一座很大的房子。这房子在一座山脚下，山上是树林。前面有几家农户，两侧是果园和农田。苏阳指着房子东侧的一大片土地对我说："这片地是我刚买下的，共有 3.4 公顷。"

他们将我安顿在一间十分漂亮的客房内。安顿下来以后，男女主人迫不及待地领我参观他们的大房子。这房子由三部分组成。有两部分分别是1975年和1992年建成的。第三部分现在正在兴建中。总共有21个房间，居住面积为600平方米。室内装潢十分考究。女主人说："房子太大了，管不过来。我不让他建第三部分，他非要弄。"男主人则说："大好！"他不但在扩建别墅，还在建用人房、仓库和车库。我对他们说："This is a grand palace！"（这是一个大皇宫！）苏阳得意地哈哈大笑。

苏阳领我去参观他的果园和庄稼地。地上种着玉米等作物，还有葡萄、苹果和栗子等水果树。栗子树下，他捡起掉在地上的一些栗子，塞到我的手中；果园里，他摘下苹果和葡萄，塞到我的手中……

我们一起行走在他的橡树林中。这林子在 Deal 山上。这时正是金秋九月，微风拂脸，树叶发出轻轻的声响，橡树子掉到了地上，噼噼啪啪，好像弹奏着一首乐曲。树叶大多还是深绿色，有的开始变红变黄，层林尽染。橡树一棵挨着一棵，高大挺拔。苏阳告诉我，他这树林有六公顷，是祖上传下来的。我问他，这是一次林还是再生林，他说，这些树，砍了长，长了又砍，是再生林了，但这是天然林，他扩建房子所需木材就是从他的树林子里砍下来的。看着一个工人在他的指挥下拿着一把大锯子砍下一棵大树，我心里好痛。苏阳看出了我的心思，指着空地上的一些小树说："没关系的，过几年它们就会长成大树。"

苏阳夫人开始准备晚饭。她让我再教她如何做米饭，说在日内瓦我曾教过她，但因为苏阳不爱吃，他们很少做，因此米饭一直做不好。在我的指导下，

作者和苏阳夫妇在他们的土地、树林和大房子前

一锅地道的中国米饭做好了。苏阳夫人同时做出了地道的罗马尼亚菜，其中的蔬菜是从他们家的菜园子里摘来的，还放着从果园里采来的栗子、苹果和葡萄，还有罗马尼亚白酒，还有从他们家的井中打来的清清的甜水……

苏阳喋喋不休地给我诉说着他退休以后所做的一切。除在大学教书以外，他还写了几本关于国际关系和国际法的书。他抱出了一大堆书给我看，共有11本，有的是以前写的。他在两年前参加了大罗马尼亚党（Great Romanian Party），并成了该党的一名积极分子。他说他准备从政。今年年初曾竞选参议员，就差几百票没有当选，明年还要竞选。他说："我会被选上的。"他还想到中国做生意，说："It is always good to have more money."（多些钱总是好的。）我说，我退休后也做了些事，但都是些小事，主要是颐养天年，享受人生。我对他说："老兄呀，我们这个岁数的人，身体是最重要的。你要注意身体呀。"他说："Yes, you are right."

苏阳和我都喝得满脸通红，他不断地说："My brother, brother, cheers, cheers…"一直到深夜。

俄罗斯朋友安德烈

1996年10月，我赴肯尼亚首都内罗毕，担任中国常驻联合国环境规划署副代表，不久，就认识了俄罗斯常驻联合国环境署副代表安德烈·瓦维洛夫（Andrey Vavilov）。安德烈戴一副眼镜，头发花白，一副文质彬彬的样子。由于我们两人年龄相仿，职务相同，对联合国环境署讨论的问题往往有相同的观点，我们很快成了朋友。

安德烈比我早一年到内罗毕任职，他夫人和儿子和他一起随任。我在内罗毕工作的第一年，夫人崔成兰没有随任，后来也来了，我女儿夏雪到内罗毕上学，因此我也是一家三口在内罗毕。我们两家不时有所来往。

中国常驻联合国环境署代表处在内罗毕吉吉里的一个院内，离联合国大院不远。院子内是一栋两层小楼，我们在这里办公，也在这里居住。我们第一次邀请安德烈一家来代表处做客时，还请了另一个朋友挪威驻联合国环境署副代表斯维恩·梅赫烈（Svein Mehli）。安德烈一家先到，我和代表处二秘张磊一起陪他们在花园里散步。

参观了花园以后，我们在客厅内坐了下来。这时，斯维恩也到了。我们先在一起聊天。

安德烈给我们讲述他的历史。他父亲是苏联外交部高级外交官，1942年至1948年，在美国华盛顿、洛杉矶和旧金山担任驻美总领事。安德烈从小随父母在美国长大，并在那里上小学，因此英文如同母语。他在苏联上大学，获得历史学博士学位，分配在苏联外交部工作，年轻时是外交部水平最高的两个译员之一，常给苏联领导人当翻译。他最为得意的是，70年代初期，苏共总书记勃列日涅夫和美国总统尼克松多次会晤时，他担任翻译。他还曾在苏联驻印度和英国大使馆工作。

1989年联合国大会决定于1992年6月在巴西里约热内卢召开联合国环境与发展大会，为此，决定成立环发大会筹备委员会秘书处。秘书处设在日内瓦，秘书长是曾担任1972年联合国人类环境会议秘书长，联合国副秘书长、联合国环境署执行主任的莫里斯·斯特朗（Maurice Strong）。安德烈申请秘书处的职位，被录用，担任对外联络处处长。我说，我曾作为中国代表团团员，参加了环发大会的四次筹备委员会会议。安德烈说，他参与了所有筹委会会议的组织工作，我们早就见过面了，但无缘相识。安德烈回忆往事，话语中流露出自豪。

　　安德烈夫人马丽雅娜是中学英语老师，曾编纂出版了多本英语教科书。他儿子乔治看上去只有六七岁，显得很小，我们觉得有些奇怪。安德烈看出了我们心中的疑问，带着沉重的声调对我们说，这孩子实际是他的孙子，他儿子在几年前的一次车祸中去世了，儿媳改嫁，老两口没有其他子女，就把这孩子收养为儿子了。这是一个令人伤心的故事，我们不再吭声。

　　我们在一起共进午餐，是肯尼亚女佣莎拉在我夫人指导下准备的中餐，大家说很好吃。我们还拿出了从国内带来的五粮液和绍兴酒招待客人。安德烈喝的是五粮液，几口白酒下肚，心情好了许多。他说这酒有点像俄罗斯的伏特加。夫人和小孩喝可口可乐。

安德烈全家在中国驻联合国环境署代表处做客。左起：夏雪、乔治、马丽雅娜、安德烈、作者、斯维恩、张磊、崔成兰

不久，我和夫人应邀到安德烈家做客。他们住在内罗毕市区的一个花园别墅内。见了主人，我用俄语与他们打招呼："Здравствуйте！"（您好！）他们用俄语回答。我告诉他们，我中学时学了六年俄语，大学第二外语也是俄语，曾经会说许多，现在长期不用，已经忘得差不多了，但还能用俄语背诵一首俄罗斯诗人写的题为"Наша родина большая"（《我们的祖国真伟大》）的诗歌。我给他们背了几句，他们连声说："очень хорошо！"（很好！）

主人拿出从莫斯科带来的伏特加招待我们，还有Гуляш（土豆烧牛肉）。我指着土豆烧牛肉调侃道："赫鲁晓夫说：'土豆烧牛肉就是共产主义'，我们这是在过共产主义的生活了。"大家哈哈大笑。我把伏特加和可口可乐兑在一起喝，觉得很好。伏特加其实就是白酒。几口白酒下肚，我有些兴奋。我给安德烈讲起了自己的历史。我高中毕业后，被挑选为留苏预备生，准备到苏联留学，后来因为中苏关系破裂，留苏没有留成，转到北京外国语学院学习英语。我还给他讲我在"文革"中的曲折经历，后来曲格平把我调到国家环保局，当上了环境外交官……

我还告诉安德烈，我曾两次访问他的国家，一次是80年代末期，那时还是苏联，我赴日内瓦出差回国时，途经莫斯科，在那里停留两天，参观了红场，但那天我一直向往的克里姆林宫没有开放，没能进去。第二次是1993年8月，那时苏联解体还不到两年，在伊尔库茨克召开东北亚和北太平洋环境论坛第二次会议，我率领一个中国代表团出席。我在俄联邦政府的招待会上曾用俄语讲话，当地政府还组织我们游览了贝加尔湖。这是一次难忘的经历。

安德烈说，他也去过中国。1990年，他以苏联医生反核战代表团顾问的身份，随团访问了北京、上海等地。

我和安德烈经常一起参加联合国环境署常驻代表委员会的会议。我是常驻代表委员会副主席，安德烈是一名积极成员。我代表发展中国家中国，他代表经济转型国家俄罗斯，但在关于联合国环境署的资金、改革和振兴等许多问题上有相同的立场。我们都主张振兴联合国环境署，给它提供充足和可预见的资金，以使它能担负起组织全球环境合作，促进全球环境保护的重任。

1997年1月27日至2月7日，在内罗毕联合国大院召开了联合国环境署第 19 届理事会会议，通过了关于联合国环境署作用和任务的《内罗毕宣言》。这个文件的草案首先在常驻代表委员会中进行了讨论，我和安德烈都提出了不少修改意见。《内罗毕宣言》的通过，对加强联合国环境署发挥了积极的作用。

1998 年年初，安南秘书长成立了一个"联合国环境与人居专门工作组"，其任务是对联合国环境与人居工作的改革提出建议。联合国环境署执行主任特普菲尔是该工作组主席。这个工作组起草了《联合国环境与人居专门工作组报告》初稿，对加强联合国环境与人居工作提出了 10 多条建议。

这个初稿在联合国环境署常驻代表委员会中进行了讨论。我和安德烈都积极参加了讨论，提出了一些修改意见。1999 年 8 月 10 日，联合国大会根据修改后的《联合国环境与人居专门工作组报告》通过了关于环境和人居的第 242 号决议，提出了一系列加强和改进联合国环境和人居工作的措施，其中有两项决定特别引人注目。第一是决定在联合国内成立一个"环境管理委员会"；第二是决定成立全球部长级环境论坛。安德烈对我说："我们提出的一些建议在决议中得到了反映。"他显然能为该决议的出台做出贡献而感到高兴。

1999 年 4 月下旬，我被任命为联合国环境署副执行主任卡卡赫尔的特别顾问，负责环境应急工作，我成了联合国环境署的一名高级职员。中国政府任命程伟雪为中国常驻联合国环境署副代表，接替我的工作。7 月 9 日晚，中国常驻联合国环境署代表安永玉大使在内罗毕最好的中餐馆江苏饭店举行招待会，欢迎程伟雪和欢送我。

安德烈应邀参加。他握着我的手说："Congratulations! I am so happy for you."（祝贺你！我真为你感到高兴。）我说："Thank you!"他还说："I am sure our cooperation and friendship will continue."（我相信，我们的合作和友谊将继续下去。）我说："Sure!"（肯定！"）

2000 年，安德烈结束了在内罗毕的任期，回到莫斯科。不久，他就退休了。我收到了他发给我的一个邮件，告诉我这个消息，还说："认识你，是我的荣幸，希望我们继续保持联系。退休以后，我准备写书，写我的父母、我交往过的人、还有外交这个神奇的世界……"

后来，他又告诉我，莫斯科的外交研究院聘请他担任高级研究员，有时还给年轻外交官讲课，他正在扩建他那个伏尔加河边森林中的木屋……他仍然十分忙碌。

2003年2月，在内罗毕召开联合国环境署第22次理事会／全球部长级环境论坛。我以联合国环境署官员的身份出席会议。会前，我在会场后排工作人员的位子上，看到了安德烈。我连忙走过去，和他热烈拥抱。我问他："你怎么坐在这里？"他指着桌子上的牌子说："我参加做 ENB 了。"显得很是高兴。ENB 就是 "Earth Negotiation Bulletin"，是国际可持续发展研究院报告部（IISDRS）为联合国组织的关于全球环境问题的会议写的《地球谈判报告》。

受安德烈的启发，退休后我加入了 IISDRS，和安德烈成了同事。

2005年2月21日至25日，在内罗毕召开联合国环境署第23次理事会／全球部长级环境论坛，我和安德烈作为 IISDRS 报告组成员出席。我们两人两年没有见面了，这次再见面，分外高兴。

我、安德烈和 ENB 小组的其他成员还会见了联合国环境署副执行主任沙夫卡特·卡卡赫尔。他向我们详细介绍了这次理事会要讨论的问题和可能的结果，使我们对会议的情况有了更深入的了解，为我们客观真实地报道会议的情况创造了条件。

联合国环境署每年轮流召开理事会常规会议或理事会特别会议，常规会议都在内罗毕召开，而特别会议则在联合国环境署的一个成员国召开。我和安德烈被同事们称为联合国环境署问题专家，因此从 2005 年至 2010 年，联合国环境署的会议都要我们参加。除内罗毕外，我们两人还先后在迪拜、摩纳哥和巴厘岛等地见面，撰写 ENB。

2006年10月16日至20日，在北京召开《保护海洋环境免受陆地活动影响全球行动计划》（GPA）第二次政府间审议会议。GPA 是联合国环境署管理的一个保护海洋环境的方案。

安德烈参加了这次会议，为会议写 ENB 报告。我会前给他发去电邮，建议他提早一两天到达，我陪他在北京参观。他答复说感谢我的邀请，决定会前提前一天，会后推迟一天回国。

10月13日，安德烈到京，我到机场迎接，把他接到了我世纪城的家中。见了我夫人，他拿出了一件俄罗斯工艺品，是一个彩绘的饭勺，说是他夫人送给我夫人的礼物。我夫人十分喜欢。我们一起欣赏了半天以后，把它放到了我家的礼品柜里。我们在一起聊天。他说，他年轻时曾以一苏联代表团团员的身份访问过北京，刚才从机场到我家的路上，看到北京发生了巨大的变化。他说："中国所走的道路是正确的。它将成为世界上最强大的国家。"我说："中国是一个发展中国家，许多人还很穷。"安德烈当晚住在我家。

第二天，我陪安德烈在王府井大街散步，走到了八面槽，马路边上有一个长条椅。安德烈对我说："你不用陪我了，我自己走走，你坐在这里休息吧，我等会儿回来找你。"他这是在照顾我呢。我也感到有些累了，就在椅子上坐了下来。安德烈进了东安市场。过了一个小时，他回来了，说："变化太大了！这哪像是发展中国家？"

联合国可持续发展委员会（Commission for Sustainable Development，简称CSD）是1992年联合国环发大会上决定成立的，是设在联合国经社理事会下的一个职能委员会，其主要目的是对环发大会做出的决定，特别是《21世纪议程》的执行情况进行审议，并为其更有效地执行提出政策建议和措施。

CSD每年五月在纽约联合国总部召开一次大会。我曾作为中国政府代表团团员，参加了它第1至第5次会议，对它比较熟悉。安德烈因为在环发大会秘书处工作过，对此也很熟悉。在2008年至2011年，我和他一起参加了CSD第16至第19次会议，撰写ENB。

我们每次写报告，除每天一期的简报以外，会后还要写一个《总结报告》。这个报告有一个《简要分析》，对会上讨论和谈判的情况、出现的问题、达成的协议等进行分析。安德烈不但英语好，而且对环境与发展问题有非常深刻独到的见解。因此，无论给联合国环境署理事会还是给CSD会议写报告，组长总让他写《总结报告》的分析部分。他写的分析，得到了各国与会代表和联合国有关秘书处的好评。

每次我们写完《总结报告》，往往在一起举行一个小小的party庆祝一下。这时，安德烈总会拿出一瓶他从莫斯科带来的伏特加，请大家喝。我们举杯

2008年5月，在CSD第16次会议期间，ENB小组在纽约联合国大厦东河旁的餐厅用餐。左起：林恩、安德烈、丹恩、梅拉尼、瓦嘎科、作者

庆祝，多日的疲劳似乎一扫而光。

安德烈多次邀请我到他在莫斯科的家中做客，但一直没有机会。我虽然去过莫斯科，但许多有意思的地方没有参观过，总想再去一次。

2011年6月，我和夫人参加了一个旅游团，来到了俄罗斯。我们先去了圣彼得堡，然后到了莫斯科附近的几个小镇，最后于6月23日抵达莫斯科。我打电话给安德烈，告诉他我在莫斯科的消息。他听了以后很高兴，说："请一定到我家做客。"我感谢他的邀请，答应他第二天下午参观红场以后去他家里。

我对国内陪来的旅行社导游说了去拜访安德烈的事，谁知他说："你不能离开团单独行动，可以让你朋友来旅馆看你。"

我对他说："这是我认识多年的老朋友，我应该到他家拜访。"

他还是不同意，说："你自己出去，出了事怎么办？"

我有点生气了，说："我经常出国，经常在国外单独行动，不会出事的。万一出事，我自己负责！"

导游还是不同意。我给安德烈打了一个电话，说了这个情况，说："很遗

2009年5月，CSD第17次会议期间ENB小组在工作。左起：作者、安德烈、林恩、塔尼娅、蕾拉

憾，我去不了了，你到我旅馆来吧！"

安德烈很不理解，说："我夫人已做了准备，你一定要来，让我和你的导游说吧。"

导游会俄语。他们说了一会儿话后，导游对我说："好吧，你可以去看你这位朋友，但你要给我写个保证书，保证晚上按时回来，如出现问题，自己负责。你还要把护照留给我。"我听了很不高兴，但为了能去看望安德烈，我答应了他。

第二天，我们在旅馆大堂集合，我把一张字条交给了导游，上面说，我今天下午去看望我的俄罗斯朋友安德烈，晚上将回到旅馆，没有说出事责任自负的话。他看了看，收了起来，也没有问我要护照。

下午，参观了克里姆林宫以后，已是四点左右，当天日程上安排的旅游活动已经结束。我让导游与安德烈联系，问他如何去他家。导游与他通了电话后告诉我，安德烈将在某个地铁车站等候，让我乘地铁去那里。他告诉了我上下地铁的车站名字和路线，并让陪我们参观的俄罗斯导游带我和夫人到了乘地铁的车站。

作者夫妇在莫斯科安德烈家做客

我们出了地铁车站,一眼就看到安德烈正在那里等候。经过一番曲折,总算见面了,我们都很高兴。

我们徒步走到了安德烈的住地。这是一栋公寓住宅楼,前面是一片树林,环境很好。到了他家,他夫人马丽雅娜出来迎接。见到女主人,我又班门弄斧,用俄语与她打招呼:"Здравствуйте!"(您好!)我们与马丽雅娜在内罗毕分别以后,已经 20 余年。这次久别重逢,大家都很激动。

他们先陪我们参观。这是一套三室一厅的住房,墙上挂着几幅画,书柜里放着许多书,礼品柜里摆着从世界各地带回的工艺品,还放着他们自己和父母的照片。一看就是一个外交官的家。夫人告诉我们,这套住房是苏联时期国家分配给他们的,一直住到现在。我问起他们在伏尔加河边森林中的木屋,他们说,在夏天他们就去那里居住一两个星期,其他时间都闲置着。我问他们儿子乔治的情况。安德烈说,他随他母亲去了日内瓦,现在在那里上大学,假期时回来看他们。

我们在他们家用的晚餐,又一次享受着"共产主义"——土豆烧牛肉,还有伏特加、俄罗斯鱼子酱和沙拉。席间,我又用俄语背诵诗歌"Наша родина большая"。

晚饭以后，我们在一起又聊了一会儿，然后我们起身告辞。

"Thank you, goodbye!"我妻子用英语说。

"Спасибо, до свидания！"（谢谢，再见！）我说俄语。

"再见！"他们挥着手，说的是中文。

我们依依不舍。

2012年，我和安德烈先后从IISDRS退休，不再做ENB，再也没有见面，但我们一直通过电子邮件保持着联系。

2014年10月，他给我发来电子邮件，说他用英文写的回忆录"Nixon's Comrades"（《尼克松的同志们》）已于今年5月在"Amazon.com"以电子版方式出版，并告诉了我如何能阅读到这本书。我迫不及待地在网上找到了这本书，读了起来。

1972年，年轻的安德烈是苏联驻英国大使馆的二等秘书。5月的一天，苏联驻英大使把他叫到他办公室，告诉他外交部发来外长葛罗米柯签署的加急绝密电报，让他马上回莫斯科，接受重要任务。他飞回莫斯科，到了他的好朋友、当时苏联外交部首席翻译维克多·苏库特雷夫（Victor Sukhodrev）的办公室。维克多告诉他美国总统尼克松将于5月22日抵达莫斯科，与苏联共产党总书记勃列日涅夫在克里姆林宫举行历史上首次苏美首脑会晤，让安德烈和他一起担任翻译。安德烈是苏联外交部二号翻译，这次特地将他从国外召回，可见会议的重要性。

按照苏联惯例，翻译同时也是记录，负责在会后整理出会议记录。安德烈和维克多一起圆满地完成了这次任务。在当晚举行的宴会上，尼克松指着安德烈竖起一个手指说："他是一个好翻译。"

从1972年到1974年，安德烈参加了历次尼克松和勃列日涅夫在苏联莫斯科、列宁格勒、克里米亚和美国华盛顿、戴维营和圣克莱门特尼克松家中的会晤，担任翻译和记录。首脑会晤分尼克松和勃列日涅夫一对一的秘密会谈和全体会议。秘密会谈除一位苏联译员兼记录以外，没有其他人参加，尼克松的美国翻译也被排除在外。全体会议包括国家安全事务顾问基辛格和苏联外长葛罗米柯和其他四五位助手，美苏双方译员均参加。

1974年6月底7月初在莫斯科举行了两位首脑的最后一次会晤。在这次会晤中，双方签署了《限制地下核试验条约》。

1974年8月，尼克松因"水门事件"被迫辞去总统职务。此后，勃列日涅夫与尼克松的继承人福特和卡特继续会晤，安德烈继续担任翻译。1979年勃列日涅夫与卡特在维也纳会晤。这是他最后一次给勃列日涅夫当翻译。

本书是根据安德烈本人保存的记录和回忆，并查阅了一些解密的档案写出的。它透露了许多鲜为人知的历史事实和故事，例如，尼克松为何不让美方译员参

《尼克松的同志们》一书封面。左起：演员吉尔·圣约翰、勃列日涅夫、安德烈、尼克松（摄影：Wally McNamee）

加敏感问题的讨论；尼克松和基辛格为何对勃列日涅夫每况愈下的健康守口如瓶；勃列日涅夫对尼克松和基辛格究竟什么看法；以及克里姆林宫对"水门事件"的错误估计等等。

我为安德烈在这本书中叙述的他亲身经历的故事深深吸引。我和安德烈有相似的经历。年轻时我们都担任过国家领导人的翻译；后来到内罗毕，我和他担任同样的职务，做一样的工作；从公职退休以后，又加入IISDRS，成了同事；2012年又同时第二次退休，颐养天年，还都在花一点时间写回忆录。我们是近20年的朋友，异国情谊，历史缘分。

从副代表到代表

1987年7月1日，在北京钓鱼台国宾馆举行了《我们共同的未来》亚洲地区首发仪式。《我们共同的未来》是世界环境与发展委员会在委员会主席、挪威首相布伦特兰领导下写出的一个报告。该报告是关于人类未来的一个重要文献，首次提出了可持续发展的概念，即在不危及后代人满足其环境资源需求的前提下，寻求满足当代人需要的发展途径。

会议由中国国务院环境保护委员会和世界环境与发展委员会联合举办，国家环保局外事办公室是这次会议的中方秘书处，负责这次会议的组织工作。

在筹办这次会议的过程中，有一个从中国环境科学研究院借调来的年轻人引起了我的注意。他叫张世钢，30来岁，长得很英俊。他做事非常认真负责，交给他的工作，总能又快又好地完成。会前，我组织外办的同事们将《我们共同的未来》的报告翻译成中文，世钢也参加了这个工作。我负责对译稿进行审核和修改，发现他虽然不是学英文出身，但翻译的质量相当不错。那时他负责出国人员的护照、签证的申办工作，白天很忙。翻译工作都是在晚上加班加点完成的。

根据世界环境与发展委员会秘书处的要求，首发式现场要有秘书处办公室，还要有复印机、传真机和国际直拨电话。钓鱼台国宾馆同意为中外秘书处各安排一个办公室，但他们不能提供设备，要我们自己解决。我把这个任务交给了世钢。开会前几天，我到会场检查工作，发现在中方秘书处的办公室内已安装了复印机和传真机，在外方秘书处的办公室已安装了国际直拨电话。我问世钢："这些设备是如何解决的呢？"他说："复印机是从国家环保局文印处借来的，另外两样东西是与在西单的北京市电信局联系安装的。"我听了很高兴。他说得很轻松，但我知道他付出了很多辛劳。

世钢还参加了外宾的接待和会议的组织工作。会后，我们开了一个总结会。我说，这次会议开得很成功，领导很满意，参加会议的外国代表也很满意，这和大家努力而有效的工作是分不开的。我特别表扬了世钢，说他"既能干又肯干"。

这是我与世钢第一次深入的接触，他给我留下了十分好的印象。

这次会议以后，世钢被正式调入国家环保局外事办公室。

我因从自行车上摔下后造成骨折，后来手术连连失误，因此从1988年年初起，我大部分时间在医院治病，没有上班。

1988年3月，外办的一位同事到医院看望我时告诉我，世钢已被派往内罗毕中国常驻联合国环境规划署代表处工作。由于这个原因，我与他失去了联系。

1989年6月初，我出院，回到了工作岗位。

1989年12月，曲格平局长应联合国副秘书长、联合国环境署执行主任托尔巴博士的邀请，赴内罗毕参加《1992年环境状况报告》协商会。我陪同前往。

曲格平局长和我乘坐的航班降落在肯雅塔国际机场。我们下了飞机，走过飞机和候机楼之间的通道，就看到了中国驻肯尼亚大使兼常驻联合国环境署代表吴明廉和国家环保局派出的常驻联合国环境署副代表姚守仁，还有世钢，他们是来迎接我们的。

我与世钢已经将近两年没有见面了。他走过来，与我握手，我们都非常高兴。我问他："你好吗？"他说："挺好的。"

曲格平局长坐了吴大使的专车，我坐了世钢开的车，来到了位于一条叫Woodland路上的中国大使馆。我们被安排在使馆院内的招待所居住。招待所是散落在使馆院内的几座独立的小平房，我和曲格平局长每人一座，四周是花草树木，给人以十分舒适的感觉。世钢把我送到了客房，我迫不及待地问世钢的工作情况。他说："1988年刚来时，有些不太顺利，遇到了一些困难，现在一切都过去了，和老姚合作得很好。"

后来，老姚告诉我，世钢工作很好，他很满意。听了他们两人说的话，我很高兴。

作者（左）和张世钢（右）在乌呼鲁公园上面的高坡上合影

会议期间，世钢主要负责我们两人的接待和后勤工作。他把各项工作安排得井井有条，曲格平局长很满意。

《1992年环境状况报告》协商会于12月7日至8日在联合国环境署总部举行。曲格平局长在会上介绍了1972年以来，中国环境保护工作发展的情况和环境现状，也对《1992年环境状况报告》草案提出了看法和修改建议。托尔巴在会议总结时对曲格平局长的发言和对会议做出的贡献表示赞赏。

周末，世钢陪我们到市内的乌呼鲁公园和"乡村市场"等地参观。我们还站在乌呼鲁公园上面的高坡上，鸟瞰内罗毕全景；"乡村市场"是当时内罗毕最大的购物中心。在它的露天广场上，有一个工艺品集市，来自肯尼亚各地的小贩们在出售木雕和首饰等工艺品。世钢说："这集市只有星期天才有，你们正好赶上了。"我买了几件木雕作品，带回国内。

12月10日，我们回国，老姚和世钢把我们送到机场。他们都有进入机场的通行证，所以能一直把我们送到登机口。我们挥手告别，依依不舍。

1990年5月1日，世钢结束了在内罗毕的任期，回到国内，在外事办公室国际合作处工作。

1991年4月，张世钢和胡姗姗结婚。他们两人是在内罗毕相识的。当时姗姗在内罗毕大学公派留学。外办专门为他们在一家饭店举办了一个简单的婚礼。解振华局长和主管外事办的叶汝求副局长都参加了。我代表外事办

作者代表国际司向张世钢夫妇赠送贺礼

讲话,祝贺他们终成眷属,祝他们相亲相爱,白头偕老。我还给他们赠送了贺礼。

1993年,国家环保局外事办公室升格为国际司。我担任司长,王之佳是副司长,世钢被提拔为国际处副处长,主要负责与联合国环境署的合作。国际处处长是张崇贤。老张和世钢合作得很好。1995年年末,老张退休,世钢接任处长职务。

国际处的工作主要是组织与联合国环境署、其他联合国机构和国际组织的交流和合作,以及参加为缔结和实施多边环境协议的谈判和其他环境领域的谈判和会议等。工作量大,情况复杂。世钢工作认真负责,经常加班加点,非常出色。

1996年9月,我被任命为中国常驻联合国环境署副代表。王之佳被任命为国家环保局国际司司长。我于10月6日抵达内罗毕,与前任徐庆华办理了交接手续。

1997年1月27日至2月7日,在内罗毕召开了联合国环境署第19届理事会会议。解振华局长率领中国代表团出席,是代表,安永玉大使、王之佳司长和我是副代表。世钢是中国代表团团员,身份是顾问。我们又一次相聚在内罗毕。

世钢在会议准备阶段和召开过程中都做了大量工作,发挥了重要作用。

安永玉（前左）、张世钢（后右）、白长波（后左）和作者（前右）在联合国环境署第 19 届理事会会议上

会前，代表处提出了与会对案建议，世钢领导的国际处在此基础上起草了对案，对案经司、局领导批准后会签外交部，最后得到国务院批准。这次理事会开得非常艰苦，发展中国家和发达国家在关于联合国环境署理事机构的问题上产生了严重的分歧。我和世钢，以及其他代表团成员一起，与发展中国家代表协调立场，并积极与发达国家代表磋商，协助解局长准备每次会议的发言，并在各个议题下根据分工积极发言。最后一天的会议开到深夜，最终仍然没能在理事结构问题上达成协议，主席匆忙宣布休会。尽管如此，但它为在同年 4 月 3 日至 4 日恢复召开的第 19 届理事会达成协议打下了基础。

1999 年，世钢被任命为国家环保总局国际司副司长，分管多边合作工作。同年，我被联合国环境署录用，成为该署一名高级职员。

2003 年年初，联合国环境署执行主任特普菲尔任命我为联合国环境署驻华代表。与此同时，王之佳被联合国环境署录用，担任地区合作司副司长，来到了内罗毕。国家环保总局任命张世钢为国际司代司长。

2003 年 7 月，我回到北京，创建联合国环境署驻华代表处，并任代表。

回京以后，我的党组织关系转到了国家环保总局，在国际司过组织生活。大约是 8 月的一天，我来到了总局的一个会议室参加国际司的组织生活。当国际司的大多数同志已经就座以后，祝光耀副局长和徐庆华走了进来。徐庆华是第五任中国常驻联合国环境署副代表,是我的前任。他回国后担任中华环境保护基金会秘书长。我这次回来后听到一个传言,说他可能会去内罗毕接替程伟雪担任驻联合国环境署副代表。当他走过我身边时,我冒昧地问他:"听说你要到内罗毕任职了。"他边走边说:"等一会儿你就知道了。"当他们两人落座以后,祝局长说:"经局党组研究决定,并经人事部批准,任命徐庆华同志为国际合作司司长。"然后,他介绍了徐庆华的业绩。徐庆华后来在公共场合见到我时,总是对大家说:"我们两人是互为前任。"

2003年9月,张世钢被任命为中国常驻联合国环境署副代表。他与夫人胡姗姗遂赴内罗毕任职。他是第八任副代表,是他人生道路的一个新的起点。

我于2004年8月退休,同时在联合国环境署和国家环保总局办理了退休手续。当年年底,我加盟国际可持续发展研究院报告部(IISDRS),为联合国和其他国际组织召开的环境与可持续发展领域的谈判和会议写《地球谈判报告》(ENB)。

2005年10月17日至28日,在内罗毕召开了《联合国荒漠化公约》第七次缔约方大会,我参加了此次会议,为会议写ENB。

10月29日11点左右,我和IISDRS的同事们完成了总结报告的编辑后,把报告发给了纽约的总编辑帕梅拉就没事了。这时,世钢开着车到了我下榻的旅馆,把我接到了中国常驻联合国环境署代表处的新址。

代表处新址还在联合国大院所在地的吉吉里。汽车开进了院子。这是一个花园别墅。我一看,喔,真大!比原来代表处大多了。世钢夫人姗姗和代表处三秘夏应显和他的夫人在门口迎接。我先在室内参观,楼下是客厅和办公室,楼上有几间卧室,布置得很漂亮。然后他们带我到房子外面参观。我们先到了后院,那里最引人注目的是一个游泳池。池中一潭碧水,房子上挂着绿藤,天空中飘着白云,空气十分新鲜。

我们来到了前院,到处是热带花木,很美丽。我们来到了一棵小树前,前面立着一块石头,上面刻着"曾培炎副总理植于2005年2月21日"一行字。这时,世钢给我讲了下面这个故事。

原来代表处的房子太小,也比较破旧,已经不适应工作需要,因此国家

作者（中）和张世钢（右）、夏应显（左）在新代表处合影留念

环保总局商财政部和外交部商讨后决定买一处新的房产。世钢看了几个地方，最后决定买这处，购房的各种手续是 2004 年年底办妥的。

2005 年 2 月，曾培炎副总理来内罗毕出席联合国环境署第 23 届理事会并访问肯尼亚。在此期间，他专门为代表处新址揭幕。解振华局长和中国代表团的其他成员也来参加。参观以后，曾副总理说："老解呀，你们这可不是小康了，是大康啦。"他称赞这件事办得好。

世钢告诉我，中国常驻联合国环境署代表处新址成了内罗毕外交活动的一个场所。在这里举行"77 集团和中国"的会议，与联合国环境署的工作会议，与俄罗斯、美国等国家的双边磋商等活动。联合国环境署副执行主任卡卡赫尔曾来这里与世钢一起开会，并对中国提供这样一个国际活动场所表示赞赏。此外，国内小型代表团来内罗毕参加联合国环境署会议时也可在这里居住。

世钢在副代表的位子上工作了将近 4 年。在此期间，他做了大量工作。他积极参加联合国环境署常驻代表委员会的会议，讨论联合国环境署的工作，为理事会的决策做准备；他作为中国政府代表团团员，参加了 2005 年和 2007 年在内罗毕召开的联合国环境署第 23 届和第 24 届理事会／全球部长级环境论坛，为中国代表团与会对案的制订和参与全球环境事务的讨论做出了重要贡献。

从 2005 年到 2007 年，全国人大委员长吴邦国、国家主席胡锦涛和全国政协主席贾庆林先后访问肯尼亚。他参加了接待，是中国大使馆接待团队中安全和交通组的负责人，为领导人的成功访问提供了保障。他还安排了三位领导人访问内罗毕联合国机构、与联合国环境署领导人的会谈以及在联合国大院内植树。

好利来集团总裁罗红酷爱摄影，从 2001 年 10 月到 2006 年 10 月，他先后 11 次去非洲，主要是到肯尼亚拍摄风光和野生动物照片。张世钢了解到在北京地铁车站和街头展出的罗红拍摄的野生动物巨幅照片引起很大反响。他十分钦佩罗红高超的摄影艺术，欣赏他为保护野生动物所做的出色工作。

2006 年 5 月，世钢与当时中国驻肯尼亚大使、中国常驻联合国环境署代表郭崇立商议，邀请罗红到内罗毕联合国大院办一个摄影艺术展，得到郭大使的支持。然后，世钢向联合国环境署有关负责人提出了这个想法，得到联合国环境署的支持。世钢与罗红联系，征求他对此事的意见。罗红听后十分兴奋，这是他走向世界的重要一步，当即表示同意。

联合国环境署向罗红发出了正式邀请。当年 6 月在内罗毕联合国大院举办了主题为"地球，我们的家园"罗红个人摄影展，郭大使亲自参加了开幕式。展览取得极大成功。世钢忙里忙外，做了大量工作。

摄影展结束后，罗红将作品拍卖所得全部捐献给了联合国环境署，用于开展环保项目。郭大使和世钢再次会见罗红。罗红表示，他愿意为全球环境保护做更多工作，并提出设立一个环保基金。郭大使和世钢立即表示支持并着手与联合国环境署进行协调。

2006 年 11 月 6 日，在联合国环境署总部举行了罗红环保基金签字仪式和新闻发布会。罗红环保基金正式启动。联合国副秘书长、联合国环境署执行主任施泰纳与郭崇立大使出席。罗红宣布，他首期向联合国环境署捐款 200 万元人民币设立此项环保基金，并承诺在今后 5 年内再捐款 800 万元人民币，使基金总额达到 1000 万元人民币。

罗红环保基金启动以后，开展了全球青年环保领袖培训、肯尼亚纳库鲁湖火烈鸟保护、南部非洲国家人与大象冲突解决、2008 北京奥运会联合国环境署环境评价报告和联合国环境署中文网站等多个重要环保项目，为保护全球环境做出了杰出贡献。2009年6月5日，罗红被授予全球"气候英雄"称号。这一切，有世钢的一份功劳。他和郭大使是把罗红带进联合国，推向世界的伯乐。

2007年年初，我收到世钢的一个电子邮件，说他在代表处的任期将于那年7月结束，联合国环境署有关官员问他是否考虑进入联合国工作，他表示愿意，问我有什么建议。我立即回复，说他这个想法很好，建议他先了解一下，联合国环境署当时有什么空缺的职位，然后有的放矢地提出申请，还建议他找我的老朋友卡卡赫尔谈谈，争取他的支持。我说他如果愿意，我可以给卡卡赫尔去个邮件，加以推荐。他回复说希望我能帮助推荐。于是我立即给卡卡赫尔发了一个邮件，主要内容如下：

张世钢先生是我多年的同事和朋友。他有20年环境领域国际活动的经验。他对于国际环境事务、联合国机构，尤其是联合国环境署以及它们的决策方法和程序有非常丰富的知识和经验。我对他的人品、能力、工作态度和热情有很高的评价。近4年来，你们有很密切的接触，相信你会同意我上述对他的评价。现在张世钢有意申请联合国环境署的一个职位。我相信，他完全能胜任在联合国环境署负责政策、项目或行政的一个高级职务。因此我郑重地向你推荐。如果你能对我的推荐给予积极考虑，我将十分感谢。

很快，我收到了卡卡赫尔的回复。他说他很感谢我向他推荐张世钢，他会积极考虑。我立即把这个情况通过电子邮件告诉了世钢。

世钢2007年7月结束了代表处的任期，回到北京。

那时，联合国环境署第二任驻华代表邵雪民任期已经结束并离任。联合国网站上已登出了此职位的招聘通知。世钢立即提交了申请。

经过考核和面试，联合国环境规划署执行主任阿齐姆·施泰纳（Achim Steiner）任命张世钢为联合国环境署驻华代表。他是联合国环境署第三任驻华代表。不久，他就到北京亮马河南路2号上班了。

2007年10月，联合国环境署副执行主任、我的多年的朋友卡卡赫尔先生来北京参加第7届世界体育与环境大会开幕式。世钢负责接待。他来华后，世钢给我来电话，说："卡卡赫尔先生提出要见你，你看如何见法。"我说："我请他吃饭，还可到我家里坐坐。"10月27日中午，我们在一起吃了涮羊肉，然后到我世纪城的家中坐了半天。世钢和中国常驻联合国环境署第七任副代表程伟雪也一起参加。卡卡赫尔见到我们以后，十分高兴，调侃说："这是内罗毕黑帮的聚会。"

我退休后担任中华环保联合会理事和国际合作顾问。2007年11月，我带领联合会国际部负责人王宇明和干部李蕾拜访联合国环境署驻华代表处。我把王宇明和李蕾介绍给世钢。我对他说："中华环保联合会是我国目前最有活力的一个环保民间组织，联合会希望发展与联合国环境署之间的合作，希望你能支持。"世钢说："联合国环境署十分重视民间组织在全球环境治理中的作用，我一定会努力促进双方的合作。"这次会面建立起了联合会国际部和联合国环境署驻华代表处的联系。此后，在世钢的推动和支持下，联合会和联合国环境署开展了卓有成效的合作。

2008年10月在北京召开了由环境保护部主办，中华环保联合会承办的第四届环境与发展中国（国际）论坛和中华环保民间组织可持续发展年会，世钢代表联合国环境署参加并发表讲话。

那时，卡卡赫尔已经从联合国退休。根据我的建议，联合会邀请他参加这次会议。他接受邀请，并和夫人一起来访。他在会上做了一个关于气候变化的讲话，受到欢迎。利用这次机会，卡卡赫尔、世钢、老程和我再次相会在北京。

2009年9月，在北京举行了第五届中国（国际）环境与发展论坛。这次会议由环境保护部和联合国环境规划署共同主办，中华环保联合会承办。该论坛的主题为"推进生态文明建设，促进绿色经济发展"。世钢代表联合国环境署在会上就这个主题发表讲话。联合国环境署在本届论坛专门设立和组织了绿色经济与可持续发展专题论坛。

此后，一年一度的环境与发展论坛都是环保部和联合国环境署主办，联合会承办。这个论坛在促进我国环境保护和可持续发展事业中发挥了积极的

生态文明贵阳会议分论坛主席台上。左起：河北省环保联合会汪贤强、联合国开发署谷青、重庆绿色志愿者联合会吴登明、联合国工发组织代表、张世钢、作者

作用。世钢功不可没。

经世钢的协调和组织，联合会申报的志愿律师培训项目和公众参与环境维权项目被联合国环境署亚太地区办公室批准为"亚太环境与发展论坛示范项目"下实施的两个子项目。这两个项目分别于2010年和2011年实施。它们对于推动我国环境维权志愿律师队伍的壮大，以及提升环保民间组织参与维权的能力和水平，推动污染事件的顺利解决发挥了积极的促进作用。

2009年中华环保联合会取得联合国经社理事会特别咨商地位和联合国环境署咨商地位资格，标志着这个当时才成立四年的环保民间组织已经登上国际舞台。

2009年10月，世钢告诉王宇明，说联合国民主基金正在公开向各国民间组织征求项目建议书，如获批准，它将提供资金支持。世钢建议中华环保联合会申请一个项目。宇明将这个信息告诉了我，我非常支持世钢的建议。在我的帮助下，联合会与联合国开发署联合提出了题为《保护公众环境权益》的项目建议书，后来得到批准。该项目于2011年1月至2012年12月由联合会和开发署联合实施，取得很大成功。它对推动我国环境保护工作，特别是保护公众环境权益发挥了比较大的作用。

世钢还亲自参加了这个项目下的一次活动。2011年7月上旬，在贵阳市召开了生态文明贵阳会议。联合国开发署主办了一个分论坛,作为联合国民主基金项目的一个活动。分论坛于 7 月 16 日下午举行,主题是"环境权益与公众参与"。我担任分论坛主席,主持了这次会议,世钢作为联合国环境署的代表在主席台就座,并就保护环境权益与公众参与这个主题作了发言。

在贵阳期间,世钢还向我介绍了联合国环境署与贵阳市的合作项目,包括"贵阳联合国环境署可持续发展生产与消费地方政府能力建设试点项目"、"亚洲生态计划"框架下的"建设环境友好、对社会负责经济发展模式政策执行项目",以及"贵阳市以生态建设为基础的可持续居住环境项目"等。

2011 年 11 月,联合国环境署地区合作司司长西本伴子访问中国。世钢安排她访问了中华环保联合会。联合会副主席兼秘书长曾晓东会见了她,向她介绍了联合会的宗旨和活动,并回顾了与联合国环境署的合作情况和成果,对与联合国环境署的合作表示满意,希望进一步加强双方的合作。

西本伴子回到内罗毕以后,给曾秘书长发来了一封感谢信。她在信中说:

> 自中华环保联合会成立以来,环境署与联合会开展了密切友好的合作,支持彼此的任务和使命。在中国(国际)环境与发展论坛上的成功合作为环境署与环保民间组织携手为国家环境决策提供技术支持并影响这种决策提供了良好范例。

西本伴子在信中对联合会已取得的成功以及联合会对推动中国绿色、低碳发展所发挥的日益增强的作用表示祝贺,并希望进一步加强双方之间的合作。

世钢还组织和协调了其他许多联合国环境署和中国在环境保护领域的合作活动。

2012 年,经过联合国环境署驻华代表处和中国环境与发展国际合作委员秘书处的共同努力,联合国副秘书长、联合国环境署执行主任施泰纳先生担任国合会第五届外方委员并任外方副主席。世钢是施参加国合会活动的主要顾问和助手。

联合国环境署在中国还开展了各种各样的青年环境运动,比如儿童环境绘画大赛，青年环境骨干培训，未来领导人培训，以及和北京市环境宣传教育中心合作开展的青年交流项目等。

2011年11月，联合国环境署"国际生态系统管理伙伴计划"启动，在北京建立了办公室。世钢在筹建此办公室的过程中做了许多工作，包括与外交部、中科院、环保部和联合国环境署总部的协调，以及双方协议的谈判和签字等。现在，该办公室正在组织实施全球环境基金"增强对脆弱发展中国家气候适应力的能力、知识和技术支持"等项目。

2014年7月下旬，我邀世钢和老同事程伟雪、张磊在我家聚会。世钢担任着联合国环境署驻华代表的职务，非常忙碌，他能来，我很高兴。世钢告诉我们，现在联合国环境署驻华代表处共有7名工作人员，还有多名志愿者。它的规模和开展的活动已同我初建这个代表处时大不一样了。

我和世钢曾在国家环保局国际合作司共事，后来先后担任中国常驻联合国环境署副代表和联合国环境署驻华代表。我们一起回顾几十年的交往、合作和友谊，回顾那逝去的峥嵘岁月，感慨万千。我们有幸一起参与了中国和国际环境外交事业的启动和发展历程，这是历史缘分。

相聚在达喀尔

《联合国关于持久性有机污染物斯德哥尔摩公约》（简称《斯德哥尔摩公约》）是联合国环境署管理的一个多边环境法律文书。该公约第三次缔约国大会于 2007 年 4 月 30 日至 5 月 4 日在塞内加尔首都达喀尔举行。我作为 IISD 报告组的一名成员，参加了《地球谈判报告》（ENB）的撰写工作。

塞内加尔位于非洲最西部，人口 1000 万左右。达喀尔位于塞内加尔西部，濒临大西洋，人口 200 万。这是一座美丽的城市，到处是绿树鲜花，到处可以看到一幅幅绚丽多彩、风光旖旎的图画。我们住进了一家小旅馆，坐落在大西洋岸边，简陋，但很干净。我被安排在一间独立的小茅房内，后来被队友们戏称为"Uncle Lao Xia's Cabin"（老夏叔叔的小屋）。

中国政府派出了一个由 18 人组成的庞大代表团出席，其中三人为香港特别行政区的代表。中国代表团团长和代表团的多名主要成员，我都很熟悉。在达喀尔重逢，我们大家都很高兴。

《斯德哥尔摩公约》（以下简称《公约》）是国际社会为了采取共同行动，控制持久性有机污染物（POPs）对人类健康和环境的危害而制定的一项国际法律文书。持久性有机污染物包括滴滴涕、氯丹、多氯联苯、二恶英和呋喃等许多污染物。它们被排放到环境中以后，很难降解，会长期对人类健康和环境造成巨大的危害。《公约》的目的就是控制这些污染物的排放，保护人类环境和人体健康。《公约》已于 2004 年 5 月 17 日正式生效，我国是缔约国之一。

出席这次会议的中国代表团团长是国家环境保护总局国际合作司副司长岳瑞生。他在会议上十分活跃。在《公约》执行机制和有效性评估、与其他化学品公约的协调、技术援助、《公约》执行计划、资金和预算等议题下都

IISD 报告组在老夏叔叔的小屋前

积极发言，会后和各利益相关方进行磋商，为会议的成功召开做出了重要贡献。我们在 ENB 中大量地反映了他的发言。同时在 IISD 专门的网页上，多次登载了他和中国代表团发言和其他活动的照片。在 ENB 中反映的中国代表团的发言，多数是我写的。

我和岳瑞生认识已有 10 多年了。1996 年 4 月，我作为中国代表团的成员，参加了在纽约召开的联合国可持续发展委员会第四次会议。会后，又飞往华盛顿，参加中美科技联合委员会会议。代表团团长是国家科委副主任惠永正。因为议题中有环境保护合作，因此要求国家环保局派一人参加代表团。当时岳瑞生是中国驻美大使馆一等秘书，负责代表团的接待工作。那时他很年轻，长得英俊潇洒，我们大家都叫他"小岳"。小岳工作认真负责，能力很强，英语说得很好，工作很出色。会议期间，他对我说，他在使馆的任期将到，很快就要回国。回国后希望能到国家环保局国际司工作。回到北京以后，我向解振华局长和主管外事工作的叶汝求副局长汇报了此事。他们表示同意。我遂亲自写了一个报告送人事司审核后，报两位局长审批。就这样，小岳被国家环保局录用，并被任命为国际司国际合作处副处长。与此同时，我被国务院任命为中国常驻联合国环境署副代表。我们两人在 1996 年 9 月同时走上各自的新岗位，因此未能一起在国内共事。

在达喀尔会议期间，我们两人都很忙，没有长谈，但有过几次简短的对话。一次是我们在会场过道相遇，和他在一起的有香港环境署环境保护主任杨戎博士等。他见到我后，立即热情地和我打招呼，并把我介绍给香港代表。还有一次是他对我说，他到会场时，印刷的 ENB 已经没有了，希望我们多印一点。我把我保存的前几天的报告送给了他。以后几天，我们增加了 ENB 印量，满足了大家的需要。

会议进行到第五天，在上午休息时，一位穿紫色外衣的年轻女士走到了我的面前。昨天我和她曾经见过面，并说过话。这时，她对我说："夏叔叔，我是陈德彰的儿媳妇，叫周红，是经你介绍进的环科院，见到你真高兴。"她说，昨天见我时，没有认出我来，后来代表团中的同事告诉她，我是原来国家环保局国际司司长，才知道我就是给她介绍过工作的夏叔叔。她还告诉我，她现在在国家环保总局化学品登记中心工作。

陈德彰是北京外国语大学的英语教授。1981 年 12 月，我们同时被国务院环境保护办公室借调，在联合国环境规划署特别理事会上担任同声传译。后来成了朋友，不时有些来往。我到国家环保局工作后，多次找他给我们翻译资料或书籍。10 多年前，我接到了陈德彰的一个电话。他说："我儿媳妇周红研究生才毕业，是学环境科学的，准备找工作，想去中国环境科学研究院工作，能否请老兄帮忙联系一下。"我马上说："我可以试试。"我给环科院的一位副院长打了一个电话，说明了情况，希望考虑安排。后来周红被环科院录用，成了一名研究人员。后来我去了肯尼亚，就失去了联系。

我从未见过周红。想不到能在异国他乡见面，我也十分高兴。

回国后，我给陈德彰打了一个电话，说起我和他儿媳在达喀尔的会面。陈德彰十分兴奋，说："周红现在干得很好，经常出国参加国际会议，还代表中国和外国签过合作协议。"话语中流露出赞许和骄傲。

在代表团成员中，我还认识王茜、于飞、杨小玲等人。王茜、杨小玲曾是我的部下。10 多年前，我对她们进行面试后调入国家环保局国际合作司的。杨小玲当时是环保总局所属对外经济合作办公室的《关于持久性有机污染物斯德哥尔摩公约》处处长，王茜当时是总局国际司国际处副处长，工作都很出色。王茜毕业于北京外国语大学英语学院，英语非常好，担任中央领导翻译，水平不亚于外交部最出色的翻译。她的丈夫叫小赖，也曾是我手下的一名干部，后来到美国留学。在申请留学过程中曾发生过与我有关的有趣事情。在会上见到我，她们都热情地和我打招呼。我们都很高兴。

2006年9月，我作为IISD报告组的一名成员，在匈牙利的布达佩斯，为"政府间化学品安全论坛第五次会议"写《地球谈判报告》。报告组的一位同事、名字叫凯伦的巴西小姐，曾要我给她找对象，我也曾答应过，但我们知道双方都是开玩笑而已，不太把它当作一回事。在这次塞内加尔会议，我又遇到了凯伦，这次她是IISD报告组组长。

4月29日上午10点，报告组全体成员在旅馆大堂内集合。我到达大厅时，大部分队员已经在那里了。我和澳大利亚人梅拉尼（Melanie）曾在今年4月在北京一起为《联合国气候变化框架公约》的一次会议写过报告，已经认识了。我首先走到她面前，按老规矩，互相拥抱。随后与其他初次见面的几位一一握手，互相认识，其中有美籍印度人思基娜（Sikina Jinnah）、意大利和英国双重国籍者奥丽薇亚（Olivia Pasini）和肯尼亚人塔拉世（Tallash Kantai）和乔欧（Joe Nyangon）。除乔欧以外，全部是年轻女孩，长得都很漂亮。

队长凯伦姗姗来迟，我正想走过去与她拥抱，却突然发现了在她身上出现的微妙变化，明显是怀孕了。我立即收住了脚步。不想凯伦一边说着，"Lao Xia, How are you?" 一边径直向我走来，与我hug。我与她贴了一下脸，连忙放开。

我说："Karen, What`s happened to you?"（你发生了什么事？）

她嬉皮笑脸地说："I have a baby."（我怀孕了。）

我说："我正准备给你介绍男朋友呢？可你却结婚啦。"

她连忙说："No, No, 我只有男朋友，没有结婚。"

我问："男朋友是谁呀？"

她答道："He is a handsome British guy."（是一个英国帅哥。）

我说："Congratulations！"（祝贺你！）

她说："Thank you!"（谢谢！）

会议期间，凯伦领导十分有方。我们每天要出一份报告，第二天就要发到会议代表手中，工作是很辛苦的。在以往的会议中，我们每天晚上大多要工作到深夜11点以后。而这次，我们在白天基本上完成了报告的初稿，晚上进行编辑，大多是在10点前就完成了。而且，凯伦往往让我提前离开。凯伦虽然挺着大肚子，但总是最后离开。她经常不和我们一起吃饭。我对她说："你应当让宝宝吃呀。"她说："谢谢你的关心，我带了一些食品，在房间吃。"

会议结束后，我们花了两天的时间，完成了总结报告的撰写。凯伦随后要每人把对队友的评价写在一张小条子上，应包括优点和缺点。

我给凯伦的条子上写了以下的话：领导有方，工作效率高；应注意给宝宝吃饱。

凯伦给我的条子上写了以下的话：A great team member, assisting us all with incredible insights about the analysis. （一位了不起的队员，给我们提供了极其重要的分析意见。）

一个队员在条子上说：Lao Xia was great to work with. He always had an explanation whenever anyone on the team was confused about something that was going on. It is very difficult for someone so new to this field to critique someone with his wealth of experience. It was an honor to work and learn from him. （与老夏一起工作真是太好了。当团队中有人对正在发生的什么事情搞不明白时，他总能给出解释。对他这样一位经验极为丰富的人，我们很难提出什么批评意见。与他在一起工作，并向他学习，是我的荣幸。）

另一个队员说：Lao Xia is very analytical and careful. Great to work with! （老夏分析能力强，工作认真。与他在一起工作真是太好了。）

凯伦告诉大家，宝宝的预产期是9月，做完这个会后，立即到德国波恩做一个《联合国气候变化框架公约》的会，然后就休息，准备生小孩了。

会后，我们在一起共进晚餐，凯伦依然没有参加，电子编辑乔欧已经回国了，因此就剩下三个女孩子和我。女孩子们都喜欢喝白葡萄酒，喝了两瓶。吃饭是能报销的，但酒不能。我抢着要付钱，思基娜和奥丽薇亚说："白天去城里游览是你付的出租车钱，这酒我们两人分担了。"我把已经放在桌子上的钱收了回来。思基娜最近刚结婚。她拿出婚礼时照的照片给我们看。丈夫是一个很英俊的美国人。我们向她表示祝福。

我们来自五个不同国家的六个人在一起度过了紧张而又愉快的一周。

卡尼亚罗访华记

卡尼亚罗是我在联合国环境署总部工作期间的顶头上司，曾给了我许多的支持和帮助，是我环境外交道路上的又一个贵人。

2003年4月，卡尼亚罗退休。此后，他被聘请担任联合国环境署法律顾问，不时参加联合国环境署的一些与多边环境法律协议的谈判和实施有关的活动，提出咨询意见。同时，他在内罗毕的委斯特兰特开了一个律师事务所，从事律师工作。

我于2004年8月退休，此后参加了国际可持续发展研究院报告部，为联合国在环境和可持续发展领域的重要会议撰写《地球谈判报告》（ENB）。

2005年10月17日至28日，在内罗毕召开《联合国荒漠化公约》第7次缔约方大会。我赴会撰写ENB。会前，我给卡尼亚罗发了一个电子邮件，告诉他这件事。他立即回复，说他与我好久未见，非常想念，他和夫人塔别莎邀我到他们家里做客。

10月22日是星期六，没有会议，我按预先约定的时间到了卡尼亚罗的家。

卡尼亚罗的家在一个独院内。院子内是一栋两层别墅，四周是花园，篱笆上长满鲜艳的三色梅。院子内还有一些花草树木，很是美丽。

见了面，我们两人的手紧紧地握在了一起。

我说："Donald, I am so glad to see you again."（唐纳德，再次见到你，我太高兴了。）

他说："Kunbao, I am glad to see you again too."（堃堡，我也很高兴再次见到你。）

卡尼亚罗的全名是唐纳德·卡尼亚罗。在联合国环境署工作期间，低级官员一般叫他"卡尼亚罗先生"，高级官员都称他"唐纳德"。我叫他"唐纳德"。他叫我"堡堡"。

卡尼亚罗的夫人也与我握手。他们的大女儿和一对龙凤胎儿女也在家里。这个大女儿在美国一所大学取得博士学位后，于2002年申请联合国环境署的一个职位，通过考核和面试后被联合国环境署录用，成了联合国环境署的一名低级官员。我在联合国环境署的时候见过她。卡尼亚罗共有五个儿女。他们分别在美国和南非上学，都获得了硕士或博士学位。在联合国，国际职员都能享受教育津贴供儿女读到大学毕业。但卡尼亚罗是肯尼亚人，联合国环境署在肯尼亚，因此是当地雇员，不能享受此待遇。他的几个孩子都是靠他自己的力量受到了高等教育。真是不容易呀！

我们在一起共进午餐。主人用烤肉招待我，有鸡肉和牛肉。主食是五咖喱，这是一种用玉米面做的比粥要稠一些的肯尼亚人每天吃的食物。我们喝着啤酒，吃着烤肉和五咖喱，回忆着我们在一起度过的4年多的美好时光，重温我们之间的友谊，很是快乐。

我问："唐纳德，你什么时候和夫人一起到中国旅游呀？"

他答道："我去过北京，没去过其他地方，塔别莎从未去过。中国有那么多美丽的地方。我们是一定要去的。"

他问夫人："我们明年去如何？"

他夫人高兴地说："好的。"

我们商定，他们确定时间后再告诉我。我将为他们安排在中国的全部活动。

2006年9月，卡尼亚罗和他的夫人塔别莎来中国访问，于9月9日抵达北京。我到机场迎接。

我把他们接到了我在海淀区世纪城的家里。当时北京正是初秋时节，天高气爽，空气新鲜。我们居住的小区院内花草树木，小桥流水，十分美丽。我妻子已在家门口等候。我们两家在内罗毕时就时有来往。妻子见到他们，就是见到了久别重逢的老朋友，很是亲热。她接过他们手中的行李，把他们带到了主卧内，说："这几天你们就住在这间房里了。"这原来是我们夫妻的卧室，是这套房子中最好的一间。得知他们要来，我们前两天就搬到另外一间房内住了，并把此房打扫干净，换上了干净的床上用品。卡尼亚罗夫妇

在作者家中共进晚餐

见了此状,很是欢喜。

晚上,我们一起在家中用餐。夫人准备了中国的饺子和肯尼亚人最爱吃的红烧鸡块招待他们。

第二天,夫人带他们在北京游览,我全程陪同,并担任讲解员。他们参观了故宫、天坛、颐和园。卡尼亚罗2003年来华就建立联合国环境署驻华代表处一事与中国有关政府部门磋商。那时我曾陪同他参观过这些地方,故地重游,他仍然兴致勃勃。他夫人是第一次来华,对见到的一切,都赞不绝口。她说:"中华文明绵延几千年,真是了不起!"她曾是一位中学老师,很有文化,说话总是文质彬彬的。

9月11日,我包了一辆出租汽车带他们去八达岭长城参观。他们和我一起爬到了第一个烽火台。到达后,三人都是气喘吁吁的。我对他们说:"毛主席说:'不到长城非好汉',你们现在是好汉了。""好汉"译为英文是"hero",就是"英雄"的意思。他们听后很高兴。

9月12日晚,我和卡尼亚罗夫妇一起乘火车到了西安。陕西省环保局的一位年轻女士到车站迎接。她自我介绍说姓李。这样,我叫她小李,卡尼亚罗夫妇叫她Miss Li。小李把我们带到了她为我们预订的旅馆。

第二天,在小李的带领下,我们开始了在西安的旅游。

我们首先参观了西安城墙。小李成了我们的导游,我当翻译。小李介绍

卡尼亚罗夫妇在天安门广场　　在西安南门前合影。左一是小李

说，从公元 582 年，即隋唐开始一直到现代，西安城墙经历了五次大的修建。我们看到的城墙是明代建筑，因此也称西安明城墙，是中国现有规模最大、保存最完整的古代城垣。现存城墙全长 13700 米。它于 1370 年开始修建，1378 年竣工，历时 8 年。我们登上了城墙。城池城门，宏大壮观，卡尼亚罗夫妇赞不绝口。

　　参观兵马俑是卡尼亚罗此次访华的高潮。他们说，他们早就听说兵马俑了，知道秦始皇陵和兵马俑早就被联合国教科文组织批准列入《世界遗产名录》，被誉为"世界八大奇迹"之一。我们走进了兵马俑坑，看着那一个个威武雄壮的秦军将士和一匹匹昂首嘶鸣奋蹄欲奔的战马，似乎看到了古战场上的硝烟弥漫和血雨腥风，又仿佛看到了硝烟散去以后的歌舞升平，看到了气势磅礴的中国古代文明。我把我的这些想法告诉了卡尼亚罗。他说，他也是这种感觉。他还说，这是他见到的最令他震撼的古文明。

　　14 日晚，我们乘飞机到了上海。

　　我告诉卡尼亚罗，我父母年轻的时候就在上海打工。我出生在上海，出生后不久就被送去江苏常熟老家和祖父母一起生活，并在那里上小学。小学毕业后回到上海父母身边。读完中学后到北京上大学。20 世纪 60 年代，我父亲退休后和母亲带着两个年幼的弟弟回到老家常熟，我哥哥和妹妹留在上海成家立业，一直住在那里。

在上海外滩合影

第二天，上海环保局外事干部王继峰带领我们在上海参观。我们首先去了南京路，在那里散步、观光、购物。卡尼亚罗夫人买了许多东西，有化妆品、首饰等。

然后到了外滩。在这里，他们看到了新中国成立前殖民者在100多年中建起的万国建筑博览群，又看到了对岸浦东陆家嘴金融区改革开放以来建起的现代摩天大楼群。这两组建筑群，就是今日上海的象征。站在黄埔江边，卡尼亚罗赞叹不已，说："这里，我看到了上海的过去，也看到了它的现在，看到了中国难以置信的发展。"

通过外滩观光隧道，我们来到了浦东陆家嘴金融区。穿梭在一座座现代化建筑之间，卡尼亚罗说："这里比纽约曼哈顿还要漂亮、现代。"中午，我们在东方明珠电视塔顶部的旋转餐厅共进午餐。

下午，我们又去了豫园，在花园内散步，在九曲桥上行走，在城隍庙前驻足，欣赏着这座古代园林的魅力。这里，客人们看到了建于明代的道教庙宇。卡尼亚罗夫妇信奉基督教，但看来对这里的道教文化兴趣也很浓厚。

然后，我带他们到我妹妹梅宝家做客，受到热情接待。

9月16日上午，我江苏常熟老家的弟弟全保来上海接我们。全保是外资企业江苏理文造纸厂厂长，这次坐了一个小面包车来接我们。

在以后的3天中，全保带我们在常熟、苏州和无锡游览。

常熟十分美丽。我们首先参观了虞山风景区。虞山既是风景区，又是国家级森林公园，山上林木荫翳，郁郁葱葱，百鸟争鸣，引人入胜。

常熟古城以南约五公里处有个大湖，叫尚湖。相传商朝姜尚太公为躲避商纣王的迫害曾隐居在此垂钓而得名，现属国家级风景区。尚湖水域面积1.2万亩，与虞山连成一片，这里山水相映，湖面宽广，湖水清澈，碧波荡漾，芦荡隐浮，鸥鸟飞翔，风景异常旖旎。

我们还参观了兴福寺、方塔园、荷香洲公园、沙家浜等旅游景点。我们流连忘返。我对卡尼亚罗说："这就是我的家乡，我在这里长大。"他说："你家乡太美了！"

在城隍庙合影。右一是王继峰

9月18日，我们参观了常熟市支塘镇的蒋巷村。蒋巷村在该村支部书记常德盛的带领下，把一个贫穷落后的村庄变成了一个工农业生产蓬勃发展，村民生活十分富裕的新农村，成为全国的一面旗帜。2003年夏天，那时我还是联合国环境署驻华代表，在当时常熟市环保局局长姚丽英的陪同下参观过这个村庄。

常德盛在村史展览馆大门口等着我们。见了我们以后，常书记与我们一一握手，热情地说："欢迎，欢迎。"卡尼亚罗说："我们非常高兴来这里参观。"

然后，常书记陪我们参观了村史展览。展览展示了蒋巷从一个贫穷落后破破烂烂的小村子发展成一个繁荣昌盛美丽富饶的新农庄的历史。这里展出了授予蒋巷村的全国文明村、国家级生态村、人居环境范例奖等的各种奖状和奖牌，还展出了党和国家领导人参观蒋巷村的照片。2003年我来这里参观时与常书记和姚局长的合影也挂在了展览厅内。我对常书记说："我是普通

在住宅小区与常德盛、卡尼亚罗夫妇合影

人,这张照片可以不挂。"常书记说:"你是联合国高官,你来参观是对我们的支持,应该有这张照片。"

常书记带我们到他们的住宅小区参观。他告诉我,全村共有186户,830人。村里用集体资金建了186栋别墅,每户一栋,免费分配给每户村民。展现在我们眼前的是一排排西式洋楼,粉红色屋顶,白色的墙,每栋楼前都有一个小花园。整个住宅小区就是一个大花园,满是花草树木,还有我们江南的竹子,一座座小楼掩映在绿树红花丛中,非常美丽。

我们走出了小区,看到一片挂着沉甸甸稻穗的稻田。常书记介绍说,这是晚稻,还有一个月左右就成熟了。他们共有1000多亩农田,实行集约化经营、机械化耕作、标准化生产和生态化种植。他们不用有害的农药和化肥,多用有机肥料,生产无公害的优质粮油。

离别的时候,卡尼亚罗握着常德盛的手说:"谢谢你给我上了一课。在这里,我看到了中国农村的发展。我非常感动。"

我们乘车到苏州参观游览,从常熟到苏州不到一个小时。我们参观了拙政园和留园等著名园林和虎丘塔等著名古建筑。我对卡尼亚罗说："我们这里有两句话来描写苏州,一句是'苏州园林甲天下',还有一句是'上有天堂,下有苏杭',说明苏州非常美丽。"卡尼亚罗说："我去过世界上很多地方,这确是世界上最美的地方之一。"

在苏州东南方向52公里处,有一个名为周庄的古镇,周庄号称"中国第一水乡",非常有名,我们也去参观了。古镇四面环水,因河成镇,依水成街,以街为市。井字型河道上完好地保存着14座建于元、明、清各代的古石桥。800多户原住民枕河而居,60%以上的民居依旧保存着明清时期的建筑风貌。我们穿街走巷,进出街旁出售当地土特产的商店。卡尼亚罗夫人买了几串当地出产的珍珠项链,很是喜欢。

在无锡,我们参观了鼋头渚风景区。鼋头渚是太湖西北岸无锡境内的一个半岛。在这里,我们看到了十分美丽的太湖风光,碧水辽阔,烟波浩渺,峰峦隐现,气象万千。鼋头渚是太湖风景区最美的一角。那里有10多个景点。因时间关系,我们只看了其中的几处。

我们还参观了灵山风景区。这个景区也在太湖之滨,规模庞大,山水相连,集自然风光和佛教文化于一身。山水之间,矗立着一座巨大的佛像,名为灵山大佛。它于1997年11月落成,高88米,气势恢宏,被称为中国第一大佛。我对卡尼亚罗夫妇说,这是我见到的现代建造的佛像中最为庄重、精致、宏伟的一个。他们说,他们也从未见过如此精美的佛像。

在无锡参观的时候,我接到了《北京青年报》记者马宁的一个电话,她告诉我,科特迪瓦发生了外国非法向该国倾倒有害废物的事件,该事件已造成了大面积的污染,数人死亡和许多人中毒。她说:"你曾经担任过联合国环境署环境应急协调员,请问你对此事有何看法?你预计联合国环境署会采取什么措施?"我对她讲了一些有关情况并发表了初步的看法。我告诉她,联合国有一个《关于控制危险废物越境转移和处置的巴塞尔公约》,这是一个由联合国环境署管理的多边环境法律文书。科特迪瓦发生的这件事是一个违反《巴塞尔公约》的事件。我对她说:"我以前的领导卡尼亚罗先生就在我旁边,你让他谈谈看法吧!"

卡尼亚罗接过我手中的手机。马宁英语很好,她开始用英语提问。

卡尼亚罗向她介绍说，《巴塞尔公约》是一个全球性的公约，而实际上1992年非洲各国还签署了一个更加严格的区域性公约《巴马科公约》，禁止在任何情况下向非洲进口危险废物和危险废物在非洲境内的跨界运输。《巴马科公约》签署的背景是在此之前发达国家向非洲等发展中国家转移危险废物的情况严重，而一次意大利向非洲转移废物的事件最终导致了《巴马科公约》的诞生。此公约签署之后，向非洲转移废物的事件明显减少。

卡尼亚罗夫妇、作者和全保（左二）及其夫人（右二）、儿媳（右一）等在灵山风景区合影

卡尼亚罗气愤地表示，根据《巴马科公约》，非洲任何国家政府根本就不能签署允许废物进口的批准书。这次事件是自1992年《巴马科公约》签署之后最严重的一次转移废物并造成污染的事件，该国政府的有关官员不仅必须辞职，而且应该受到监禁、罚款等更加严厉的法律处罚。

马宁对我们两人的采访登载在2006年9月18日《北京青年报》上。

9月19日，卡尼亚罗夫妇从上海飞回内罗毕，我飞回北京。我们一起到了机场。分手前，卡尼亚罗握着我的手说："我和塔别莎非常感谢你的热情接待，这是我们最愉快的一次旅行。"我说："我能在自己国家接待你是我的荣幸，希望以后保持联系。"他说："一定！"

卡尼亚罗回国以后给我发来了一封电子邮件，说："我和塔别莎为你和你夫人的热情好客深深地感动，我们将把你们的爱和在中国访问留下的美好记忆永远地留在心里。"

内罗毕 MAFIA 相聚北京城

2007年10月25日晚，由国际奥委会、北京奥组委和联合国环境规划署联合召开的第七届世界体育与环境大会在京开幕。联合国助理秘书长、环境规划署副执行主任沙芙卡特·卡卡赫尔先生出席开幕式并致辞。

卡卡赫尔先生还授予北京奥组委联合国环境署保护臭氧层公众意识奖，北京市委书记、北京奥组委主席刘淇代表奥组委接受奖牌。卡卡赫尔先生在京期间，刘淇和国家环保总局局长周生贤分别会见了他。国内外各大媒体对此大会做了广泛的报道。

卡卡赫尔先生是我多年的朋友。这次他来华后，新任联合国环境署驻华代表张世钢给我来电话，说："卡卡赫尔先生提出要见你，你看如何见法。"我说："我请他吃饭，也可到我家里坐坐。"我还对世钢说："你问问他，喜欢吃什么。"世钢问过后对我说："卡卡赫尔先生说，这几天总是参加官方宴会，和夏先生一起吃饭，希望简单一点，吃点有北京特色的东西。"10月27日中午，我请卡卡赫尔先生在我家附近的金源时代购物中心五楼的东来顺餐馆吃涮羊肉。我们已经有一年多没有见面了。我们俩紧紧拥抱。世钢和我另一个朋友程伟雪也一起参加。世钢和老程都曾任国家环保总局国际合作司副司长。有意思的是，我们三人都先后担任过中国常驻联合国环境规划署副代表，常驻内罗毕，与卡卡赫尔都有过非常密切的交往和友好的合作。世钢不久前完成了副代表的任期。与此同时，他申请联合国环境署的一个职位。在卡卡赫尔的支持和帮助下，被任命为联合国环境署驻华代表，从中国政府官员，变成了一名联合国的高级职员。他是此职的第三任，我曾是第一任。卡卡赫尔是穆斯林，非常喜欢吃涮羊肉，不吃猪肉，但喝酒。我们要了红葡萄酒和啤酒，频频举杯，为我们的友谊干杯。

2007年10月,刘淇接受卡卡赫尔颁发的奖牌。鼓掌者为周生贤

午饭后,我邀卡卡赫尔到我家做客,世钢和老程一起作陪。卡卡赫尔是巴基斯坦人,我给他看我从巴基斯坦带回来的一些宝贝:一块美丽的波斯地毯、一个能折叠的用一块整木做成的花架和一只彩色大理石雕刻而成的天鹅。我们亲热地交谈,一起回忆我们多年来的合作和友谊。卡卡赫尔对我们三人说了许多好话,特别赞扬我们一贯支持联合国环境署的工作,为全球环境保护事业做出了出色的贡献。我对他说:"我在联合国环境署工作期间,你给了我一贯的支持和帮助。没有这种支持和帮助,我不可能做好我的工作。"卡卡赫尔赞扬我和老程退休后仍继续为全球环境保护和可持续发展事业做些工作。我说:"老程做的是大事,我做的是小事。"

我们在一起谈了一个下午。然后我们一起坐车到王府井附近的南京饭店,出席杜起文大使招待卡卡赫尔的晚宴。杜起文2000年至2002年曾任中国驻肯尼亚大使、常驻联合国环境规划署代表,时任中央外事办公室副主任。这不是一次官方宴会,而是一次朋友间的聚会,所以大家都穿着便服。杜大使任常驻联合国环境规划署代表期间,老程是副代表,卡卡赫尔和我是联合国环境署官员,都在内罗毕。我们几个有过多次的聚会。杜大使说一口标准的伦敦英语。席间,杜大使为赞扬卡卡赫尔为促进全球环境保护事业以及联合国和中国在此领域的合作所做出的贡献,为他在促进中国和巴基斯坦两国间的友谊,为我们5人之间的友谊频频举杯祝酒。

卡卡赫尔十分高兴,调侃说:"This is a gathering of the Nairobi

2008 年 10 月 23 日，晚宴后合影。左起：张世钢、作者、卡卡赫尔、杜起文、程伟雪

mafia."（这是一次"内罗毕黑帮"的聚会。）我们大家哈哈大笑。

2008 年年初，卡卡赫尔结束了在联合国环境署的使命后退休，和夫人一起回到巴基斯坦首都伊斯兰堡。他给我发来一个电子邮件，告诉我这个消息，并表示希望继续保持联系。我祝贺他光荣退休，并希望他有机会偕夫人再来中国，我将陪同他去一些他没有去过的地方游览。

这样的一个机会终于来了。中华环保联合会决定于 2008 年 10 月在北京召开中国第四届环境与发展国际论坛。我是中华环保联合会理事、国际合作顾问，我建议邀请卡卡赫尔先生参加会议。联合会副主席兼秘书长曾晓东批准了我的建议。我把曾秘书长的邀请信给他发了过去，并建议他夫人和他一同来访。他很快答复，表示非常高兴接受邀请。

卡卡赫尔夫妇于 10 月 17 日抵达北京。当天晚上，中华环保联合会副秘书长冯晓星设晚宴为他们洗尘，我也参加了。根据我的建议，还邀请了杜起文大使、世钢和老程参加。

中国第四届环境与发展国际论坛于 10 月 18 日至 19 日召开。会议由原国务委员、中华环保联合会主席宋健主持，全国人大常委会副委员长周铁农、环境保护部部长周生贤和国家发展改革委员会副主任解振华等领导和各界人士 500 多人出席。此次会议的主题是"关注气候变化　推进节能减排　防治大气污染　促进国际合作"。卡卡赫尔在会上做了一个关于全球气候变化问

2008年10月20日,在黄山上合影。左起:卡卡赫尔、作者夫人、作者、卡卡赫尔夫人、李蕾

题的报告,为会议的成功做出了贡献。我也参加了会议。

20日晚,卡卡赫尔夫妇、我和夫人,还有联合会年轻干部李蕾登上了开往合肥的火车。以后的两天,在安徽省环保局和省环保联合会的精心安排下,我们一起游览了美丽的黄山。

清晨我们就出发了。秋天的黄山十分美丽,苍绿的奇松,红黄兰紫绿各色树木,五彩缤纷,还有那险峻奇特的山峰,到处是一幅幅天然的画卷。我们站在高耸的黄山之巅,俯首下视云层,好似到了大海边上。只见巨涛翻滚,此起彼伏,时而平静,轻柔如绢,时而上下翻腾,云浪滚滚,高山尖峰在云雾中忽隐忽现。

看着这美丽的景色,卡卡赫尔夫妇十分高兴,说从来也没有见过这么美丽的山。

23日,我们乘飞机一起回到了北京,曾晓东秘书长设宴欢送卡卡赫尔夫妇,我也参加。曾晓东2002年曾率领一个环保代表团访问过内罗毕联合国环境署总部。我安排了他与卡卡赫尔和其他联合国环境署官员的会谈,卡卡赫尔还在内罗毕的一家中餐馆宴请了代表团。后来,卡卡赫尔访华时也曾与他见面,所以他们已是老朋友了。曾秘书长感谢卡卡赫尔参加此次环境与发展论坛,祝他们一路平安。卡卡赫尔感谢曾秘书长为他和夫人在华期间的活动所做出的精心安排。

宴会以后，卡卡赫尔握着我的双手，动情地说："Please take care and hope to see you again."（请多多保重，希望以后还能见面。）我说："I am sure we will meet again."（我们一定会再次见面的。）

2008年年底，卡卡赫尔给我发来一封邮件，告诉我他接受了两个新的任务：一是代表巴基斯坦出任《联合国气候变化框架公约》下的清洁发展机制执行委员会委员；二是出任巴基斯坦环境部长特别顾问。他还说，他将可能陪同巴基斯坦环境部长访问中国。我答复对他表示祝贺，期待着与他在北京再次见面。

2009年12月，我写的《环境外交官手记》一书出版。这是一部纪实文学作品，记述了我近20年环境外交生涯中所经历的一些重大事件。应我的要求，卡卡赫尔为此书写了《序言》。他在《序言》中记述了从1996年我们在内罗毕的相识到在联合国环境署常驻代表委员会中的合作，从在联合国环境署的共事到我们结下的深厚友谊……他还对我的绿色一生做了肯定的评价。

我和卡卡赫尔结缘20余年，这是异国情谊，历史缘分。

全球部长级环境论坛

大家都还记得，1993年9月24日凌晨，在欧洲西南部的袖珍国摩纳哥，无数中国人期待的目光聚焦在这里。国际奥林匹克委员会正在这里投票决定2000年奥运会的举办权。当萨马兰奇缓步走向讲台时，大家屏住呼吸，等待着希望的结果如期到来。但最后悉尼以两票优势获得了举办权。中国首次申办奥运的历程以遗憾收场，中国代表团满脸沮丧。这个活动使许多中国人认识了摩纳哥。

2008年2月20日至22日，在摩纳哥的格力马儿迪（Grimaldi Forum）会议中心召开了联合国环境署第10次特别理事会兼全球部长级环境论坛。我以国际可持续发展研究院（IISD）报告组成员的身份参加会议的工作，这是我退休后第三次以此身份参加联合国环境署理事会了，但这是我第一次到摩纳哥。

会议主要讨论筹措资金应对全球气候变化和加强全球环境管制两大议题。摩纳哥国家元首阿尔贝二世亲王（Prince Albert Ⅱ）出席了开幕典礼并发表讲话。他强调了对气候变化做出早期预警的重要性，并介绍了他亲自观察到的气候变化对北极生态环境的影响。摩纳哥代表团在会上提出了一个保护北极的决议草案。会上，联合国环境署执行主任阿齐姆·施泰纳（Achim Steiner）宣布授予阿尔贝二世亲王2008年联合国环境署"地球卫士"荣誉称号，以表彰他对全球环保工作的重视和贡献。

中国派出了一个以国家环保总局副局长李干杰为团长的10人代表团出席会议。李干杰40岁开外，年轻有为，兼任国家核安全局局长，是副部级干部，对外头衔是Vice Minister，即副部长。中国代表团介绍了中国政府制定的《中国应对气候变化国家方案》，并阐述了关于应对气候变化和加强

2008年2月,大会主席台上。左起:联合国环境署执行主任阿齐姆·施泰纳、阿尔贝二世亲王、理事会主席罗伯托·多布尔斯、理事会秘书贝弗力·米勒

全球环境管制两大议题的有关立场。中国代表团成员、国家发改委气候变化办公室巡视员高广生介绍说,到2020年,中国的可再生能源将占能源总量的15%。中国代表团的发言得到了各国代表的普遍好评。

会议总的来说开得比较顺利。唯一有争议的是关于联合国环境署特别理事会的定位问题。联合国环境署理事会每年召开一次会议,以常规理事会和特别理事会会议两种形式交替举行。常规理事会总在内罗毕总部举行,特理会则在世界各地召开。两类会议都同时是全球部长级环境论坛。美国代表团在此次会上提出了一个决议草案,主张联合国环境署特别理事会除那些特别紧急因而不能等到明年常规理事会通过的决议外,一般不讨论和通过其他决议。因此,这次会议美国只同意通过关于《联合国环境署2010—2013中期战略》一项决议。美国的提议得到了少数国家的支持,但大多数国家都反对。中国代表发言中强调了联合国环境署特理会的作用,说如果特理会不讨论和通过决议,我们的部长就不来参加了。最后美国撤销了该决议草案,但美国的意见写入了大会报告。

关于筹措资金应对全球气候变化问题,大会强调从各种渠道筹措资金应对全球气候变化,特别强调了私人部门和金融界的作用。目前全球可用于应对气候变化的资金是有的,但主要存在两个问题,一是资金流动不平衡,很少资金流入非洲国家;二是用于适应气候变化的资金有限,因此,会议呼吁《京都议定书》下的"适应气候变化基金"应充分发挥作用。

关于加强全球环境管制问题,欧盟竭力主张成立联合国环境组织,但美国等国仍强烈反对。在会上,"联合国环境活动机构框架非正式磋商机制"两主席墨西哥赫勒(Claude Heller)大使和瑞士莫勒(Perter Maurer)大使说,关于成立联合国环境组织一事还要进一步讨论。"非正式磋商机制"已经产生了一个《方案文件》,提出了加强全球环境管制的七大构件,建议联合国大会对此七大构件作进一步研究,提出下一步方案,并通过一项决议。

中国在讨论此议题时强调加强全球部长级环境论坛政策制定和实施中的作用,特别是在全球环境基金中的决策作用。主张将全球环境管制问题纳入更宽广的可持续发展框架,并将加强发展中国家能力建设作为一个重点。

在全体会议的主席台上,坐着一位穿着特别鲜艳美丽的黑人女士,她是贝弗力·米勒(Beverly Miller)。贝弗力是牙买加人,是联合国环境署理事会秘书,即联合国环境署理事机构秘书处的领导人。联合国环境署理事机构有两个,一个是常驻代表委员会,另一个就是理事会。我在1996—1999年,曾担任常驻代表委员会副主席。所以与贝弗力有过许多的交往,后来成了朋友。联合国环境署每次常驻代表委员会和理事会的会议都是由她组织的。她在此岗位上可能有20多年了,对联合国环境署的发展做出了很大的贡献。她即将退休,所以这是她组织的最后一次理事会。在此次会议的开幕式和闭幕式上,执行主任斯坦纳曾两次对贝弗力的出色工作表示赞扬,并向她赠送礼品。我在会议休息时见到了她,她立即过来与我拥抱。我问她什么时候退休,她说:"今年9月。"她突然对我说:"堃堡,我还欠你一顿饭呢。"我先是一愣,后来想起来了。2003年5月我离开内罗毕以前,我和夫人曾请她在那里的中餐馆江苏饭店吃过一次饭。想不到她还记得此事。我们知道,在这次会议期间,我们俩都特别忙,不可能做此事的。我笑着说:"我到牙买加去吃你的饭吧!"

联合国环境署第10次特别理事会兼全球部长级环境论坛取得了积极的成果。通过了《联合国环境署2010—2013中期战略》、《全球环境展望》、《化学品管理》、《北极地区的可持续发展》和《国际应对气候变化十年》五个决议。这些决议的实施将加强联合国环境署在全球环境治理中的作用,推动全球的环境保护事业。

当星期五晚上代表们离开摩纳哥格力马儿迪(Grimaldi Forum)会议

IISD 报告组在会场合影

中心的时候,他们普遍对这次会议的成果表示满意。尤其是会议通过的《中期战略》和与此相关的决议,将为联合国环境署执行主任制定以后几年联合国环境署的战略框架和工作方案提供基础。代表们对有关的政策讨论也表示欢迎,认为此次会议至少传达了关于应对全球气候变化和加强全球环境管制的急迫性这样一个信息,并提出了一些切实可行的方案。

中国代表团的大部分成员我都认识,我在会议期间与他们有过一些接触。他们都显得兴高采烈,与 1993 年 9 月 24 日凌晨中国代表团在摩纳哥沮丧的情形形成了鲜明的对照。他们都清楚地知道,1993 年 9 月 24 日的摩纳哥已是历史。中国正全力以赴迎接 2008 年北京奥运会的到来。联合国环境署去年 10 月完成的《北京 2008 年奥林匹克运动会环境审查报告》对我国在奥运会准备工作中的环保工作已经做出了积极的评介。当会议代表陆续离开摩纳哥以后,IISD 报告组又继续工作了两天,完成了总结报告的撰写工作。

常驻联合国环境署第 10 任副代表

2001 年 3 月，张磊结束了在内罗毕的第二个任期，回到北京国家环保总局工作。2008 年，环保总局升格为环境保护部。张磊开始担任处长，后被提拔为国际司副巡视员，过了 1 年，被任命为副司长。

2012 年年底，他被任命为中国常驻联合国环境规划署副代表。他立即给我打电话，把这个消息告诉了我。

江爱民是我们在内罗毕时中国国际广播电台驻内罗毕记者，当时担任该台环球资讯广播副总监，是我和张磊共同的朋友。他在北京一家餐厅组织了一次欢送张磊的朋友聚会，参加者全是内罗毕时的朋友。我应邀参加。参加者中还有当时中国常驻联合国人居中心副代表张振山和中国驻肯尼亚大使馆的几位外交官，共 10 多人。这次乘欢送张磊的机会，相隔 10 多年后内罗毕的朋友再次聚会，分外高兴。

2010 年年底，张磊第三次到内罗毕任职。他是第 10 任中国常驻联合国环境规划署副代表。

2011 年 10 月 31 日至 11 月 4 日，在内罗毕召开关于制订汞的全球法律文书政府间谈判委员会第 3 次会议。我以国际可持续发展研究院报告部（IISDRS）成员的身份，赴内罗毕为这次会议写《地球谈判报告》（ENB）。我在事先发了一个邮件给张磊，告诉他这个消息。张磊回复说，他将到机场接我。我知道那时他要忙着接待中国代表团，就又给他发了一个邮件，说我可以乘出租车去旅馆，让他不要来接我。

我于 10 月 29 日乘飞机抵达内罗毕肯雅塔国际机场，经过护照检查口后，来到了行李提取大厅。谁知我看到了张磊正站在那里。他看见我后，立即走了过来，叫我"老夏"。我说："你是来接中国代表团的吧？"他说："不，

2011年10月，作者在代表处与张磊合影

我是来接你的，代表团几个人乘另外一个航班已经到达，我的助手已把他们送去宾馆了。"这样，张磊亲自开车，把我送到了我下榻的旅馆。

会议期间，张磊十分忙碌，但他还是抽出时间到会场我工作的座位上看望我。他对我说："星期六我把代表团送走后，星期天请你到代表处做客。"

我们花了两天时间完成了总结报告的撰写。星期天中午，张磊开车到我居住的旅馆，把我接到了中国常驻联合国环境署代表处。在那里，受到他和夫人孟娟，还有他的助手的热情接待。11月17日我回国，他又开车把我送到机场。我为张磊的热情、好客和友谊而深深感动。

2014年3月24日至27日，在内罗毕召开了联合国环境署第一次不限名额常驻代表委员会会议（OECPR）。IISDRS派出了一个七人小组为会议写ENB。那时我已不做ENB了，自然没有参加，但对此次会议很有兴趣，每天查看ENB和IISDRS网页。网页上有一个当天会议进展情况的简单介绍，并登载一些照片。在周四的网页上，我首先看到的就是张磊和美国代表约翰·汤普森（John Thompson）谈话的照片，边上站着中国代表团团员夏应显。照片的说明有一点小问题，就是把张磊的名字写成了"Zei Zhang"。IISDRS小组的组长是肯尼亚人艾施琳（Asheline），我与她非常熟，她曾两次到我北京的家做客。我立即给艾施琳发了一个邮件，指出了这个错误。艾施琳立即回复，对我表示感谢。第二天，当我再次打开这个网页时，看到张

2014 年 3 月，IISDRS 网页上登载的张磊（中）和汤普森（左）谈话的照片。右一为夏应显

磊的名字已改成了"Lei Zhang"。我给张磊发了一个邮件，告诉了他这个情况。我知道张磊任期快满了，还顺便问他什么时候回北京。他很快回复，说："常驻代表委员会会议上的那个菲律宾籍摄影师和我聊了聊，他是你的好朋友，片子拍得很好。我可能五月中回去，但也很难说。接我的人尚未办理赴任手续。"

2014 年 5 月 10 日，李克强总理在内罗毕访问联合国环境署和人居署，与两机构领导人会谈。中央电视台报道了会谈场面。我第二天早晨打开电视机看新闻时看到了张磊，他就坐在李总理的后面。张磊在这次接待工作中一定又大显身手了。

联合国环境规划署首届联合国环境大会于 2014 年 6 月 23 日至 27 日在肯尼亚内罗毕举行，这是加强国际环境管制的历史性事件。环境保护部部长周生贤率领中国代表团出席。可以想象，为代表团与会做准备和接待代表团，张磊一定十分忙碌。会后，他又陪同周部长到欧洲访问。这时，我才明白，为什么张磊任期满后没有马上回国。我根据 ENB 写了一篇关于首届联合国环境大会的文章，发表在 2014 年 7 月 10 日《中国环境报》上。

张磊随周部长率领的代表团回到了北京。他的夫人孟娟给我来电话说："张磊说要和我一起去看望你和老崔。"我说："好呀，我把程伟雪和张世钢夫妇也都叫来，我们聚聚。"

2014 年 7 月，在作者北京家中合影。左起：张磊、张振山、作者、程伟雪、张世钢

我通知了老程和张世钢，他们都说一定参加。世钢把这个消息告诉了正和他一起参加在华联合国机构工作组会议的张振山。振山是我们在内罗毕结交的朋友，听后说也来参加。他曾担任过中国常驻联合国人居中心副代表，当时是联合国人居署中国项目协调员，常驻北京。

7月24日，万里晴空，没有雾霾。张磊夫妇、老程夫妇、世钢和振山都来了。世钢和张振山的夫人都不在北京，所以没有来。五个男人坐到了一起，开始聊天。三位夫人在另一个地方就座，说她们爱说的事。

我和老程、张磊、世钢都在环境保护部或它的前身国家环保总局和国家环保局国际合作司当过领导，后来先后担任中国常驻联合国环境署副代表。我们一起回顾几十年的交往、合作和友谊，回顾那逝去的峥嵘岁月，感慨万千。我们有幸一起参与了中国和国际环境外交事业的启动和发展历程，也是历史缘分，无怨无悔。

振山和我们有类似的经历，与我们也很谈得来。

张磊告诉我们，他尚未完成与新任驻联合国环境署副代表的交接工作，下个月还要回内罗毕办理交接手续，然后离任回国。他说，回来后，再过半年就退休了。

2014年9月，张磊完成了在内罗毕的使命，回到北京。

我最后一次 ENB

我做《地球谈判报告》（ENB），一干就是7年，去了很多国家，参加了很多会议。我很喜欢这份工作，感到很是快乐。2012年年初，我得了一场大病，因此向IISD报告部主任吉姆提出了辞职，得到批准。

一年以后，我的病基本痊愈。2013年年初，我给吉姆和其他同事发了一个电子邮件，报告了这个消息。吉姆答复说，听到这个消息，他非常高兴，还说："2013年你能否再做一两次会呢？我们都很想念你，希望见到你。"还有几位同事也发来电子邮件，希望我参加会议，以便能见到我。

做ENB一般来说是非常累人的，白天要参加会议，做记录，写初稿。晚上还要编辑报告，往往要工作到深夜。如果晚上像往常那样加班加点，我身体肯定是受不了的。每次写报告，总有一个由若干人组成的小组参加，其中一人是组长。组长工作的效率决定这个小组每天晚上几点结束工作，有的要到半夜12点，甚至一两点；有的到10点左右，效率高的结束得还要早。

有一位组长，叫梅拉尼（Melanie Ashton），我和她一起做过许多化学品方面的会议。她的效率特别高，她当组长，每天晚上8点左右就可以结束工作了。

2013年4月28日至5月10日在瑞士日内瓦举行《巴塞尔公约》第11次缔约方大会、《鹿特丹公约》第6次缔约方大会和《斯德哥尔摩公约》第6次缔约方大会，以及它们的联席会议，俗称SuperCOPs（超级缔约方大会）。

这三个关于化学品和废物管理的多边环境法律文书都是由联合国环境署管理的。

我在国家环保局工作期间，曾参加过这几个公约的一些会议，也曾参与组织过在我国开展的一些与三公约有关的履约活动，加入IISD报告部以后，多次参加这些公约的缔约方大会，为会议写报告。因此对它们比较了解。

如果梅拉尼能当组长，我想我做这个会是最合适的。我在梅拉尼领导下做过很多会，每次都觉得做得比较轻松。但她2012年年底刚生小孩。2013年2月9日，她曾给我发过一个邮件，告诉我她女儿珀芘开始在一块羊毛地毯上学习爬行，而且给我发来一张珀芘爬行的照片。我马上回复，说我和夫人非常喜欢珀芘的照片，珀芘非常可爱，看来她长得很快。我问她是否决定恢复IISD报告部的工作，如果这样，建议她申请SuperCOPs当组长。梅拉尼很快答复，全文如下：

亲爱的老夏：

非常高兴你喜欢珀芘的照片！听说你身体健康，我更是高兴。珀芘确实长得很快。

我是准备恢复IISD报告部的工作，但尚不能做太多的会议。这半年，我只申请了在日内瓦召开的SuperCOPs一个会。如果吉姆选我当组长，我丈夫克里斯、珀芘和我将一起去日内瓦。此事若成，如你也申请此会，那就真是太好了。我知道，这是一个很长的会，但我保证每天晚上让你早早回去。你可以有点时间和珀芘在一起。

IISD报告部每年年初和年中做两次计划。报告部领导会编制出一个Roster，即计划参加会议的表，然后先发给组长们申报。会议的组长确定后，再发给其他组员，让大家报名。

2月中旬，我收到了2013年上半年的计划表。表上已写上SuperCOPs，报告组组长是梅拉尼。我毫不犹豫地报了名。

我与夫人商定，如果我被批准做这个会，她将与我一起前往。她从未访问过瑞士，想与我一起到那里看看。

我给梅拉尼发了一个邮件，告诉她我已报名做SuperCOPs，夫人计划与我同往。梅拉尼很快回复，说很高兴我能做此次会议，更高兴的是我们两家将在日内瓦相聚。

不久，我就收到了通知，被录取为SuperCOPs ENB报告小组成员。

我和夫人于4月25日晚乘飞机抵达日内瓦国际机场，住进了IISD报告部行政主管为我们安排的宾馆。

4月27日下午，我同其他ENB组员一起，到日内瓦国际会议中心登记注册。我夫人也与我同往。

IISD报告部共派了八人参加此次会议，除组长梅拉尼和我外，还有珍妮弗·阿伦（Jennifer Allan）、塔拉诗（Tallash Kantai）、凯特·尼维尔（Kate Neville）、杰西卡（Jessica Templeton）、凯特·哈里斯（Kate Harris）、南希（Nancy Williams）。八人中除我以外，全是女士。她们中，除珍妮弗外，我与其他人都很熟悉。她们分别来自澳大利亚、美国、加拿大和肯尼亚等国。

我们多数人住在Suite Novotel旅馆，这个旅馆离会场稍微远一点。梅拉尼一家住在会场附近的一个旅馆，以方便给珀芷喂奶。

我们在日内瓦国际会议中心大堂集合。我与她们已一年多没有见面了。我把夫人介绍给大家，与她们一一拥抱，与初次见面的珍妮弗握手。大家都说，见到我身体已经康复，很是高兴。我感谢大家在过去的一年中对我的支持和鼓励。

梅拉尼一家三口都来了。梅拉尼丈夫克里斯是一个高大英俊的小伙子。他一只手抱着珀芷，另一只手与我握手。梅拉尼和克里斯是2012年1月结婚的。2011年11月，在印度尼西亚巴厘岛召开《关于耗竭臭氧层物质的蒙特利尔议定书》第23次缔约方会议，我和梅拉尼都参加了。会前，梅拉尼曾写信给小组成员，说这是她结婚前的最后一次会议。我夫人专门买了一件礼品，让我送给她。这是一对青年男女亲吻的一件泥塑作品。我在巴厘岛送给了梅拉尼，她非常喜欢。梅拉尼送我一张请帖，邀我参加将在法国一个庄园举行的婚礼。我没能参加，而是给他们发了一个邮件，祝贺他们新婚之喜。后来，梅拉尼通过电子邮件给我发来了一组她婚礼的照片。我还收到了她从邮局寄来的一张她和克里斯的照片。在照片后面，写着这样两句话："亲爱的老夏，非常感谢你送给我们的可爱的礼物。很遗憾你不能参加我们的婚礼，但希望你喜欢我们这张相片。"

我们先进行注册，领取胸卡，上面写着"Secretariat"（秘书处），我们以公约秘书处成员的身份参加会议。

注册以后，我们一起到了公约秘书处为我们准备的办公室。克里斯抱着珀芘，还有我夫人也一起来了。我夫人拿出一个小小的玩具送给珀芘，这是一个海马，还把小家伙从他父亲手中接了过来，抱着她到外边玩去了。

我们开始工作。首先检查办公室的设备，包括打印机、复印机和计算机等是否运转正常。我们各人检查各自的手提电脑，看是否能进入会议的专用网络。

然后，我们开始编辑第一期 ENB，我们叫它为 Curtain Raiser，就是对会议的背景介绍。梅拉尼已经准备了一个稿子。电子编辑凯特将它打印了出来，然后大家轮流看一遍，如发现问题，可修改在稿子上。

《巴塞尔公约》、《鹿特丹公约》和《斯德哥尔摩公约》是关于控制化学品和废物污染环境和损害人体健康的国际法律文书，是国际环境管制的重要组成部分。

《巴塞尔公约》于 1992 年 5 月生效，其主要目的是控制危险废物的越境转移；《鹿特丹公约》于 2004 年 2 月生效，要求缔约方在化学品国际贸易中实行事先知情同意制度，即出口方必须把公约所规定的化学品出口的有关信息通知进口方，取得对方有关政府部门同意后才能出口；《斯德哥尔摩公约》于 2004 年 5 月生效，其目的是通过缔约方的共同努力，控制公约规定的可持久有机污染物对环境的污染。本次会议前共有 21 种这样的受控污染物。

这些公约生效以来，在国际社会的共同努力下，履约工作取得了一定的进展。但同时也存在着不少问题。三个公约各有一个联合国环境署管理的秘书处，设在日内瓦；粮农组织还有一个管理《鹿特丹公约》有关工作的秘书处，设在罗马。各秘书处之间缺乏充分的合作和协调。三个公约各有独立的缔约方大会，是公约的决策机构。它们之间也同样缺乏必要的合作和协调，这样，就影响了公约的实施和效率。

为讨论解决上述问题，于 2010 年 2 月在印度尼西亚巴厘岛召开了三个公约的第一次特别缔约方大会。会议通过了一个一揽子协调增效决议，内容包括三公约的联合活动和服务、预算周期的统一、联合审计、联合管理和审核安排等。会后，联合国环境署管理的三个公约秘书处合三为一，成立了联合秘书处，粮农组织管理的秘书处仍然独立。秘书处根据第一次特别缔约方大会的决定，开展了一些联合活动，一定程度上促进了三公约之间的合作和协调，同时，行政管理经费也有所减少。

这次 SuperCOPs 是三公约协调增效努力的继续。

编辑完成第一期 ENB 以后，我们去见三公约联合秘书处活动部主任戴维·奥格登（David Ogden）。戴维向我们介绍了会议的组织和开法，以及要讨论的主要问题和可能会出现的争论。他介绍说，这是一个非常复杂的会议，它包括了《巴塞尔公约》第 11 次缔约方大会、《鹿特丹公约》第 6 次缔约方大会和《斯德哥尔摩公约》第 6 次缔约方大会，三公约第一次缔约方大会联席会议以及三公约第 2 次特别缔约方大会，实际总共有 5 个会。他说："大部分决议将在各公约普通缔约方大会上通过，但关于预算的决议要在会议最后的三公约联席会议上通过。"这次会议主要讨论 3 个问题：预算；列入公约的新化学品；三公约的协调和增效。

开完会，我们回到了办公室。办公室内一张长桌上已经放满了各种食品，这是后勤员南希为我们准备的午餐。我们为节省时间，都在办公室吃饭，所以每次会议，我们小组都要设一个后勤员，负责买饭等各种后勤工作。南希是美国人，是报告组中除我以外的另一位长者，我们在世界各地一起做过许多会，早就成了朋友。她知道我爱吃什么，不爱吃什么。每次都给我买来我喜欢的食物。

4 月 28 日是星期日，SuperCOPs 开幕。会议 10 点开始，我和同事们 9 点多就到了会场，那时会场上只有很少几人。我抬起头来，看到中国代表团座位上已有二三人在那里。我走了过去，看到了夏应显。他是环境保护部国际合作司国际处副处长，是我担任国家环保局国际司司长时将他调入的。那时，他刚从大学毕业，现在已是国际环境外交谈判的高手了。小夏站了起来，笑着叫我"夏司长"。我问他："团长是谁？"他说："是污染防治司副司长李蕾。"我又问："代表团有多少人？"他说："20 来人。"小夏把在场的另外两位代表团团员介绍给我。我向他打听中国代表团对于一些可能出现争议的问题的立场，他简要地给我做了介绍。

大会开幕式主席台上。左起：联合国环境署环境法和公约司司长凯特，三公约执秘威利斯，联合国副秘书长、联合国环境署执行主任施泰纳，瑞士联邦主席洛伊特哈德，联合国粮农组织总干事达席尔瓦，鹿特丹公约共同执秘卡姆潘侯拉，全球环境基金首席执行官石井菜穗子

上午举行了开幕式，《巴塞尔公约》第 11 次缔约方大会、《鹿特丹公约》第 6 次缔约方大会和《斯德哥尔摩公约》第 6 次缔约方大会，以及三公约第 2 次特别缔约方大会，讨论和通过了会议日程和组织事项，并开始了如何进一步加强三公约合作和协调的讨论。

公约联合秘书处这次把我们的位置安排在主席台上，这对我们的工作非常方便，但只有 4 个座位。梅拉尼让我和其他 3 人坐在那里，她自己和另几名组员在二楼的空位子上就座。虽然全组分在两个地方，但我们一直通过 Windows Live Messenger 保持密切的联系。现代通讯技术使我们的工作变得十分便捷。

我们一般按下面这个程序进行工作。我们负责写 ENB 的几个人轮流做记录，每人半小时左右，然后按要求整理成文，发给梅拉尼。她负责汇总，进行初步的编辑。到中午时候，她已将上午会议情况整理了一个稿子。吃完午饭，我们就开始编辑这个稿子。下午会议一般 3 点才开，我们复会前就基本上将上午的稿子编辑完毕。晚上就主要编辑下午那部分了。这次，梅拉尼仍按此程序安排。

第一天午饭以后，我做好了参加编辑的准备，谁知梅拉尼对我说："Lao Xia, find a quiet place and take a nap."（老夏，找一个安静地方睡个午觉吧。）她是照顾我呢，但考虑到自己的身体状况，还是接受了她的好意。

我对她说了声"Thank you",就离开了办公室,在不远的地方,找到了一个偏僻的角落,那里有一个长沙发,在那里躺了下来。过了大约半小时,我站了起来。虽然没有睡着,但得到了很好的休息。我回到办公室,梅拉尼把同事们已经编辑过的稿子交给我,说:"你可以先编辑,完了以后再去会场。"我花了大约半小时,把稿子看了一遍,作了几处修改,然后就去会场继续下午的工作了。

下午举行了三公约第1次缔约方大会联席会议,讨论技术转让和资金问题。在这两个议题下,中国代表团都作了发言。关于技术援助,中国代表团强调发达国家应以优惠和减让性条件向发展中国家提供执行公约所需要的技术,并指出,设在发展中国家的技术中心已成为提供技术援助的主力。关于资金,中国代表指出,在向发展中国家提供执行关于持久性有机污染物的《斯德哥尔摩公约》具有法律约束力的条款中存在着资金缺口。

会议在下午6点准时结束。我们回到了办公室。梅拉尼宣布:"吉姆已经在日内瓦,编辑完ENB以后,我们一起会餐。"她还说,住Suite Novotel旅馆的晚上8:30在大堂集合,由南希带着去餐馆。她还交代,要我夫人一起参加。梅拉尼已将大部分稿子整理好,并初步编辑。电子编辑凯特把已完成的稿子打了出来。我们每个人用笔进行修改,然后梅拉尼将大家的修改输入电子版中。如果发现我们的意见不正确,她也可以不接受。每个报告,要编辑两遍。我做完第一道编辑以后,梅拉尼说:"Lao Xia, you have done. Go home."(老夏,你完事了,回家吧。)梅拉尼又在照顾我呢。我收起电脑,放进包里,与大家说了声"See you soon!"就回旅馆了。我看了看手表,还不到7点。

我夫人在房间里休息。我问她:"今天上哪里了?"她告诉我,她拿着旅馆给的免费乘车证,坐公共汽车去了日内瓦湖,看到了世界闻名的大喷泉,还有著名的"Young Man and Horse"雕塑,还凭乘车证免费坐了黄色的游艇,到了对岸一个古老的小镇,拍了好几张照片。她还碰到了国内来的一个旅游团,和他们说了话。她显得很是高兴。夫人问我:"你累吗?"我说:"不累。"

晚上8:30,我们一起乘出租车到了一家日内瓦有名的饭馆。吉姆已经

2013年4月28日,全组会餐时合影。左起:珍妮弗、阿伦、吉姆、作者和夫人、梅拉尼、杰西卡、珍妮弗·科弗特、凯特·哈里斯、凯特·尼维尔

在那里了。吉姆是 IISD 副院长、报告部主任。凡有重要会议,他都要参加,主要目的是与有关各方接触,筹措资金。他走过来对我说,他非常高兴我能来参加这次会议的工作,并关心地问我身体怎样。我说:"I am fine."他与我夫人互致问候。这是他们第三次见面。第一次是 2009 年 5 月,我去纽约参加联合国可持续发展委员会第 17 次会议,为会议做 ENB,我夫人与我同往,主要是去旅游。他们是在纽约相见的。第二次是吉姆 2012 年 5 月到北京我家中看望我时见到的。和吉姆一起来的还有一个叫珍妮弗·科弗特(Jennifer Covert)的年轻的美国女士,她是在纽约 IISD 报告部总部负责集资的一名职员,这次到日内瓦,也是来协助吉姆集资。

第二天上午,我仍 9 点多就到了会场。我坐到了我的位置上,打开手提电脑,第一件事是查看我的电子邮件信箱,看到组长梅拉尼发来的一个邮件。她对今天我们的工作做了安排,另外转给我们一个总编辑帕梅拉(Pamela Chasek)发给她的一个邮件。帕梅拉对我们昨天写的 ENB 完全肯定,说我们做了非常出色的工作。我又在网上看了看我们的这一期 ENB,发现我昨天编辑时提出的修改意见被全部采用了。网页上登了许多照片,按照常规,前面是主席台上几个人，后面有各代表团活动的照片，其中一张是中国代表团。

这时，一位女士走到了我的面前，叫我"夏司长"。我一看，是中国代表团团长李蕾。我在国家环保局工作时，她还是一个小姑娘，现在已是环境保护部一个很重要的司的副司长了。她告诉我，以前的污染控制司已分成三个部门，包括污染防治司、污染排放总量控制司和环境监督司。从这里，也可以看出我国已加强了污染防治的力度。

我对李蕾说："为了能在 ENB 中更正确地反映中国代表团的立场和观点，希望能给我们提供有关信息。"李蕾满口答应。

在会议过程中，我多次找小夏和李蕾，向他们了解有关情况。他们总是耐心地回答我的问题。有时，对代表团的发言没有听清楚，我就找他们要发言稿。他们总是非常支持。

当天会议结束以后，我们又回到办公室，先是吃晚饭，然后开始编辑报告。我做完第一道编辑以后，梅拉尼又说了与昨天同样的话："Lao Xia, you have done. Go home."（老夏，你完事了，回家吧。）我与大家说了声"Good night!"就乘出租车回旅馆了。

会议一直开了两周，于 5 月 10 日结束。

会议主要讨论协调增效安排的执行情况，包括三公约的联合活动开展情况，促进三公约合作和协调的进展，并确定新的协调增效领域。缔约方同时也讨论了各个公约各自有关的问题。具体来说，在《斯德哥尔摩公约》下主要是将六溴环十二烷（HBCD）列入公约附件和履约机制的问题；在《巴塞尔公约》下主要是《电子废物指南》和印度尼西亚和瑞典关于提高效益的倡议的后续行动问题；在《鹿特丹公约》下，主要是将 6 种新化学品列入公约附件和履约机制的问题。

会议总共通过了 40 多项决定，在促进各公约的合作和协调，推动履约方面取得了一定的进展。

多年来，国际社会为促进这三个公约的协调增效方面做了不少努力，也采取了一些措施，例如成立联合秘书处、召开联席会议、制订共同规则和开展合作活动等，取得了一定的成效，但还存在不少问题。

这次 SuperCOPs，多个会议同时进行，安排十分错综复杂，许多代表摸

2013年4月,与中国代表团合影。前排左三至左五:作者、李蕾、夏应显

不着头脑。一些小代表团很难参加同时举行的多个接触小组会议,抱怨甚多。

这样的开会方式,是环境外交史上从未有过的,目的是加强各公约的协调和提高效率,但这次试验的结果却并不令人十分满意。例如,人们发现三公约一起开会和它们分别开会,所需会议经费实际上并没有多少差别;又如,在《巴塞尔公约》缔约方大会下的接触小组讨论《电子废物指南》草案时,各方提出了5个方案,经过3天的讨论,在接近达成一致意见的时候,会议结束了,结果该指南最终没能获得通过,决定由下次缔约方大会继续讨论。有人说,如果再给一天时间,就很可能达成一致了。以前每次缔约方大会都为一周,这次只有3天,本来意在提高效率,结果效率反而降低了。

2012年在巴西召开的联合国可持续发展大会通过的《我们憧憬的未来》文件,重申了共同而又区别的责任的原则。在此次会议上,几个国家提出了一个《化学品和废物良好管理日内瓦申明》,由于欧盟等发达国家缔约方的反对而没有写入共同而又区别的责任的原则,中国、印度等发展中国家对此表示遗憾。

资金问题是会议上争论的一个主要问题。在三个公约中,只有《斯德哥尔摩公约》有正式的资金机制,即全球环境基金。在会上,发展中国家强调向他们提供履约所需要的可预见的、充足的和可持续的资金。发达国家,尤其是欧盟,特别强调综合融资,即从各个渠道集资,特别是在各国内部集资。

2013年4月,代表们在深夜讨论将 HBCD 列入公约附件 A 的问题

中国代表团指出,综合融资只能是集资手段之一,最主要的是要实施《斯德哥尔摩公约》所规定的有关原则,特别是发达国家要向发展中国家提供履约所需要的额外资金。最后各公约都通过了各自有关资金问题的决定。《斯德哥尔摩公约》缔约方大会通过的决定要求全球环境基金为实施该公约提供所需要的充足的资金,并在其职责范围内寻找如何为化学品和废物管理集资的途径。在其他两个公约下通过的决定要求秘书处通过开展三个公约的联合活动,筹措资金,还要求全球环境基金和其他一些组织在开发技术援助项目和活动时考虑这两个公约的有关条款,开辟资金渠道。总之,在此问题上无多大进展。

会议也没有就《斯德哥尔摩公约》和《鹿特丹公约》下的履约机制达成协议。

在这两周的会议中,组长梅拉尼很照顾我,半天一般只让我做一次记录,每次20分钟到半小时,偶尔做两次记录,中午让我睡个午觉,晚上如果有会,她从不让我去参加,每天总是让我早早回旅馆了。就这样,我轻轻松松地做了两周的 ENB。

5月11日,周六,我们写出了几万字的总结报告,还有一个简要分析,然后把它发给了纽约的总编辑帕梅拉。第二天,我们收到了帕梅拉的回复,对我们的报告大加称赞,并提出了一些修改意见和评论。然后我们在一起,根据她的意见，花了两个小时进行修改，完成了总结报告。

中午，我们一起在一个饭店共进午餐，庆祝工作顺利完成。梅拉尼感谢大家对她的支持和配合，特别提到了我。梅拉尼和几个组员当天就离开日内瓦回居住国了，我和另外几人明天回国。我们吃完午饭后就正式告别，互相拥抱，依依不舍。

5月13日，我们写的ENB报告就登在IISD的网站上了。

回到北京以后，我收到了一起工作的几位同事的邮件，告诉我他们已安全回家，并说非常高兴能与我在日内瓦再次一起工作，希望以后还能继续合作。

我于5月14日给大家发了一个邮件。全文如下：

亲爱的各位同事：
  我夫人和我已安全抵家。我非常高兴能再次见到你们，与你们一起工作。我夫人也非常高兴见到你们。感谢吉姆腾出宝贵的时间和我们在一起，感谢你对我的鼓励和支持；感谢梅拉尼给我安排较少的工作，并总让我休息；感谢大家承担了我少做的工作量，和你们出色的工作；感谢你们对我和我夫人表现出的善意、支持和友谊；感谢南希对我的关照。你们所做的这一切才使我能把工作坚持到会议的最后。
  我以后不会再做ENB了。但是，我希望能在北京再次见到你们。你们如果来北京，请给我发个邮件，或者打个电话。我非常想念你们！
  致以最良好的祝愿！

老夏

第二天，我收到了几位同事的回复。现将组长梅拉尼的邮件全文翻译如下：

亲爱的老夏：

感谢你告知你已安全抵家。希望你和夫人没有因为长途飞行而过度劳累。你能来日内瓦与我们一起工作，我是多么的高兴。我很希望你能与我们一起再做一次会议，但如果不能这样，这次会议是一个非常美好的记忆。当然，待珀芘稍微大一点，我们会带她去北京与你见面。你可以教她怎样用筷子，我们可以一起吃饺子，去参观颐和园。

珀芘在睡觉的时候，总把你们送的海马一直放在胳膊底下，晚上，她总要一会儿打开，一会儿关上。你听到这个消息，一定会高兴。我会拍一张照片给你寄去。

最良好的祝愿！

梅拉尼·克里斯·珀芘

梅拉尼的信使我非常高兴。

IISD 有一个评估制度。每次会后，参加同一会议工作的人都要在网上填一张表，对其他组员的表现进行评估，共有 11 项指标，包括记录速度、记录正确性、分析能力、对报告的贡献等。对每项表现的评估可分为特别高、非常高、高、中等和低 5 个等级，最后一栏中可写上你的评语，也可不写。每人填好表从网上发出后，IISD 人事部门会将全部评估报告汇总，给出平均的等级和所有人的评语，然后放到网上。组长和 IISD 报告部领导成员可以看到所有人的评估报告，每个组员只能看到对自己的评估。

SuperCOPs 半个多月后，我在 IISD 的内部网站上看到了对我的评估报告。11 个项目中，有 6 个"特别高"，5 个"非常高"。有 6 个组员写了评语，全是说的好话。现将其中三个译为中文如下：

——和老夏在一起工作真是太好了！他是那么的勤奋、智慧和令人尊敬，那么的善良和善解人意——他把我们小组变成了一个家。

——与老夏上次一起工作到现在已经有一年了。他又回到 ENB

作者收到的 IISD 报告部 2014 年年初在纽约开会的照片。左前挥手者为 IISD 副院长、报告部主任吉姆

团队真是太好了。在两周中，他工作非常勤奋。我们对他的智慧和经验真是非常的赞赏。我希望，我们能再一次在一起工作。

——这次会议和老夏在一起工作真是太好了。他对有关问题的讲解对这项工作的新手们非常有帮助。他是一位很仔细的编辑，对细节特别注意。在一系列又长又复杂的会议过程中，他是一位勤奋的撰稿人和编辑。他的好脾气也提高了我们团队的士气。

看了这些热情洋溢的话语，我觉得有些惭愧。我没有那么好。IISD 报告部是一个很优秀的团队。我以后不再做 ENB 了，但我会永远记得我的 ENB 同事们，我会常常想念他们，希望他们能来北京，希望还能见到他们。

我写了一篇文章，题为《环境公约协调增效的一次尝试》，对 3 个化学品公约的缔约方大会和联席会议做了一些介绍和分析，发表在 2013 年 5 月 27 日《中国环境报》上。

这是我最后一次做 ENB。从 2004 年年末第一次做 ENB，到这最后一次，前后 9 年多。我曾经是联合国的一名高官，退休后在年轻人领导下做这种很累人很烦琐的技术性工作。2012 年我得了重病，过度劳累可能是原因之一。有人问我，我是否后悔。我说，我不后悔。在退休的时候，我曾经向联合国环境署执行主任特普菲尔承诺，我退休后还要为全球环境和可持续发展事业做些小事。做 ENB，我实现了对特普菲尔的承诺。

ENB 使我再次访问纽约、日内瓦、内罗毕和曼谷等我去过很多次的地方，ENB 还使我去了阿根廷、西班牙、葡萄牙、罗马尼亚、奥地利、摩纳哥、塞内加尔、印度尼西亚和土耳其等以前从未去过的国家，使我此生访问过的国家达到了近 50 个。ENB 给我增添了许多的快乐。

我和 IISD 报告部来自世界各国的同事们结下了深厚的友谊。2014 年年初，IISD 报告部主要骨干在纽约总部开会。他们给作者发来了一个录像和一张照片。录像中，他们用中文齐声说："老夏，你好！"照片的纸板上写着："我们想念你，老夏。"那时我已从 IISD 退休将近两年。

海内存知己

上文提到,2013年4月末5月初,在日内瓦举行联合国环境署召开的3个关于化学品和废物的国际环境法律文书的会议。年初,我就被列入了参加会议的国际可持续发展研究院报告组成员的名单上了,要去日内瓦为会议写《地球谈判报告》。

我夫人从未去过瑞士,决定与我一同前往。4月中旬,我给我的朋友、在日内瓦联合国担任高级翻译的沈关榮(我叫他老沈)发去了一个邮件,告诉他我和夫人将赴瑞士的消息。老沈很快回信,说他和他夫人非常高兴听说我们将赴瑞士,他4月29日至5月3日将赴德国波恩,在《联合国气候变化公约》的一个会上做同传,5月4日回日内瓦。他还说,在周末他可以带我们去一些别的城市游览,至少可以带我们出去4次。

我和夫人于4月25日乘坐俄罗斯航空公司2382航班于晚上9点抵达日内瓦国际机场,取了行李,办完出境手续,已将近10点。当我们走出机场时,就看到了老沈和他夫人熟悉的面孔。他们是专门来接我们的。我和他们已两年多没有见面,我夫人则已近10年没有见到他们了。这次重逢,都很兴奋,我们紧紧握手。

老沈开车,把我们送到了离机场不太远的IISDRS行政主管为我们预订好的Suite Novotel旅馆。他们把我们送到了房间,沈夫人拿出了一个很大的饭盒,递给我太太,说:"这是我们做的馄饨,将就当作晚餐吧。"我夫人连声说:"谢谢,谢谢。"他们想得那么周到,真是令人感动。

老沈问:"你们明天有安排吗?"我说:"没有。"他说:"你们路途劳顿,明天上午休息,下午我带你们到法国小镇阿纳西(Anncy)游览,好吗?"我和太太听了十分高兴,说:"好呀,就是太麻烦你了。"老沈说:"没什么麻烦

作者和老沈在阿纳西河畔

的。那我们明天见吧！"

第二天将近中午的时候，老沈开车到我们住的旅馆先把我们接到他的家里，在那里受到了老沈夫妇的热情接待。吃过午饭以后，老沈又开车带我们去法国小镇阿纳西和瑞士小镇因特拉肯、琉森游览。老沈还带我夫人去联合国日内瓦办事处所在地万国宫参观。

我们和老沈夫妇12年前相识在内罗毕，我们之间建立了深厚的友谊。

我1996年至2003年在肯尼亚首都内罗毕工作，先是中国常驻联合国环境规划署副代表，后任联合国环境署高级职员，先后将近7年，我夫人大部分时间陪我在内罗毕常驻。

内罗毕有两个联合国机构的总部，即联合国环境署和联合国人居中心（后改为联合国人居署），还有一个联合国内罗毕办事处（United Nations Office in Nairobi, UNON）。UNON负责联合国环境署、人居署和部分联合国机构驻肯办事处或驻东非办事处的行政事务，包括人事、财务、会务、安保等方面。UNON在会务司下一直设有笔译处。2001年，UNON决定设立口译处。

不久，我们在内罗毕联合国大院内遇到了一个50岁不到的中年人，像个中国人，中等身材，圆脸，额头很高，一看就是个很有智慧的人。

我走过去与他打招呼，用中文问他："你是中国人吗？"

作者和夫人在阿纳西河畔

他立即笑着答道:"是呀。"

我又问:"是从国内来的?"

他答道:"不,是从纽约来的。"

然后,他告诉我,他是 UNON 口译处的翻译,叫沈关荣,他夫人也在内罗毕。

后来我们了解到,沈关荣夫妇是美籍华人。他比我小 10 来岁,我应当叫他小沈,但内罗毕有我的一个朋友叫沈建国,是人居署的高级职员。我和他 1981 年一起来内罗毕在联合国环境署第 9 届理事会上担任同声传译,那时他才 20 多岁,我们都叫他小沈,后来在内罗毕自然也叫他小沈了。因此大家叫沈关荣为老沈。

老沈两口子在美国生活多年,但一点也没有傲气,十分平易近人,待人热情真诚。他们老家在上海嘉定。我出生在上海,后被送到老家常熟,与嘉定近在咫尺,在那里度过了童年,后又到上海上中学,与他们可说是同乡;我是从北京外国语学院英语专业毕业的,老沈是从北外联合国译训班毕业的,与老沈是校友;当时两人又都在联合国工作,成了同事。我们很快成了朋友,经常有所来往。

相处久了,对老沈的情况有了更多的了解。老沈与夫人从小青梅竹马,在一个小学上学。中学毕业后,老沈上了复旦大学英语系,他夫人进入上海外语学院英语系。大学毕业后又各自出国留学，后两人结为伉俪。老沈后来考取了北京外国语学院联合国译训班。1984年，他被派往美国纽约联合国总部担任同声传译，工作了5年。后来进入纽约市立大学研究生院，学习美国历史等课程，毕业后在纽约的中学和大学里教书。两人办了移民手续，成了美国公民。他夫人在纽约某大学图书馆里工作。

联合国有6种正式语言，包括中文、俄文、英文、法文、西班牙文和阿拉伯文，因此口译处下设6个组，每组负责一种语言。老沈开始时是中文组组长，后来，由于工作出色，被提拔为口译处处长，负责管理全处的工作，但和其他翻译一样，有时还要在联合国会议上担任同声传译工作，身兼两职，比一般翻译要辛苦得多。

因为我也曾为联合国环境署的会做过几次同声传译，知道这是一件非常不容易的事情。同传必须要有很深的中英文造诣，要熟悉会议所讨论的问题，知识要丰富，反应要快。在联合国的会议大厅内，我经常能听到老沈通顺流利的中英文之间的互译。我也多次听到中国代表团对他的赞扬。

2003年年初，我被任命为联合国环境署驻华代表。在回国任职前，老沈和联合国内罗毕办事处中文笔译组组长韩晓信一起组织了一次欢送会欢送我们。

后来，老沈夫妇还和我们一起去塞舌尔旅游。我们一起观赏塞舌尔国宝海椰子。海椰子树是生物进化遗留下来的活化石，因其稀有奇特而弥显珍贵，全世界只有塞舌尔有。很早以前，塞舌尔5个岛上都有成片的海椰子树林，但是现在只有普拉兰岛南部的"五月谷"还有4000多棵海椰子树外，其他4个岛上除一些高档酒店移栽有少量海椰子树外，成片树林已看不到了。我们4人一起游览了普拉兰岛上的海椰子自然保护区。我们过得十分愉快。

塞舌尔政府严格控制这种珍稀果实的出口，但我们还是在街上的商店里看到了一些经政府批准出售的海椰子。每个海椰子上面都贴有一张盖有塞政府批准出售章的小条。两位夫人每人各买了一个。她们还都买了一个印有一公一母两个海椰子图案的磁盘，带回家里留作纪念。

这次旅游，更加深了我们的友谊。

不久，我们就离开内罗毕了。临别的时候，我们约定，如果他们去北京，或者我们去内罗毕，或世界的其他地方，一定要通知对方，以重温我们的友谊。

我应当于2003年5月赴北京履新，但由于北京当时"非典"流行，我的新上司、联合国环境署地区合作司司长波尔凯让我先去设在泰国首都曼谷的联合国环境署亚太地区办事处，在那里开始创建驻华代表处的工作。我和夫人于5月24日抵达曼谷。安顿下来以后，我给我的内罗毕的朋友们发了一个电子邮件，告诉他们我和夫人已经安全抵达曼谷，并感谢他们在过

作者和老沈在海椰子自然保护区合影

去几年中给我们的热情和友谊。这个邮件也发给了老沈。第二天，我就收到了他用英文写给我的回复，翻译为中文如下：

> 很高兴得知你们已经安顿下来。我知道，泰国和内罗毕的生活一定是很不一样的。我们为你们两人高兴。回北京前在那里享受你们的生活吧。我们非常想念你们。没有了你们俩，内罗毕的生活肯定是不一样了，损失是我们的。

邮件不长，但字里行间充满了对我们的友情。

此后，我们一直通过电子邮件保持着联系。

我于2004年退休，此后，参加了国际可持续发展研究院报告部，专门为联合国或其他国际组织召开的环境与发展领域的会议撰写ENB，为此而到了世界许多地方，与老沈夫妇见面的愿望也一再得以实现。

2005年10月，在内罗毕召开《联合国荒漠化公约》第7次缔约方大会，

我赴内罗毕为此会写 ENB。出发前，我给老沈发了邮件，告诉他我将重返内罗毕。老沈回信说，他和夫人都很高兴，愿意在周末带我去 Safari（到野外游览，观看动物的意思）。

在会场，我又见到了老沈，他是这次会议的首席翻译（Chief Interpreter），除负责 6 个语种同传的组织安排外，自己也要做同传。会议休息时，他到会场看我，对我说，周末他和夫人一起陪我去那瓦莎湖（Lake Navasha）游览。我欣然接受了他的邀请。

这是一个连续两周的会，周末老沈和我都不工作。周六，老沈开车，我们到了那瓦莎乡村俱乐部，租了一条小船，在黑人船夫驾驶下行驶在那瓦莎湖上。这里，我已来过多次，但每次都会给我带来无比的愉悦。那瓦莎湖在斯瓦希里语中是"狂暴之湖"的意思，经常会巨浪滚滚，但那天风浪不是太大，湖色十分美丽。我们先是靠岸边行驶。岸上长了许多金合欢树，几头长颈鹿，正在吃着树叶。野草丛中，灌木林下，出没着羚羊、野鹿、野牛和狒狒等各种动物。我们向湖中驶去。这里有许多火烈鸟、鹈鹕、鹭鸶、野鸭和野鹅等各种鸟类，它们有时停留在湖中的岛上，有时扑扑飞起，有时在水中游弋。然后，我们的小船驶到了湖的西南角，这里我们看到了那瓦莎湖最精彩的一幕，一群河马，大约有六七头，有大有小，正在水中嬉戏……游湖以后，我们在美丽的那瓦莎乡村俱乐部散步，并共进午餐。我们在一起度过了愉快的一天，也进一步加深了我和老沈夫妇的友谊。

2007 年 4 月 30 日至 5 月 4 日，在塞内加尔首都达喀尔召开《关于持久性有机污染物的斯德哥尔摩公约》第 3 次缔约方大会，我同样以 IISDRS 报告组成员的身份出席。在会场上，当我将同声传译接收器的旋钮转到"中文"处时，耳边传来了一个熟悉的声音，我一阵惊喜，这不是老沈吗！下午开会前，我到同声传译的小房间看望他，与他紧紧握手，我们都非常高兴。他告诉我，他夫人也来了。会议期间，我和他们夫妇在一起吃了一顿晚饭。老沈告诉我，这次他还是首席翻译，负责 6 个语种翻译的组织协调，还要同其他翻译一样做同传，工作特别忙碌。我告诉他们，现在，我和老沈工作的性质是一样的，都是以联合国秘书处成员的身份，做服务性工作，我们佩戴的出入证上写的都是"Secretariat"（秘书处），我和老沈又多了一份亲近。我们叙说别后情景，大家都分外高兴。

2008年年初，我收到了他发来的一个邮件，告诉我他调到了瑞士日内瓦，在联合国日内瓦办事处担任高级翻译。他告诉我，他已不当处长了，觉得工作更加轻松愉快。老沈从北外译训班毕业后，曾于1983年被派往日内瓦联合国办事处担任同声传译近一年。这次是重返故地。我给他回复，对他表示祝贺，希望以后有机会见面。

我于2008年5月赴土尔其的伊斯坦布尔，2009年9月赴阿根廷的布宜诺斯艾利斯为《联合国荒漠化公约》的会议写报告。老沈也正好在这些会议上担任同传，他夫人也照例陪同前往。我们在一起吃了一次饭，在两地主菜吃的都是牛排，阿根廷牛排和土尔其牛排各有特色，但都十分鲜美。我不太喜欢吃西餐，但牛排是例外。

我于2010年6月15日至18日参加在日内瓦举行的《关于耗竭臭氧层物质的蒙特利尔议定书》不限名额工作组第30次会议。由于经费原因，这次IISDRS只派我和加拿大姑娘凯特（Kate Neville）与会写报告，只写一个总结报告，不用写每天的简报。

作者和老沈在依云街上合影

我在6月初出国前给老沈发了一个邮件,告诉他我将去日内瓦。他回信说,非常高兴将再次与我见面,但他夫人已回纽约家中,与我不能见面了。他还说,他也可能参加这次会议的工作,说会议结束以后他驾车带我去离日内瓦不远的两个法国小镇游览。

6月19日是星期六,我们完成了会议的总结报告初稿,发给了在纽约的总编辑帕姆,下午就没事了。我告诉凯特,我的朋友要带我去法国的两个小镇游览,问她有没有兴趣与我同往。她高兴地说:"我从未去过法国,我太愿意去了。"

下午一点左右,老沈驾车来到我们所住的旅馆,告诉我们:"我们先去依云(Evian),再去伊瓦尔(Yvoire)。"因为有一个老外在场,所以我们这一路都用英语交流。

依云因生产一种命名为Evian的矿泉水而闻名于世。我们先在依云镇上散步。这时天下起了蒙蒙细雨。北边是波光粼粼的日内瓦湖,小镇沿湖而建,如同一弯新月降落在湖畔。背后的阿尔卑斯山,高耸入云,风景如画。我们还一起参观了一个常年展出以水为主题的艺术品的博物馆卢米埃尔依云宫(Palais Lumiere Evian)。这是我有生以来第一次看这样的博物馆,真

作者和凯特在依瓦尔

美丽小镇依瓦尔

是大开眼界。

　　我们又坐上了老沈的汽车，行驶了大约 20 分钟，来到了依瓦尔镇。老沈介绍说："伊瓦尔建造于中世纪，位于阿尔卑斯山脚，紧邻莱蒙湖，和瑞士隔湖相望，被称为法国最美丽的村庄。它离日内瓦很近，我们经常开车来这里散步。"

　　我们在莱蒙湖畔散步，清澈的湖水波光粼粼，岸边停泊着几只小船，远处可以看到阿尔卑斯山雄伟的身影。

　　我们沿着一条蜿蜒的小路走进了这个历经风霜的石头城中，弯弯曲曲的小街两边繁花似锦，散布其中的小商铺，艺术画廊和小花园让小镇显得生机勃勃。无论是住户还是商铺，镶在窗户外的木质阳台上摆满了各种各样的鲜花，墙面上爬满了紫藤，街道两旁被天竺葵和其他鲜花打扮得宛如仙境。

　　老沈介绍说："由于非常靠近瑞士的缘故，这个镇幸运地躲过了'一战''二战'的炮火硝烟，完整地保存了中世纪的古朴优雅的风貌。"

　　凯特惊叹道："It is very beautiful!"

　　我说："太美了！"

　　我和老沈一次又一次在异国他乡见面，真是海内存知己，天涯若比邻。

后 记

我年轻时喜爱文学，曾梦想当作家，从事文学创作。后来阴差阳错，成了一名环境外交官，但我当作家的愿望一直没有泯灭。1981年，我第一次走出国门，到了东非的肯尼亚，回国后写了一篇散文，发表在《人民日报》上。以后陆陆续续写过一些以环境为题材的小文，发表在《北京晚报》《北京青年报》《科技日报》和《中国环境报》等报章杂志上。

我2004年退休以后，花了4年时间，写了一部名为《环境外交官手记》的纪实文学作品，于2009年出版。2016年，我出版了第二本同类性质的著作。

现在我又完成了两本散文集的书稿，由文化艺术出版社出版。本书记述了我在联合国环境规划署任职期间和在此前后在联合国环境署框架下开展的环境外交和国际环境合作活动。这是我绿色人生路上最重要的一段记忆。

中国作家协会副主席、中国报告文学学会会长、当代著名作家何建明先生专门为本书作序；前环境文学研究会秘书长、《绿叶》杂志执行主编、作家高桦女士为本书的编辑和出版提供了宝贵的指导和支持；中国生态书画院常务副院长、著名书法家张世俊先生专门为本书题写书名。我向他们致以特别的谢忱。

巴基斯坦朋友沙芙卡特·卡卡赫尔（Shafqat Kakakhel）先生、香港朋友李强先生、中国国际广播电台非洲总站站长江爱民先生、年轻朋友刘良斌先生和章则女士等为本书的写作和出版提供了各种形式的支持和帮助。我对上述人士一并表示衷心的感谢。

2017年5月